KB071840

초록 중앙선

윤석순 에세이

도서출판
청어

초록 중앙선

윤석순 지음

발행처 · 도서출판 청어
발행인 · 이영철
영 업 · 이동호
홍 보 · 최윤영
기 획 · 천성래 | 이용희 | 김홍순
편 집 · 방세화 | 이서윤
디자인 · 김바라 | 서경아
제작부장 · 공병한
인 쇄 · 두리터

등 록 · 1999년 5월 3일(제22-1541호)

1판 1쇄 인쇄 · 2014년 3월 1일
1판 1쇄 발행 · 2014년 3월 10일

주소 · 서울 서초구 효령로55길 45-8
대표전화 · 586-0477
팩시밀리 · 586-0478

홈페이지 · www.chungeobook.com
E-mail · ppi20@hanmail.net
ISBN · 979-11-85482-17-0 (03810)

초록 중앙선

희망을 품으며

　동백의 붉은 봉오리가 터지는 희망의 계절입니다. 아직도 옷깃이 여며지는 찬바람을 껴안고, 덜 떨어진 수필집을 냅니다.

　그동안 건강이 좋지 못해 수필집을 묶는다는 게 계획보다 늦어졌네요. 지금도 건강이 원활하지 못하지만, 더 미룬다면 제 자신에게 염치가 없겠다 싶어서요.

　수필문학은 지극히 보편적인 글쓰기가 아닌가 싶습니다. 그런 글쓰기를 업그레이드시켰는지, 수필을 청자연적이라 표현한 작가님도 계셨지요. 어쩌면 수필은 객지를 찾아 발길 닿는 외지에서, 노동에 치인 삶의 현장에서, 분홍 물결이 넘실대는 꽃 바다에서, 체험하고 느끼는 일상적 그림이란 생각이 듭니다. 그 중, 작은 기쁨이든 섭섭함이든 미운 표현이든 읽는 이의 심금에 주절주절 안겨 드릴 수 있는 혜택이 곧 수필이라 해 둘까요.

저는 한때, 꽃이 좋아서 제 방 창 앞에 거대한 꽃 뭉치를 가져다 놓고 싶었어요. 그래서인지 자연의 한 자락인 과수원을 가꾸게 됐고요. 과일나무에서 꽃이 피면 저는 황홀해서 어쩔 줄 몰라 취해버립니다. 정말 감사한 것은 그 과수원이 저한테 꽃을 선물하고, 과일을 선물한 것이지요.

그것 말고도 덤으로 얻은 게 있다면, 과수원이 제공한 수많은 이야기입니다. 때로는 그 과수원이 무섭도록 땀을 요구하는 어려운 숙제에 얽매어 절절매다가 울기도 했지만요.

그때, 과수원이 조곤조곤 들려준 이야기들이며, 헤매다 울던 정서들을 담담하게 엮고 싶었던 게 바로 제 글줄의 형상입니다. 그 글줄의 형상이 자리를 틀게 한 일상의 면면들이 수필문학으로 이끌어 주었습니다.

제가 절절히 사랑한 수필문학은 한 인간의 삶에서 한 여성의 삶을 품도록 가르쳐 준 스승입니다.

그럼에도 수필문학은 다가설 때마다 산처럼 높아 보입니다. 갈수록 수필 짓기가 어렵다는 걸 깨닫습니다. 어떤 소재이든, 자유로운 형식의 수필문학이 절대 만만하지 않다는 데 있나 봅니다. 새록새록 느껴지는 수필문학이 풍기는 우아한 맛이나, 멋의 깊이보다 산만해진 잡념들을 담담하게 걸러낼 솜씨가 부족하다는 뜻이지요.

근래에 와서는 수필문학 앞에서 두려움도 느낍니다. 한 번 나빠진 건강이 자꾸만 그림자처럼 발목을 잡아서요.

그럼에도 수필문학에 빚진 걸 갚는 의미에서 십여 년 써 모은 원고로 두 번째 수필집을 묶게 됐습니다. 비록 소재가 미흡하고, 표현이 산만하여 설익었을지라도 너그럽게 봐 주시면 고맙겠습니다. 게다가 갈수록 분방하고, 팍팍해져 간다 싶은 요즈음 제가 사랑한 수필문학이 희망의 씨앗을 틔워주었으면 하고, 욕심부려봅니다.

끝으로, 이번 수필집이 태어나도록 큰 문을 열어주신 '청어출판사' 대표 이영철 선생님과 방세화 편집장님, 표지와 본문 그림을 출중하게 그려주신 심정 최진식 화백께도 고마움의 큰절을 올립니다.

새봄, 동백 앞에서

윤석순

1

사차원 여자

2

초록 중앙선

3

그들이 부른 연가

1
사차원 여자

일차원 여자라면 그냥 보통의 여성이려니 생각한다. 이차원 여자도 별다른 느낌이 없다. 삼차원 여자라는 말에서도 딱히 뭔가가 잡히지 않는다. 그렇다면 굳이 '사차원 여자'라 칭하는 데는 분명 고상한 의미나 특별함이 담겼다는 뜻일까? 물음표를 던져놓고 보니, 녹슬어버린 나의 탐구심에 더욱 강렬한 궁금증이 진득하니 달라붙었다.

사차원 여자

차원(次元). 일반적 길이, 시간, 질량 등 기본량의 측정값에 어떻게 관계하는지를 나타내는 지수란 게 내 아는 것의 내용이다. 차원은 공학이나 물리학, 화학에서 사용되고, 역학적인 양은 기본량을 이용하여 모두 표현이 가능하다고 한다. 그러나 나는 그것에 관한 단어를 접하는 것조차 어렵다. 그런데도 감히 겁 없이 접근해 보고 싶어진 것은 좁쌀만큼 남아있는, 나의 못 말리는 탐구심의 발로에서일까.

언제부턴가 은근히 귀청을 자극하는 것 중에 '사차원 여자'란 말이 있다. 일차원, 이차원도 아닌, 삼차원을 넘어 사차원 여자라는 표현을 듣는 데서 못 말리는 나의 관심이 발동을 한 것이다.

'사차원'이란 단어를 녹여 없애버릴 것처럼 나는 몇 번이나 연속해서 읊고 또 읊어보았다. 묘하게도 재미있는 느낌이 왔다. 사차원이란 어감도 그렇지만 굳이 '사(4)'란 숫자가 풍기는 어떤 뉘앙스 탓인가. 그 사차원 뒤에 여자란 단어가 덧붙여져서 더욱 별난 의미로 다가온 것이 좋았다.

일차원 여자라면 그냥 보통의 여성이려니 생각한다. 이차원 여자도 별다른 느낌이 없다. 삼차원 여자라는 말에서도 딱히 뭔가가 잡히지 않는다. 그렇다면 굳이 '사차원 여자'라 칭하는 데는 분명 고상한 의미나 특별함이 담겼다는 뜻일까? 물음표를 던져놓고 보니, 녹슬어버린 나의 탐구심에 더욱 강렬한 궁금증이 진득하니 달라붙었다.

사차원 여자를 스스럼없이 표현한 사람 중에 대중음악을 하는 한 작곡가가 있다. 그가 지상파 방송에서 아내를 두고 사차원 여자란 표현을 쓴 걸 보았다. 그의 아내가 열정과 센스가 넘쳐서 애칭의 의미로 썼던 것일까. 당시엔 묘한 기분이었다. 일, 이를 제친, 삼도 아닌 사차원 여자로 불리며 대접받는 그의 아내가 은근히 부럽다는 생각마저 들었다. 너무도 평범한 나는 당장 죽었다 깨나도 감히 사차원 근처에 갈 수가 없겠기에 말이다.

사차원 세계는 우리가 실제 체험해 보질 않았기 때문에 무슨 일이 벌어질지 모른 영역이라 한다. 우리 경험이 삼차원 공간에 갇혀 있어서라는 것이다. 그런데, 아무리 고차원이라고 해도 수학의 확실성과 엄밀성, 자연스러운 확장을 통해 우리가 그것의 일부를 보고 느낄 수 있다고 말하는 사람은 아무래도 수 개념에 엄청나게 밝은 이라 생각한다.

만화나 영화의 꾸준한 소재가 되는 사차원 세계. '이상한 나라의 폴'에선 니나를 구해내기 위해 어른들이 모르는 사차원 세계로 달려간다. 여섯 명의 난쟁이들과 케빈의 시간 여행을 그린 영화 '시간 도둑들'이나, 영화와 TV 시리즈로 만들어 끝없이 방송되는 '스타게이트', 시간 여행과 비행기 사고를 다룬 '사차원 도시' 등등 사차원 세계를 소재로 한 만화와 영화는 잊을만하면 만들어 낸 작품들이 아닌가.

그런데, 그런 만화나 영화에서의 사차원 세계는 우리가 살고 있는 삼차원 세계와 별반 다르지 않아 보인다. 이상한 나라에서는 마법을 쓴다든지, 조금 이상한 사람들과 생물들이 살고 있는 것뿐, 겉모습은 우리 세계와 동일하니 말이다.

이상한 나라는 수학적 측면에서 사차원의 구성에 못 미친다 할까. 일부의 영화에서 단지 우리 삶을 삼차원 세계와 다른 세계로 이동할 때만 잠시 사차원 세계를 거치는 것으로 표현하고 있음이다. 그러니 진짜 사차원 세계의 모습을 보여준 만화와 영화는 없었다는 뜻인가. 나는 어리석게도 개봉하자마자 미친 듯이 쫓아가서 관람한 영화 '아바타'가 몇 차원으로 제작된 영화인지 궁금했던 마음을 억누르지 못한 때가 있었다.

사차원 세계는 정말 어떨까? 우리 세상이 삼차원으로 열려졌기에 시간을 합쳐서 우리가 사는 세계를 사차원으로 본다는 뜻일까? 그러니 좀 더 함축적인 건 사차원 공간의 세계를 말하는 것일까? 그렇다면 사차원 공간은 어떻게 생겼을까? 수학자들은 우리의 눈에 보이지 않는 것과 불가능할 거라 생각하는 것들을 실현시키는 능력이라도 가진 걸까?

그 중 하나가 차원의 확장이라 칭한다는 것이다. 나는 그걸 이해하려고 먼저 차원이 무엇인지부터 알고자 애써 봐도 막막할 뿐이다. 어떤 공간의 차원은 그 공간의 성분들 중에서 서로에게 영향을 미치지 않고 독립적으로 움직여가는 것들을 최대한 모았을 때, 그 성분의 개수가 몇인지를 말하는 거라니, 이래저래 내 머릿속만 더욱 과부하에 걸린다.

우리가 사는 공간은 앞뒤, 좌우, 위와 아래의 세 가지 방향으로 자유롭지 않은가. 그래서 삼차원이라나. 평면 위의 점을 생각해보면 점은 앞뒤, 좌우 두 가지 방향으로 움직일 수 있고, 따라서 평면은 이차원인 셈이다.

일차원 공간은 수직선 하나로 이루어졌다. 그러니 수직선 위의 한 점이 움직인다고 할 때, 이 점은 수직선을 따라 좌우로만 움직인 관계로 일차원이다.

그러나 이차원 이상의 공간을 표시하려면 위치를 정하는 다른 방법이 필요해진다는 것이다. 그것이 바로 데카르트 좌표계, 혹은 직교좌표계란 내용인지라 나는 점점 더 헷갈렸다.

이차원 공간은 두 개의 서로 직각이 교차하는 직선이고, 삼차원 공간은 세 개의 각각 직각이 교차하는 직선으로 표현된다고 한다. 사차원은 수직선 네 개가 서로 직교하는 공간이며, 오차원은 수직선 다섯 개가 서로 직교하는 공간이라니 더더욱 복잡하다는 생각

뿐이다.

그런 공간들은 우리가 평면 위에 그릴 수 없고, 머릿속으로 상상할수록 복잡해진다. 암만 고차원이라 해도 수학의 확실성과 엄밀성, 자연스러운 확장을 통해 우리는 고차원의 일부를 보고 느낄 뿐, 4개의 수직선이 서로 교차하는 사차원 공간에서도 그림으로 그려 나타낼 수가 없다니, 나는 아주 막연해진다.

사차원 구의 반지름은 어떤 수를 서로 더하거나 빼서 피타고라스의 정리를 이용하면 계산할 수 있고, 결국 그 값은 1이 된다는 뜻이다. 그러니 이래저래 차원을 높여가며 생각하는 건 성능이 시원찮은 내 두뇌를 과부하에 걸리게 만드는 것뿐이다. 그저 궁금증으로 꽉 들어찬, 나름의 사차원 여자라면 보통에서 한 수 위인 여성일 거란 생각으로 귀결을 지어 본다.

두 얼굴의 신 야누스처럼 기쁜 일에 가슴이 벅차도 때와 장소를 가려 웃을 줄 알고, 막막한 슬픔을 만나도 그 음울한 분위기를 표정에 담지 않으며, 담담함으로 타인을 배려할 줄 아는, 속이 태평양 바다처럼 넓어야만 사차원 여자의 범주에 들 수 있을까 짐작해 보는 것이다.

차남에게로 시집가서 시댁의 모든 경조사는 물론, 부모가 무능한 큰댁의 조카 남매를 데려다 내 자식처럼 성심껏 양육하며 교육은 물론, 바다 건너 유학까지 보낸 문단의 한 선배야말로 고차원 여성으로 대접해도 손색이 없을 법하다. 차남의 아내가 되어 홀시아버지를 봉양하다 이젠 돌아가신 조상들 봉제사를 도맡아 하는 작가 K 씨 역시 사차원 여성이라 부를까 보다.

내게는 요즘 아주 신선한 버릇 하나가 생겼다. 여자는 모두 다 사차원 존재라고 생각했기 때문이다. 궁극적으로 여성은 우리 사람들의 삶을 두고 서비스하는 존재로 여겨져서다. 자태가 곱거나 뛰어나도 사차원 여성, 말솜씨가 나긋나긋 아름다워도 사차원 여성, 음식솜씨가 좋고, 가정생활을 둥글둥글 잘 꾸려도 사차원 주부로 손색이 없을 테니 말이다.

자녀를 지극정성으로 양육하는 거나, 오직 한 남자와 보폭을 맞추며 인생의 면면들을 묵묵히 사랑하여 귀감이 되는 내 동생 댁도 차원이 높은 여자의 범주에 들 것 같다. 골다공증 걸린 늙은 시어머니에게 최선을 다하니 때론 사차원 등급으로 반올림의 인심을 쓰고 싶어진다.

어느 날인가, 사차원 호칭을 헤프게 인심 썼던 내게도 변덕의 회의가 생기고 말았다. 인생을 모험에 들게 하는 시행착오가 싫다고 아기는 낳지 않은 채, 강아지만 품고 다니는 어떤 젊은 아낙을 보면서 사차원 여자는 결코 아무나 되는 신분이 아님을 알게 됐다는 뜻이다.

꽃비를 맞으며

    우아하면서도 아름다운 사월! 연분홍 레이스처럼 나풀나풀 희끗희끗 비가 내린다. 고운 꽃잎이 비가 되어 흩날리고 있다. 그리움을 잉태한, 하늘거리는 꽃비이다. 그래서인지 나는 꽃비를 맞는 일에 한없는 신명이 난다. 신명은 정신적인 풍요에서 얻어지는 건강한 리듬인가 보다. 이토록 건강한 리듬이 언제 그리 쉽게 나를 찾아오며, 이렇게 허물없이 만나지던가.

    꽃비를 맞다보니 시시각각 메마르던 감정이 갑자기 촉촉해지는 느낌이 든다. 그 촉촉한 차분해짐의 기분, 참으로 오랜만이라 감동이다. 감상에 젖어드는 자신과의 해후가 그저 얌전한 말없음표 같다고 할까.

    꽃잎 개체마다 비가 되어 흩어지는 장면은 흡사 흰 눈이 펄펄 내리는 듯 고와서 호사스럽다. 황홀해서 감격스럽다. 꽃잎 하나하나마다 눈발의 개체처럼 후후 흩날리지만 사실 눈처럼 새하얀 빛깔은 아닌 것이다. 얇은 분홍이란 표현이 훨씬 더 정확한데, 아무려면 어떤가. 하늘하늘 바람자락을 타는 꽃비여서 흡족하고, 펄펄 흩날리는 꽃비여서 바라보는 눈이 푸근하고 행복해지는데. 그래서 꽃비는 젊은 이 늙은이를 탓하지 않고, 갓 펼쳐 든 하얀 도화지처럼 순수한 동심에게도 순간적인 선물이 된다 할까. 그 좋은 선물이 열흘을 견디지 못하고, 제 생명 다한 꽃이 펄펄 흩날려 펼쳐지는 장면이야말로 진정 아름다움의 완결편이 아니고 무엇인가.

꽃비 흩어져 날리는 길을 마음 들떠서 허둥지둥 밟아본다. 리듬감 무딘 율동으로 팔을 휘휘 흔들어 대면서 그윽한 운치에 마냥 취한다. 마음이 여려지다 못해 꽃비가 흩날리는 사치함 속으로 흠뻑 빠져든다. 성미 급한 봄인지 엉덩이가 질긴 늦겨울인지 따질 필요조차 없다. 그냥 나비처럼 팔랑대는 꽃비가 나풀나풀 내리는, 해가 긴 사월의 한때가 미치도록 좋은 것이다. 순수한 눈꽃이 펄펄 흩날리는 겨울 복판인가, 착각에 빠져도 누구 한 사람 시비 거는 이 없다. 나는 혼자서 꽃비 맞으며 하염없이 걷는 행동이 자꾸만 호사스러워 아무한테나 미안할 지경이다.

눈물이 핑 돌게 황홀한 이 사치함이여! 가능하면 이런 사치함을 뭇 군중들과도 함께 나누고 싶어 안달이 난다. 분명 호사스럽고도 푸근히 여유가 있는 까닭에서 그렇다.

몸이 아파 무거운 이들도 이 호사를 함께 고루 누렸으면 좋겠다. 서러움에 치여 가라앉은 사람 역시 꽃비 속을 걸어보라고, 따뜻한 마음으로 권하고 싶어진다. 하던 일에 실패하고 기죽어 지내는 가장도 꽃비 내리는 풍경에 흠뻑 취하다보면 잠시나마 동심으로 돌아가지 않을까.

사랑하는 가족에게서 배신을 당한 이들 역시도 펄펄 흩날리는 꽃비 감상 현장에 초대를 하고 싶다. 하늘거리며 아래로 떨어지는 꽃비를 보노라면 쌓인 감정이 조금은 녹아내릴 테니까. 몸이 아프거나 마음을 다친 이들에게도 꽃비 감상에 빠져보길 권하려 한다.

사람에 치이고, 돈에 배신당해서 감정이 팍팍해질 때, 저 꽃비를 통해 심신을 닦으면 결코 후회할 일은 없을 것이다. 설사 약간의 회한이 밀려온다 해도 그다지 손해 볼 일은 없을 터이다. 한 푼의 밑천도 들지 않으니 말이다.

꽃비를 향해 그 모든 이들이 모두 누리고 손톱만치라도 남는 게있다면 새하얀 도화지에 그림 한 폭을 담아내면 좋을 듯싶다. 아니, 혹 비단에 수를 놓으면 더욱 어울려 꽃잎 몇 개뿐이라 해도 명작이 되겠다.

차디찬 겨울바람 속 세한도의 여백처럼 희디흰 꽃비 한 줌 내 추억 속 보물로 남겨두었으면 좋겠다. 어쩌다 무료한 날, 어찌하다 심심한 때, 호젓한 여가 시간일 때 가끔씩 꺼내 볼 수 있게 말이다.

꽃비를 맞을 땐 혼자 걸어도 외롭지가 않다. 갈비뼈 억센 사람과 팔짱을 끼고 걸었으면 더욱 좋으련만……. 옆구리가 약간 허전함을 느낀다. 느끼는 건 별 죄가 아닐 거라 믿는다. 어쨌든 행인들을 취하게 하는 꽃비 내리는 길은 풋풋한 사월의 시(詩)가 되어버

렸다. 사월의 시에서 주인공은 아무래도 꽃비일 것이다.

사월의 시가 돼 준 꽃비! 제목 한 번 괜찮아 시(詩)스럽고, 본문이면 더욱 품위가 넘치겠다. 시가 되어 향기가 맑아지고, 시이기에 푹 빠져 놓치기 아까운 꽃잎들의 반란인 꽃비! 잔인한 사월이라고 한 그 시인은 아마 지금쯤 후회할지도 모른다. 극과 극은 서로 통한다는데…….

펄펄 내리는 꽃비 맞으며 걸을 땐 검은 옷을 입으면 더욱 운치가 있을 듯싶다. 하기는 곱게 떨어져 흩날리는 꽃비 내리는 길을 걷는데 아무 색상의 의상(衣裳)이면 어떤가. 꽃비를 맞는 성스러움으로 살아있음의 확인이면 그만이지.

변화무쌍한 봄날, 꽃비를 배웅하려니 외롭다. 꽃비여서 서럽다. 꽃비이기에 눈물이 어린다. 눈자위 젖게 꽃비가 손을 흔들어 대는 봄, 사월의 하루가 엿가락처럼 길다. 우리네 인생도 구불구불 길게 흐른다. 후줄근한 내 인생 굽이굽이 흘러가다 한 줌의 꽃비가 되었으면 좋겠다. 넓은 천지를 무늬 놓는, 희고 맑은 빗물을 닮아 쳐다본 눈시울을 촉촉하게 젖게 했으면 정말 만족하겠다!

꽃비가 사라져 간 허공을 멀거니 쳐다본다. 꽃비가 펄펄 날아간 하늘가에 주황색 노을이 내려앉는다. 꽃비를 흩날린 하늘의 변심인지 모르겠다.

꽃비여, 만세!

봄이여, 안녕!

이 봄, 꽃비와 이별을 나눈 내 삶에 만세를 불러도 좋을 일이 생기면 신명이 나겠다. 얄궂으리만치 신명이 나겠다.

아주특별한이웃

    산 넘고 물 건너 호젓한 마을에 팔자에 없이 선택한 너풀너풀 싱그러운 건강의 일터가 있다. 그곳은 구수한 흙냄새와 말없음표 같은 정적이 존재하는 과수농장이다. 공기 달콤한 전원에서 순수하게 이모작 인생을 가꿔 보려 푹 빠져 출입한 지 몇 해. 처음엔 지구력 요구되는 일들이 적잖이 나를 시달리게 만들었다. 뿐인가, 무엇 하나 똑 떨어진 적 없는 일상을 고무줄처럼 늘여가며 흙냄새, 거름 냄새와 친해지는 생경한 일들과 부딪히다 보니 이따금 치솟는 잡념이 나를 흔들어 댔다.

    그러나 세상은 양면성이 존재하는 곳이 아닌가. 때문에 도전까지는 아니더라도 부대껴 볼 가치가 있기에 긍정의 자세로 나를 담금질하는 중이다. 구름 떼의 애니메이션에 푹 빠지거나 계절마다 패션을 바꾸는 자연에 기대고픈 즉, 획일화되고 속도감에 멀미나는 도시생활을 중화시켜 줄 필요성이 요구된 때문이다. 훈훈하게 감기는 오월 바람이나, 색 바랜 봄과 이별하기 아쉬운 듯 숨찬 뻐꾸기 타령에서 풀 냄새가 흠흠 맡아지는 건 루소의 말처럼 자연으로 돌아갈 빌미였다. 어쩜 어리석게도 흙을 딛고, 하늘 만평 들여놓아 있는 듯 없는 듯 삶을 두둔하는 자연인이길 원한 까닭인지 모른다.

꽃들이 쓸쓸히 모두 떨어져 버리고, 수차례 적과를 하던 날이다. 우리 부부는 뜻밖에 연세 지긋한 이웃 농장 김씨 댁으로 불려 가게 되었다.

"찰칵찰칵 가위 소리 날카롭게 과목 가지를 치고, 꽃 따고 열매 솎는 일만으론 재미없지. 단물이 들 과일 생각에 못생긴 열매를 진종일 딴다고 누가 상이라도 주나? 검은 머리가 파뿌리라 청춘에 미련뿐인 우리와 눈빛 좀 맞춰주면 오늘, 벌통에서 갓 딴 꿀맛을 대접하겠소!"라는, 그 댁 바깥분의 재치에 따른 것이다.

그 댁을 들어선 우린 단내 풍기는 벌꿀을 컵에 받아 든 것만으로도 꿀 먹은 벙어리처럼 입이 붙어버렸다. 거실엔 농장 운영하는 노장 이웃들이 빙 둘러앉아 있고, 방 한가운데엔 아카시아 향을 품은 꿀 담긴 양은 자배기가 자리하고 있었다. 녹슨 기억처럼 품던 쑥스러움을 지우며, 이웃들의 마음을 좀 더 가까이서 느끼려 우리도 그분들 따라 향긋한 아카시아 벌꿀을 입술이 번질거리도록 숟갈로 떠먹었다.

그런데 두 숟갈의 벌꿀이 목을 넘자 속이 다려서 단맛의 꿀도 과하면 고통인 걸 알았다. 뒤늦게 여유가 생긴 우린 단맛을 입 다시며 김씨 내외분께 한창 바쁠 텐데 이렇듯 달콤한 꿀 시식에 초대하느라 황금 시간을 낭비해도 되는지 여쭈었다.

김씨 댁에선 며칠 전 양봉 꿀을 떴다는 것이다. 이때쯤 모두 과수농사 짓느라 힘들 시점에 꿀을 먹어야 힘이 솟고, 그래야 일을 더 잘 할 게 아니냐며, 이웃을 위한 마음을 내비쳤다. 그제야 우린 그 분의 말씀 끝에 밀려오는 감동이 꿀맛보다 더 달콤해졌다. 무엇보다 차갑고 까칠한 세상에 벌꿀처럼 달콤한 이웃을 얻은 행운에 마냥 설레었다.

민들레 홀씨처럼 어떤 껍질에 쌓여 왕초보 무늬로 농사짓는 우리를 거룩한 이웃 반열에 세워 준 그 댁 내외분의 아량에 콧잔등이 시큰거릴 정도였다. 그때, 마음 사이에서 어떤 벽 하나가 스르르 무너져 내리고 있었다. 이어 서먹했던 기분이 구름을 밀치고 나온 보름달처럼 환해졌다.

그 날 이후로 초보 농사꾼인 우린 서툴고 취약한 농장 일을 좀 더 적극적이고 진지하게 해낼 수 있었다. 이웃 농장 지킴이 분들의 아낌없는 조언에 따라 동해안의 해풍이 휘젓는 악천후 날씨와 함께 서툰 과수원 일을 끈끈하게 끌어안는 농심의 자세를 익히게 된 덕분이다.

그런데, 예년보다 훨씬 강렬한 금년의 삼복더위가 온통 우리 정신을 쏙 빼놓는다. 가마솥처럼 펄펄 끓는 열기에 우린 하루에도 몇 번씩 하던 일손을 멈춘 채, 김씨 노인 댁으로 피서를 다닌다.

자녀들을 객지에 보낸 그 댁엔 꼬꼬닭 몇 수와 까만 염소와 귀여운 갈색 충견이 가족으로 살고 있다. 가장 탐스러운 대상은 김씨 댁 마당 옆 호숫가에서 깊은 그늘을 품은, 싱그럽게 사열한 팽나무들이다. 뜨거운 태양 아래 파라솔처럼 시원한 그늘을 짓는 팽나무들이 가슴 넓은 군자(君子) 같은 존재여서 그렇다.

김씨 내외분의 숨은 정을 느낀 건 그때부터다. 그늘이 넓은 팽나무 아래에 햇빛을 가려줄 큰 포장을 쳤다. 거기에 묵은 대나무 돗자리를 깔고 넓은 쉼터를 만든 것은 그 댁 피서 겸해서 농막 컨테이너 더위에 치인 우리도 함께 공유하자는 뜻임도 알게 되었다. 팽나무 아래 쳐 둔 그늘 막에 앉아서 그분들의 여유 넘친 피서법과 구수한 세상살이 이야기 삼매경에 빠질 때면 아주 특별한 이웃사랑이 새록새록 와 닿았다.

얼마 전엔 왕초보 농사꾼인 우릴 붙잡고 몇 마디 질문을 해 오셨다.

"경험이 부족한데도 금년 농사는 퍽 잘 지은 것 같네요. 과일을 봐선 씨알이 굵고, 햇빛을 듬뿍 쪼여 빛깔도 고운데, 단물은 잘 들고 있소?"

"과육은 달지만요 인물이 별롭니다. 주인을 닮아선가 봐요……."

내 말에 허허 웃는 그분들 표정에서 흙을 사랑해 온, 넉넉하고 선한 촌부 내외의 긴긴 한평생이 초록 풀밭처럼 싱그럽게 읽혀졌다.

우리 농막 컨테이너하우스는 뜨거운 여름이면 한 마디로 무서운 공간으로 변해버린다. 지글지글 열 받은 한낮이면 감히 범접 못할 만큼 끔찍한 가마솥을 닮은 공간이 되는 것이다. 해가 지고 기온이 내려야 입실이 가능한 우린 노을이 어둠에 잠겨 풀포기가 안 보일 때까지 상하거나 못생긴 과일을 추려내고, 풀 뽑기로 시름해대는 처지이다. 그러다 눈동자 가득 별빛을 담으며 먹물 양념 버무린 농장의 늦은 저녁상을 마주한다. 허기가 해소되면 하루 노동이 흠씬 밴 땀을 씻고, 저수지 물바람이 더위를 식혀주는 김씨댁으로 피서 겸 저녁마을을 나서게 된다.

며칠 전부터는 김씨 내외분의 섭섭한 근황을 듣게 되었다. 몇 년 전에 의욕을 갖고 김씨 부부가 묘목을 심었는데, 지금은 힘도 부치고 과수 농사에 의욕을 상실해서 폐원할 것이란다. 손길 많이 가는 고추 농사를 텃밭 가득 가꾸고, 고구마 농사를 수천 평 키워내는 그 분들이 폐원을 하려는 주된 이유가 저 밉상 받는 한미 FTA가 원인인 걸 듣고 보니 가슴이 아려온다. 물밀 듯이 꾸역꾸역 들여오는 외제 농산물들이 김씨 노인은 물론 영세한 농가를 울리는 것은 농심을 멍들게 하는 한미 FTA의 그늘 때문이다.

주된 이유를 찾자면 국제교역시대라 세계시장에다 우리나라 상품을 팔려면 다른 나라 상품을 수입해야 하는 처지일 게다. 그렇지만 별 시원한 대책도 없이 위기를 기회로 삼는 지혜가 필요한 때라는, 앵무새 같은 말을 듣노라면 그동안도 우리네 농촌이 긴 세월 정말 열악했었지만, 미래 사정은 더욱 눈물 나고 서러울까 겁난다. 마냥 치솟는 가름 값이며, 부설농자재와 농약은 더 금값이다. 젊은이가 귀해져버린 오늘, 그 누가 피땀 쏟아 내 나라 땅을 가꾸며 신토불이 먹을거리를 지켜낼 것인가. 농부들 속은 체한 듯

꽉 막히고 답답해서 솔로몬의 재판처럼 시원한 대답이 그리운 시대가 돼버렸다.

　유난히 무더운 정해(丁亥)년 삼복, 그 한가운데서 지금 우린 아주 특별한 이웃 덕분에 땀 젖은 농장 생활이 모시옷을 입은 기분이다. 싱그러운 팽나무 그늘처럼 김씨 내외분이 베푸는 그윽한 정을 만난 덕이다. 한평생 농사에 매달려 열악한 환경에서도 빚진 것 없이 다섯 남매를 반듯하게 키워낸 촌부 내외. 부지런함이 농심의 근본인 걸 풋내기인 우리에게 가르친, 참 농사꾼인 그분들의 농익은 삶을 대하면서 나는 자꾸만 깊은 존경심이 펑펑 솟는걸 느낀다.

도토리 키 재기

럭셔리하지 못한 우리의 거처는 허접한 주택이다. 그것은 아파트 문화가 몸에 붙지 않아서이다. 허접한 주택이라 표현하면 30년이 넘게 내 삶을 맡아준 우리 집한테 대단한 실례가 될 지 모른다. 하지만 번쩍거리게 잘 지은 아파트와 비교하면 허접한 건 확실하니 어쩔 수 없는 표현이다.

날더러 굳이 주택을 선호하는 이유를 묻는다면 할 말이 없다. 아파트보다 좋은 점이 많아서 주택을 선택한 건 절대로 아닌 까닭이다. 시멘트 구조물로 쌓아 올린 육면체 공간의 문을 찰칵 닫아걸면 범죄가 난무하는 험난한 세상과 쉽사리 단절할 수 있어 얼마나 만만하니 좋은 아파트인가. 게다가 편리함 또한 좀 많은 공간인가. 다만 주택의 장점을 억지로 찾는다면 층간에서 유발되는 소음이 없다는 점 정도일까. 그리고 또⋯⋯.

30여 년 전, 처음으로 내 집을 지어 입주할 때는, 셋집을 해바라기하며 이 동네 저 마을을 전전하던 우리들로썬 한 마디로 감격시대였다. 달포 동안을 흥얼흥얼 들뜬 마음으로 지낸, 동백꽃이 활짝 핀 봄이었다.

우리 부부는 나름대로 좋은 집 가꾸기를 한답시고 작은 마당 공간을 두고 이런 저런 온갖 고민을 하였다. 텃밭을 만들어 신선하게 채소를 심을까, 파란 잔디를 깔아서 까르르 웃는 애들이 놀기 좋은 풀밭을 만들까. 그러다 결국 흔한 상록수 여남은 그루를 심기로 했다.

종류로는 편백나무와 층층으로 봉긋하니 다듬어진 향나무를 선택하였다. 흔한 청단풍이랑 흰 꽃을 피우는 겨울 동백과, 빨간 봄 동백도 골랐다. 꽃잎이 흐드러진 신종 자목련이며, 사철나무도 한 그루 섞었다. 비쩍 마른 남천을 끼워 넣으니, 그런대로 구색이 갖추어졌다.

그런데, 젓가락 같은 남천이 심은 해가 거듭할수록 옆자리를 침범해대며 죽죽 퍼져나가는 번식력에 혀를 내두를 판이었다. 흡사 주절주절 식구 수를 늘여대는 흥부네 가족 같다는 생각이 들 만큼.

그 중, 만만하지 않은 사실이 또 더 있다. 넘침이 모자람만 못하다고, 나무들이 웃자란 나머지 진지를 넓혀가며 세력을 쭉쭉 뻗는 활력이 문제였다. 왜냐면, 좁다란 우리의 마당은 산이 아니기에 관리하는데 엄청나게 에너지가 부족했기 때문이다. 그 중, 해가 거듭될수록 향나무의 꼭대기가 짱구 머리로 변해가더니, 마당에

음침한 그늘을 지었다. 30년이 훌쩍 넘자 뻗어오르는 나무의 세력이 마당을 완전 장악해 갈 태세였다.

처음엔 쑥쑥 커가는 나무들의 자람을 좋게만 보아 넘겼다. 거름을 먹고도 오종종하고 땅딸한 것보다 넌출하게 키를 키워주는 게 고마웠다. 때로는 블록 담장에서 펄펄 뿜어댄 삼복의 열기를 식혀준다 싶어서 좋게 생각하였다.

그런데, 차츰 파란 하늘을 찔러댄 나무들의 큰 키에 은근히 무섬증이 생겼다. 마당에 나무 그늘이 좀 우거졌기로 뭐 앙앙불락할 이유가 있을까 싶겠지만, 그게 아니었다. 집에 온 방문객들의 입에선 한결 같은 목소리로 나무를 좀 쳐내라, 집에 그늘이 너무 짙어지면 나쁘다고, 훈수를 해대는 통에 질긴 내 귀도 흔들리지 않을 수 없었다. 거기다 태풍이 우리 도시를 휘젓고 가는 통에 키 큰 향나무가 억지를 하듯 비스듬히 누워버렸다. 태풍을 맞은 탓이다. 가족들이 개미처럼 매달려 나무를 바로 세우려 끙끙댔지만, 누워버린 나무의 자세는 거만할 뿐이었다.

결국 지난 해, 우리 내외가 새 봄을 맞아 실행에 나섰다. 마당의 나무들을 손보기로 한 것이다. 손을 본다니까, 어감이 조직폭력배 같아서 호호 웃었지만, 우린 계획해둔 대로 벌목에 들어갔다.

첫 번째 타깃은 30년을 넘게 성장한 향나무였다. 감히 전기톱이 아니면 곤란할 만큼 거구를 뽐냈기 때문이다. 나무든 조직이든 세력이 과하면 반대급부로 상대가 더 열세해진다는 이치를 새삼 깨달은 것이다.

전기톱을 쥔 남편이 한나절동안 드르륵 드르륵 거목을 넘어뜨렸다. 남편은 전기톱의 무게가 여간 아니라며, 땀을 뻘뻘 흘렸다. 그 모습을 지켜본 나는 무섭다는 생각마저 들었다. 곁가지부터 시작해 중간 가지로, 원통나무를 몇 번씩 나눠서 동강을 만든 후에야 긴장감을 내려놓았다. 굵은 통나무가 쿵 하는 소리와 함께 벌렁 나뒹굴었을 땐, 시원섭섭한 기분이었다.

그런데 통나무가 나뒹군 자리엔 나무의 잎들이 수북이 쌓였다. 더 어려운 건 땅바닥에서 지그재그로 공간을 채워버린 나뭇가지들이었다. 워낙 빼꼭했으니 말이다. 망연히 바라보는 것만으로도 지레 지치고, 주눅이 들었다.

놀라운 사실은 그때부터 우리 부부가 똑같은 행동을 했다는 점이다. 농장에서 과일나무의 가지를 친 실력이 발휘되고 있었다. 짧게 자르고, 묶어 이동하기 좋게 나뭇단을 만들어 낸 행동이 일사불란했던 것이다.

그 일을 이틀 동안 치러낸 남편도 그렇지만 나도 닮았다 싶어 부창부수란 단어를 떠올려 봤다. 부창부수(夫唱婦隨). 일부일처제란 제도에선 정말 완벽하게 어울린 단어일지 모른다. 듣기엔 참 좋은 말 같아서다. 그러니 극과 극이 서로 통하듯 전혀 색다른 성격의 소유자들끼리 원만했다는 이야기로 성립을 시켜도 될까?

30년 넘게 티격태격 살아온 우리 부부야 말로 숱한 불협화음을 내던 관계였다. 날카롭게, 때론 격렬하게 앙숙이 되어 싸우기 위해 태어난 사람들처럼, 도토리 키 재기를 했던 사이가 아닌가. 작은 일에도 견해가 엇갈렸고, 자분자분 이해를 시킬 줄 몰라 장소 불문 코 목소리를 좀 찢어발겼던가.

좁은 자동차 안에서는 또 얼마나 별나게 굴었는가. 상대의 운전 실력을 믿지 못해 긁고 상처를 주며, 빈 수레처럼 요란하였다. 거기다 버럭버럭 소리를 질러대며, 이성적이지 못한 행동을 얼마나 보였던가.

몇 년 전부터는 정년퇴임한 남편과 이모작 인생을 펼치게 된 농장에서도 우린 다를 바 없었다. 낯선 과수농사에 천지분간도 못한 채, 뛰어들어 서툰 농사법에서도 퇴비를 주는 방법이 틀렸네, 과다하게 뿌린 비료가 도장지를 키웠다, 운운…….

그런 엇박자의 세월도 어언 서른 번을 훌쩍 넘었다. 욕하면서 배운다고, 길이가 다른 젓가락처럼 불편함에 치였다가도 때로는 풀린 눈빛으로나마 같은 방향을 바라본 시간들. 그동안 우리는 도토리 키 재기를 했던가.

어떤 이가 그랬다. 요즘 들어 우리네 사회에 이혼이 흔한 것은 서로 맞추려 싸워보기도 전에 쿨 한 흉내를 내며, 이별을 먼저 외쳐대는 까닭이라고. 그렇다면 티격태격 많이 싸우고, 눈물 콧물 짜내며 질펀하게 부딪치는 삶이 오히려 건강한지 모를 일이다.

우리에게 남아있는 날들은 참으로 짧습니다
당신과 내가 갈아엎어야 할 저 묵정밭은
그대로 남았는데……

－도종환『접시꽃 당신』

　인생에 정답은 없을 것이다. 아직도 갈아엎지 못한 묵정밭 때문에 우리 부부의 티격태격 도토리 키 재기는 계속 진행형이다.

양띠 해의 비망록

이 봄, 나는 유독 신열을 앓고 있다. 가슴에 남은 이별의 아픔 때문이다. 분명 내 안에서 그리움으로 펄럭이는 이별의 한 자락이 그 근원인 셈이다. 이별의 한 자락! 누가 그랬다. 이별은 만나기 위해서 존재하는 거라고. 그렇지만, 만나기 위한 이별이라면 기다리는 최소한의 설렘이라도 있어야 하지 않을까. 기다려도, 목이 빠지게 기다려도 소용이 없는 이별에 절여진 내 가슴은 자꾸만 이 봄이 아파 어쩌지 못한다.

내겐 평범한 인생선배 한 분이 계셨다. 문화교실 서예 팀에서 만난 K 여사다. 말라 뵈는 체구와 소녀처럼 까르르 웃는 모습이 해맑은 그분은 나의 뒷자리에 앉았다. 맨 처음 붓을 잡기 전에 교육생들끼리 인사를 나눌 때, 그의 말솜씨가 인상적이었다.

"며느리를 본 늙은 학생이 용기를 냈어요! 고스톱 치는 것보다

나을 것 같아서 서예교실에 등록을 했는데, 여러분들이 많이 도와
주세요. 그런 뜻으로 오늘 자판기 커피를 한 잔씩 돌리겠어요!"

그 날, 우린 자판기 차를 마시며, 처음 본 K 여사에게로 한 걸음
씩 다가섰다. 그때부터 한 해 동안 서예를 마친 귀갓길이면 우리
는 헤어지기 아쉽다는 말을 서로 나눴다. 피붙이도 아닌 우리가
전생에 혹시 연인사이일지 모른다며, 함께 웃곤 했다. 때로는 K
여사를 동기처럼 마음에 담은 나를 발견했다. 찬찬히 자석처럼 끌
렸던 것이다.

K 여사는 섬광처럼 번쩍이는 두뇌 회전의 소유자였다. 불우한
이웃에게 사랑을 베풀고, 불쌍한 이들에게 봉사하고, 새 가정을
이룬 젊은 부부들 불협화음엔 감정노출 없이 길잡이 해 주는 말솜
씨 등, 배울 점이 많았다.

이듬해에는 내 생활에도 변화가 찾아왔다. 무공해 채소 농사를
손수 짓던 그의 체험적 자문을 따른 내가 팔자에 없이 채소를 키
우는 계기가 됐던 것이다.

K 여사가 재작년 여름 외식을 하는 자리에서 충격적인 한 마디
를 들려주었다.

"아우님! 오늘 큰 비밀 한 가지를 터뜨릴 게 있네!"

나는 농담인 줄 알고(손자가 네 명), 젊은 할머니가 농담도 잘 한다
며, 예사로 받아넘겼다. 그런데, 갑자기 그의 눈동자가 붉어지는
가 싶더니 금세 이슬이 맺혔다. 순간, 우리 사이에 커다란 강물이

흐르는 것 같았다.

"형님! 어디, 아프세요?"

나는 궁금증에 치여 질문을 하였다. 눈시울을 적신 그의 얘기가 내 가슴에 충격으로 파고들었다. 봄부터 자주 피로가 오기에 큰 병원에서 건강검진을 받았으며, 폐암 말기란 결과를 알게 됐다고 했다. 하도 놀라워 오진이길 바라며, 서울의 큰 병원을 찾아 다시 검진을 했는데, 결과가 똑같더라는 것이다.

그이는 슬픈 표정으로 자신의 처지를 초연하게 털어놓았다. 자녀 셋을 모두 결혼시켰고, 남편이 이태 전에 정년퇴임을 해도 연금을 받으니 가슴에 담고 죽을 사람은 없노라 했다. 죽음도 누구든 한 번씩 가야 할 길이매 조금 일찍 가는 것일 뿐, 이제나마 여분의 삶을 관조하고 싶다는 거였다. 그러곤 이제 막 인생의 곰삭은 맛을 느끼던 참이라고, 눈물을 찍어냈다. 옆에서 눈시울을 함께 적신 나는 모든 게 거짓일지 모른다는 말을 들려주고 싶었지만, 입 밖으로는 나오지 않았다.

K 여사는 농부의 9남매 막내딸로 태어나 많은 귀여움을 받았다고 했다. 그런데 막상 이 세상 소풍나들이가 병에 밀려 짧아진다 싶으니 손위 형제들에게 상처를 남기는 것 같아 그 점이 가슴 아프다며 울먹였다. 황금나이 예순 한 살, 삶의 깊은 맛 대신 그는 항암치료를 딱 한 번 받은 후, 그 일을 강하게 거부했다는 것이다. 항암 치료로 음식을 못 먹고 지레 환자가 되는 게 싫었다며, 우수수 빠지는 머리카락도 보기에 눈물겹다며, 남은 시간이나마 즐겁

게 살고 싶다며, 울먹거렸다.

어느 날 그이를 만났더니 길게 한숨을 내쉬었다. 암에 걸린 것보다 더 서럽고 아픈 일이 생겼다는 것이다. 암에 걸렸다니까 사람들이 혹여 전염이라도 될까봐 슬슬 자기를 피하더란다. 나도 그러냐고, 만약 그렇다면 우리 만남을 끝내는 게 좋겠다며, 고개를 숙였다. 나는 말 대신 앙상한 그의 두 손을 덥석 마주 잡아버렸다.

그 후, 우리의 만남은 주 단위로 잦아졌다. 미술관에서, 서예전시장에서, 녹음 짙은 산자락에서, 명상하는 산사에서, 아름이 벌어진 밤나무 숲에서, 화초처럼 키우는 그의 채소밭에서, 혹은 잡념을 희석시켜 주는 이야기가 있는 풀밭에서, 우리는 짧게 남은 시간 때문에 이별의 준비가 아쉬워 끈적이는 심사를 서로 주고받으며 삭이기에 바빴다.

소중하고 아깝게 갉아먹은 시한부 세월 일 년여. 그간 K 여사는 여름동안 남편의 모시바지에 감물을 들여놓았다고 했다. 남편이 혼자 해결해야 할 세탁문제에 염두를 뒀다는 뜻이다.

그 해, 가을이 되자 손수 기른 콩을 타작하여 메주까지 끓여 놓았다는 얘기도 들려주었다.

그 날 밤, 나는 잠을 못 이룬 채 밤새 뒤척였다. 멀리 떠나야 하는 이의 준비는 저리도 남은 이에게 가슴 아픈 이야기가 될까 싶어, 혼자 눈물을 삼키는 일조차 서러웠던 것이다.

2002년도 다 저물어 간 음력 섣달그믐께, K 여사로부터 전화가

왔다.

"아우님! 만나서 우리 맛난 거 먹어요!"

그는 집에서 찹쌀수제비를 시켜 놓은 채, 나를 기다리고 있었다. 초겨울부터 병색이 짙어져 집에서만 쉬던 그의 모습이 놀랍도록 초췌했다. 어깨를 덮친 통증이 암과 관계가 있는 것 같다고, 거친 내 손을 잡으며 눈물을 훔쳤다. 그때, K 여사의 시한이 종착지에 다가온 느낌을 받았다. 우리는 사소한 이야기로 만남을 채우며, 속으로 이별이 다가 오는 걸 아쉽게 여겼다. 해 질 녘, 건강하시란 인사를 남기며, K 여사 댁을 떠나왔다. 그것이 우리의 마지막 만남이 될 줄이야……

설을 지난 후, 선배님 건강이 악화돼서 병원에 입원했다는 소식을 들었다. 바쁜 일 때문에 나흘 만에 문병 차 그의 입원실을 찾아갔다. 그런데 나를 기다린 건, K 여사가 간밤에 유명을 달리했다는 부음이었다. 나는 맥이 탁 풀렸다. 그렇게 바삐 떠날 인연이면 차라리 만나지나 말지……

나는 우리를 이렇게 만든 신이 원망스러웠다. 아픔을, 그리움을 녹이며 남은 사람은 또 그렇게 조금씩 망각의 강을 건너가겠지……

이제 K 여사가 떠나고 없는 이 땅에도 지난해처럼 봄이 찾아왔다. 그러나 지난해의 그 봄이 아니다. 나는 자꾸만 그를 향한 그리움에 목이 잠기다 못해 미칠 것 같은 통곡이 가슴속을 치밀어 올라왔다.

그는 조금씩 죽음을 준비했던 모양이다. 며칠 전 통장의 잔고를 털어내 병든 이에게로 보냈다는 이야기가 기억의 늪에서 되살아났다. 배고픈 이에게나, 타인에게 베푸는 일을 즐기다 떠나간 그에게 명복을 빌었지만, 남은 그리움은 모두 떨쳐내지 못했기 때문이다.

늦사리 동백이 곱게 봉오리를 틔우는 이 봄, 내 정서는 아프고 그리움에 멍이 들었다. 우리의 정이 아픈 딱지로 남겨졌나 보다.

저 먼 하늘나라로 떠난 K 여사가 미치도록 보고 싶어 소월의 「초혼」 한 구절을 읊어 본다.

> 떨어져 나가 앉은 산 위에서
> 나는 그대의 이름을 부르노라
> 설움에 겹도록 부르노라
> 부르는 소리는 빗겨 가지만
> 하늘과 땅 사이가 너무 넓구나
> 선 채로 이 자리에 돌이 되어도
> 부르다가 내가 죽을 이름이여!
> 사랑하던 그 사람이여!
> 사랑하던 그 사람이여!

매력 남성 헤르메스

우리 인간, 특히 남성에게 있어 참 매력은 과연 뭘까. 얼굴인가? 큰 키일까? 늘씬한 몸매인가? 그 중 어느 것 하나도 놓치기가 싫다면 염치가 없는지 모르겠다. 거기다 재정능력이 겸비되면 금상첨화일 것이다. 그렇듯 매력이 넘침은 물론, 모든 것에 유능한 헤르메스가 있다. 남성 신(神)이다. 헤르메스는 사자(使者)로서의 역할을 많이 했던 모양이다.

주신(主神) 제우스와 거인 아틀라스의 딸 마이아 사이에서 태어났다는 헤르메스. 그런데, 참 거짓말 같은 남성 신 헤르메스 이야기에 나는 정말 오래도록 푹 빠져 들지 않을 수 없었다. 그것이 못 말리는 신화의 매력이겠지만.

헤르메스는 태어난 지 얼마 안 돼서부터 요람에서 빠져 나와 아폴론 신의 소를 훔쳤다고 한다. 이때, 뒤를 밟히지 않도록 소의 꼬

리를 끌고 뒷걸음질을 치게 할 정도의 지혜를 발휘했다는 대목에

선 과연 신화답다는 느낌이 강하게 들었다. 그때문인지 그 이야기

에 더욱 빠져드는 매력 또한 멈출 수가 없었다.

또한, 헤르메스가 갓난아기일 때, 거북을 잡자 그 귀갑(龜甲)에

양의 창자로 현(弦)을 매어서 하프를 발명했다는 이야기도 있다.

그 하프에서 울리는 음색이 얼마나 아름다웠던지, 그 아름다운 음

색에 감동한 아폴론이 하프를 얻는 대신 자기의 소를 훔친 것을

용서해 주었다는 것이다. 그 밖에도 피리를 만들어 아폴론에게 주

고 조약돌로 점치는 법까지 익혔을 정도였다니, 더 말해 무엇 하

겠는가. 거기에다 음악이나 문자, 숫자, 천문은 물론, 체육, 올리

브 재배법, 도량형을 만든 것도 헤르메스였다니, 감동에 빠지고도

남을만했다.

그때, 너무도 유능한 우리의 옛 선비 다산 정약용 선생을 문득

떠올려 봤다. 실학을 집대성한 학자이면서 차 문화 부흥을 이끈

다산(茶山) 정약용 선생의 이야기가 헤르메스와 버금가는 느낌이

들어서다. 헤르메스가 신화적 인물인데 반해 정약용 선생은 과거

실존인물이라는 점에서 매력과 존경심이 절로 솟아났다. 2012년

에는 유네스코(UNESCO)가 세계문화인물로 선정한 다산 선생이기

에 신화의 인물과는 비교조차 할 수 없지 않은가.

신화는 신화일 뿐, 학문에서나 사상에서의 친필 저술은 또 얼마

나 고귀하게 알려진 고급한 유산인가. 시(詩), 글(文), 책(書)이나 그

림(畵)등 문예작품도 어마하고, 학맥이나 가계, 사우 등 문인의 교

류관계에서 남겨진 유물이며 자료가 얼마나 엄청난가 말이다.

그 중에도 특히나,

①단계별 교육: 학습의 요령과 우선순위를 익힌다.

②전공별 교육: 적성을 살린다.

③맞춤형 교육: 개성을 살리고 학습동기를 유발한다.

④실전형 교육: 방법론을 터득하게 한다.

⑤토론형 교육: 문제의식을 고유하고 심화시킨다.

⑥집체형 교육: 효율성을 극대화시킨다.

요즘 들어 권장되고 있는 이상적인 교육방법과 놀랍게도 일치한 그 대목에서 더욱 감동을 받고, 전율할 정도이다.

헤르메스가 성인이 되어서는 제우스를 비롯한 신들의 의사를 전달하는 사자(使者)로써 활약했던 신이었다고 한다. 사자(死者)를 저승으로 안내하는 역할도 맡았기에 '영혼의 인도자'라는 의미의 '사이코포모스'라는 별칭도 얻었다. 그 모습에서는 페타소스라는 날개가 달린 넓은 차양의 모자를 쓰고, 발에도 날개가 붙은 샌들을 신었다. 손에는 케리케이온이라는 전령(傳令)의 지팡이를 들고 있는 것이 특색이다.

원래는 아르카디아를 중심으로 한 선주민족(先住民族)의 신앙에서 길을 지키는 마술적인 신이었는데, 그 힘의 범위가 확대되었다는 것이다. 나그네의 수호신이면서, 변론(詩論)이나 행운과 상업이며 도둑과 운동경기의 신으로도 활약했던 청년이 헤르메스란 설명에서 거부감이 든 것은 도둑이란 대목이다.

한편 헤르메스는 다산(多産)과 풍요(豊饒)의 신이기도 했다. 여신이던 아프로디테와의 사이에 헤르마프로디토스를 낳았다는 설이 있다. 고대에서 가장 친근한 신 가운데 하나였다던…….

현대는 눈이 핑핑 돌아갈만큼 정보의 시대이다. 모든 걸 컴퓨터가 처리해주는 광속(光速)시대를 살지만, 중년에 상업관계 학교의 기장(記章)에 날개와 뱀이 달린 지팡이가 그려져 있었던 것은 상업신으로서의 헤르메스에서 연유한 것이었다니, 그 또한 감동을 넘어 격세지감이다.

그럼에도 헤르메스 신화(神話)에서는 정치에 관한 이야기는 별로 듣지 못했다. 설왕설래하고, 왈가왈부로 복잡한 오늘의 우리나라 정치계를 보면서 느낀 점은 그거다. 매력남성 헤르메스와 같은 유능한 인물이 있다면 우리 현실이 엄청 달라졌을지 모른다는 생각이 들었다.

너무도 평범한 여성으로써 한때 나는 나름의 꿈을 꾼 적이 있다. 헤르메스와 같은 남자를 만나 결혼한다면 인생이 얼마나 멋질까 싶었다. 지금도 가끔 뜬구름 같은 상상에 빠져본다. 비록 신화 속의 한 인물이지만 어쩌면 헤르메스와 같은 매력인간이 우리네 세상에 태어날지도 모른다는 희망사항을 품은 채, 살아간다. 신화 속 헤르메스만큼은 아닐지 몰라도 다산 정약용 선생도 우리 옛 시대에 실존했던, 유능하고도 존경스러운 인물 중의 한 분이기에 말이다.

그러고 보니 내가 흡사 신화에 빠져서 헤어나지 못한 여자가 된 느낌이다. 그렇지만, 누가 뭐라 해도 남성하면 신화에 등장한 헤르메스가 최고의 인간상이 아닌가 싶다. 언제든 헤르메스의 신화를 듣다보면 저절로 그 매력에 풍덩 빠져들고 만다. 누구도 못 말리는 나의 본능 탓인지, 아니면 여자란 신분 때문인지 정녕코 모를 일이지만……

아버지의 선택

몇 달 전, 남편의 친구 L 씨가 첫딸을 시집보내게 됐다는 소식을 전해왔다. 스물다섯 해 동안 곱게 키운 딸을 누군가에게로 넘겨주게 된 그 아버지는 딸 결혼식을 한 달 앞둔 때부터 우울증에 걸렸다는 소식도 뒤 이어 들려왔다.

L 씨는 딸의 결혼식 날을 받아놓은 후부터 아버지로써 직장에 나가는 일도, 믿음직한 사위가 생기는 일도 좋은 감정 보다 그저 매사가 허무하고 일손이 잡히지 않는다는 호소를 한다는 거였다. 미루어 짐작하건데, 그 사람의 우울증은 어쩌면 이미 예고된 일이 아닌가 싶었다.

그는 남매가 감수성 예민한 초등학생일 때, 가슴 아픈 이혼을 선택하였다. 검은 머리 파뿌리가 될 때까지 함께 늙어가자며, 손가락 걸고 했던 맹세를 깨버린 거랄까. 이혼할 당시 어쩌면 L 씨는 달리는 열차에서 뛰어내린 기분이었을지 모른다. 그렇다고 평생을 함께 약속한 결혼생활에서 나름의 애로가 장애로 등장했는지 그 역시 아무도 모를 일이었다. 그러니 달리는 열차에서 중도 하차 할 수밖에 없었던 그들이지만, 무슨 사연 때문에 왜 등을 돌려야만 했는지는 감히 그 누구도 점치지 못했을 것이다.

이혼을 선택했던 그는 한창 코 흘리는 남매를 혼자서 키우며 홀아비 생활에 지쳐갈 무렵, 딸의 머리카락을 빗겨 줄 참한 여성을 만나 재혼도 했었다. 심성이 착한 새엄마는 아기를 낳지도 않은 채, 전처가 남겨 둔 두 남매를 제 핏줄처럼 정성들여 키워냈다. 이제는 남매가 학교를 다 마쳤고, 직장에 나가며 사회인으로 손색이 없기에 짝을 맺어주기로 했던 모양이다.

그런데도 아버지인 L 씨에게 왜 우울증이 왔는지, 주변 사람들은 그저 궁금할 뿐이다. 아버지는 뒤늦게 자꾸만 자기 뜻과는 달리 뭔가 아쉽고, 허전해진다는 마음을 호소하였다. 엄마 손이 한창 필요로 할 때, 어렵게 혼자 키운 딸을 시집보낸다 생각하면, 그 사이 딸이 훌쩍 자라 준 게 고맙기도 하고, 아버지가 돼서 어쩌다 어린 딸한테 생모와 헤어지게 만든 장본인이 된 것 같아 마음에 걸려 자꾸만 죄스러운 심정을 주체하지 못한다는 것이다.

L 씨의 그런 사실을 들은 날, 나는 슬그머니 내 친정아버지를 떠올리고 있었다.

어머니가 일찍부터 등을 떼밀었지만, 이런저런 이유로 결혼을 피했던 나는 스물여섯이 다 저물어 갈 무렵에 한 남성을 만났다.

내가 시집간 후론 아버지께서 일손을 놓으신 채, 매일매일 식사도 거르시며, 훌쩍훌쩍 우셨다는 얘기를 훗날 친정어머니께서 들려주셨다. 시집가는 딸의 뒤 꼭지를 보면서부터 우시는 아버지 때문에 어머니께선 맘 놓고 눈물을 닦을 겨를이 없더라고 하셨다. 그저 딸은 괄호 밖의 인간쯤으로 여기시던 아버지께서 어인 일일까, 저 가슴 밑바닥에 목 메인 상처만 수없이 쌓여 있다는 생각에 젖어있던 나는 아버지께서 단지 딸이 시집간 것 때문에 우셨을까 궁금했다. 많이 모자란 채 한 가정을 이루었으나 철이 없던 나는 그때까지도 내 아버지께서 흘리신 눈물의 의미를 헤아리지 못했던 것이다.

할머님께서 돌아가신 날 대성통곡하시던 아버지를 본 후로 나는 아버지의 눈물을 한 번도 본 적이 없었다. 그러다 인간의 감정이 뿜어내는 눈물, 가슴 밑바닥을 촉촉하니 적시는 눈물, 그것도 카리스마 넘친 아버지의 눈물은 정말 핏줄에 쏟아 붓는 뜨거운 액체일거라는 사실을 뒤늦게 깨달은 것이다.

우리는 네 남매인데, 남동생이 셋이니 나는 고명딸이다. 아들욕심이 너무 많은 우리 아버지는 모든 생활을 삼촌을 비롯해 아들만을 우선하며 사셨다. 책을 살 때나 입학, 등록금을 낼 때도, 옷가지를 사거나 먹을거리는 물론, 나들이할 일이 생겨도 삼촌과 아들이 먼저요, 늘 우선하였다. 외딸인 나는 타인처럼 푸대접에 치여 서러움에 젖어 자랐다. 이유는 그거였다. 딸은 남의 집으로 시집을 가버리고, 아들은 남아서 가문을 위하여 종사한다는 욕심에서 벗어나질 못한, 지극히 유교적인 아버지의 의식이었던 것이다.

우리 아버지는 일정치하에 보통학교를 다니셨다. 4대종손으로 누님과 여동생을 셋 두셨는데, 막내삼촌이 네 살 때 할아버지께서 돌아가셨다 한다. 막내삼촌은 나와 열 살의 차이가 난다. 그러니 아버지 시선엔 동생에 가려 딸은 보이지 않았을지 모른다.

어릴 적 우리 남매는 아버지의 별명을 '호랑 아버지'로 불렀다. 우리는 아버지께서 죽으라면 죽는시늉을 하면서, 의사피력 한 번 제대로 펼쳐보지 못한 채 사춘기를 보냈다. 동생들이 울다가 저 멀리 담장 밖에서 아버지의 기침소리만 들려도 덜컥 그쳤다. 아버지 말씀은 곧 법이고, 강력한 카리스마였던 것이다.

우리 집에선 제법 많은 농사를 경영하였다. 일꾼 두 명을 고용했고, 아버지께서 새벽에 일어나나서서 일꾼들을 깨워 논밭으로 내보냈다. 그 분의 농사법은 독창적이었다. 물이 출렁대는 논에는 일편단심 벼를, 벼를 베어 낸 가을이면 밀이나 보리를 파종하였다. 그런 아버지만의 농업경영은 상당한 실력을 갖춘 셈이다.

한 해 농사를 지으면 이듬해 우리 집 농토가 조금씩 늘어났다. 애들 학비와 일꾼들 연봉과 가용 돈을 제외한 남은 이익은 농토를 넓히는데 사용했으니 말이다. 농토를 구입할 때, 돈이 조금 모자랐어도 아버지께선 그 일을 추진시켰다. 두 해 동안 추수하여 농토를 구입할 때 진 빚을 갚을 수 있으면 성공적이라는 아버지의 경영철학은 평가받을 만 했다.

아버지의 여성편력은 고고하셨다 할까. 여든 평생을 오직 어머니 한 분만 아시고 사셨으니 말이다. 지난날 어머니를 향한 아버지의 일편단심은 훗날 아버님께서 겪으신 장병(長病)을 두고, 어머님께서 사랑보다 깊은 정(情)으로 봉사하신 듯 싶다.

이제 여든을 넘기신 친정아버님께서는 10여 년째 문 밖을 모른 채 자리보전하신다. 퇴행성이 온 탓에 척추가 나빠져 병원에서도 치료가 안 되니 안타까울 뿐이다.

그 옛날 아들만을 떠받들던 내 부모님 곁에는 지금 아무도 없다. 모두 객지에 나가고, 두 분의 식사도 어머니의 힘으로 해결하신다. 우리 남매들이 각자 흩어져 살다 보니 그런 형편에 놓여있다. 두 노인이 넓은 집을 지키시는 모습을 대하면 태어나고 자란 곳을 거슬러 오는 연어의 회귀본능 그 생태가 무척 그리운 요즘이다. 출가하면 외인이라고, 집나간 아들과 딸은 손님 같고, 늙으신 노인들 따라 이끼 낀 기와집만 함께 늙어가고 있음에 서럽다.

내 아버지를 떠올리고 보니, L 씨가 젊은 시절 어린 자식들 앞에 가슴 아픈 이혼을 했던 건, 남매의 아버지로써 최선의 선택이었을 줄로 믿을 뿐이다.

윷이야기

좀 무리인가 여기면서도 최신형 컴퓨터를 한 대 들여 놓았다. 그런데, 길을 닦자마자 헌차가 먼저 지나간다더니 내게도 그와 비슷한 일이 생겼다. 컴퓨터를 새로 사 오길 기다렸던 듯 남편이 아주 열정적으로 빠져들면서 오락에 정신을 앗겨 숨겨진 버릇을 유감없이 드러내는 게 아닌가.

남편은 짬만 생기면 컴퓨터에 매달리고 있다. 즉, 독점을 해버리는 것이다. 필요에 목이 타는 나를 제쳐둔 채, 아주 시간관념도 없이 카드 패를 획획 넘기거나 화투그림 짝 찾기에 흠뻑 빠져 몰두하는 것이다. 게다가 흉하게 생긴 무기를 휘두르며 사납게 공격하는 무자비한 오락에 취해서 정신을 놔버린 것처럼 집중하는 걸 보니 암만 생각해도 병적인가 싶다.

놀이문화의 하나지만 유독 중독성 강한 컴퓨터 오락을 못마땅하게 여긴 나는 교양 없이 남편을 긁어대며 면박을 주고는 했다.

"비싼 기계 들여놨더니 아주 제대로 값어치 있게 씁니다 그려?"

비꼬는 말투로 뒤틀린 나의 감정을 과감하게 드러냈다.

"비싼 기계를 값싸게 써먹는 당신은 가히 국제적 챔피언감인데요?"

콕콕 찔러대는 내 말에 두 귀를 막은 듯 무관심한 그를 향해 박박 긁는 나도 정말이지 못할 짓이었다. 듣기 좋은 꽃노래도 한두 번이지…….

문제는 그거였다. 평소 행동이 굼뜬 남편이 컴퓨터 점거만은 가히 민첩한 점에서 나는 속이 편하지 못했다. 가족 셋에 컴퓨터가 두 대인데도 굳이 내게만 컴퓨터가 흉년이 드는 건 남편이 즐기는 오락게임이 유죄였다. 그렇지만 남편이 즐겨하는 오락을 막겠다고 컴퓨터를 자물쇠로 채워둘 수도 없고, 이래저래 내 속은 가시처럼 심술이 삐죽삐죽 솟아날 뿐이었다.

하루는 궁금해서 남편이 컴퓨터 오락에 취할 때 슬쩍 훔쳐보았다. 남편이 컴퓨터에 그렇게 깊이 푹 빠져드는 일이 뭘까 싶어 궁금해서다. 잠시 후, 나는 안심을 했다. 남편이 채팅을 하는 건 아니기에 다행으로 여겼던 것이다. 그런데 그런 안심은 잠시였다. 쓰리디 영화 '아바타'의 화면보다 더욱 현란하게 움직이는 게임 장면이 어지러웠기 때문이다.

내 입에선 나도 모르게 한숨이 뿜어져 나왔다. 잔글씨 대처법을 돋보기로 찾은 남편의 시신경에 무리가 오지 않을까 염려가 됐던 탓이다.

사실 컴퓨터 오락의 종류는 하도 많아서 일일이 다 셀 수가 없다. 울긋불긋 화려한 동양화 감상이나 다이아몬드 카드, 아님 손에 칼을 들고 서로 쫓고 쫓기는 싸움쟁이가 설쳐대는 모습이 정말 시간과 정성을 쏟을 만큼 좋은 놀이로 보아도 될까. 남편은 오락게임에 올인하며 에너지를 소모해대니 나는 암만해도 이해를 못할 뿐, 그때마다 컴퓨터에 허기를 느낀 나는 굴뚝처럼 높아져 가는 불만을 어찌지 못한다.

그뿐이면 얼마나 좋을까. 진종일 컴퓨터 오락에 푹 빠져 지낸 날 저녁때면 남편은 어김없이 손가락이 뻣뻣해져서 아프다고 엄살을 부려댔다. 더러는 허리가 뒤틀린다는 둥 귀는 물론, 듣는 사람의 감정까지 슬슬 자극해온다. 그땐 암만 부처님 가운데 토막이 되려고 끙끙 노력을 해 봐도 그저 속만 부글부글 끓는다.

그때부턴 내 심사가 조금 더 복잡해진다. 환경상황을 이해하여 쫓고 참을성을 쟁여두는 내 가슴이 얕아서일까. 상대를 품어 안으려는 관대함이 부족한 탓일까. 매사가 그렇듯 놀이문화에 있어서도 시대를 거스를 수 없을 바에는 어린애와 어른의 중간존재가 남자란 그 말에 작은 위안이라도 삼아야만 할까.

우리 집 안방의 문갑 서랍에는 고향 읍내의 동기생이 솜씨 좋게 만들어 보내준 작품 윷 한 모가 얌전히 모셔져 있다. 잘 뻗은 싸리나무를 반쪽 내서 균일하게 다듬어 매끈하게 사포질한 윷가락은 볼수록 매력덩어리다. 무엇보다 윷가락 한가운데 사군자(四君子)

그림이 앉혀져 있어서 멋스럽다. 경이롭게도 매(梅), 난(蘭), 국(菊), 죽(竹) 글자체에선 고전의 멋이 뚝뚝 묻어난다. 거기다 우아한 글씨체의 획마다 힘이 실려 품위가 돋보이는데, 춘하추동(春夏秋冬)은 읽을수록 그 매력에 푹 빠져들고 만다. 더욱 마음이 끌리는 것은 윤이 자르르하게 광택제를 칠해서 예술성이 돋보여서다. 윷을 던질 때마다 땡그랑 거리는 소리는 또 얼마나 경쾌하여 청력이 녹아나는지.

모든 물자가 풍성한 시대 그 복판에서 오락도구가 넘쳐나는 오늘인데도 사람의 심성을 홀리는 그 윷을 볼 때마다 나는 만든 이의 솜씨에 절로 감탄이 솟곤 한다. 그런 까닭에 윷이 보일 때면 꼭 손끝으로 감촉을 느끼고, 던져서 청아한 소리까지 들어본다. 그리하여 멋진 작품 윷인 걸 확인하는 재미를 번번이 누린다.

내가 어릴 때 고향에선 설이나 추석 명절에 이웃들이 함께 모여 윷놀이로 명절분위기를 돋웠다. 누구나 쉽게 접해서 즐길만하였다. 남자들은 마당에 멍석을 펼쳐놓고, 여자들은 안방이나 마루에 방석을 깔아놓고, 윷가락 네 쪽을 팀 별로 번갈아가며 던져 나온 결과대로 도, 개, 걸, 윷, 모 중 말을 윷판에 놓아 나아간다. 윷을 던져서 도가 나오든 모가 나오든 역시 말을 요령껏 잘 써야 뒤쫓아 오는 상대방 말에 잡혀 죽지 않는 묘미가 있으니 재미가 붙지 않을 수 없다.

윷놀이에서의 참맛은 암만해도 뒷도에 있다 할까. 미리 점을 콱 찍어 둔 윷가락 한 개가 달랑 뒤집어져서 말이 뒤로 한 발을 물러

가다 뒤쫓아 오는 말을 냉큼 잡아먹을 땐, 온통 천지가 한바탕 뒤집어진다. 그런 재미야말로 윷놀이의 소박한 신명이요, 빠져드는 매력일 게다. 그렇듯 신명 나게 던진 결과의 윷말 4개가 윷판 최종점을 먼저 거쳐 나오는 편이 이기게 된다.

윷에 있어 채윷과 밤윷 또는 콩윷이나 팥윷으로 크게 나눴다. 가락윷은 박달나무나 밤나무, 통싸리나무로 한 뼘 정도 길이의 곧고 둥근 모양으로 2개를 만든 후 반쪽을 내어 네 가락이 윷의 구성체가 된다. 즉, 채윷이다.

밤윷은 나무 길이를 밤톨 만하게 만들어 밤윷이라 불렀다. 그 윷을 작은 간장종지에 담아 손바닥으로 덮어 쥐고 흔들어 바닥에 밤윷만 내던지는 방식이다. 경상도 남부지방에서 성행했고, 서울엔 도박용으로 많이 썼다 한다.

윷판[馬田]은 8절지 또는 4절지 크기의 종이나 비단 등에 선과 29개의 검은 점을 찍어서 도형을 그렸고, 옛날에 처녀가 혼수로 준비할 땐 비단 천에다 색실로 수를 놓기도 했었다.

그런데, 윷판은 중국의 고사인 '한패공서입정관중(漢沛公西入定關中) … 초패왕남출궤위중(楚覇王南出潰圍中)'이라는 글귀에서 나왔다고 전해진다. 혹은 조선상고사에서 신채호가 주장한 상대 오가의 출진도에서 나왔다고도 하고, 도, 개, 걸, 윷, 모는 부여의 관직명인 마가, 우가, 저가, 구가 등의 가와 유사함을 들어, 당시 부여의 관제를 본뜬 것이 윷판이라는 주장도 들린다. 16세기 선조 때, 김문표란 사람이 하늘의 북극성 28수 등을 본떠 만든 것이 윷판이

고, 말의 이동은 계절따라 동지, 춘분, 추분, 하지를 이루는 것과
같은 이치라는 말도 전한다.

　지방에 따라 재미있는 것은 평안이나 함경지방에서 '산윷[算
柶]' 또는 '보습윷'은 윷판과 말이 없게 놀았다 한다. 경북 안동지
방에는 '건궁윷말'이라 하여 말판을 사용하지 않고 두뇌 기억으
로 서로 말(口語)로 윷말을 썼다니, 돌아서면 금방 까먹는 나쁜 내
두뇌로는 상상하기조차 힘들다.

　그 밖에 윷놀이에서의 목적은 오락이지만 내기를 건 도박성을
띠기도 했기에, '덕대놀이', '모다먹기' 등으로도 불렸다고 한다.

　윷놀이는 재미를 넘어 협동심을 쫓고, 갈등 해소 등의 효과도
있다. 정초나 2월 영등, 6월 유두, 7월 백중, 8월 추석에도 행해졌
다니, 1940년경에 작자미상의 '조선여행 윷놀이'라는 것이 서울
상가에서 팔리기도 했던 모양이다. 개량 윷놀이인데 윷판에 승람
도와 같이 한국지도 판에다 지명을 써넣고, 윷판의 선 대신에 사
통팔달 교통로가, 말을 대신해서 기선, 기차, 자동차, 비행기 등
현대판 교통기관이 윷판에 있어 곳곳의 명산대찰을 유람하면서
경주하는 방식이었다니, 생각만 해도 재미있다.

　윷판의 지명(地名), 산명(山名), 사찰명(寺刹名) 등은 한글, 한자, 로
마자로 적혔고, 설명문도 영어와 일본어로 돼 있었다 한다. 미래
를 내다보고 윷놀이 판을 창작한 이에 대해 아이디어 왕이라 불러
주고 싶다. 당시엔 윷을 놀면서 여행하는 기분마저 들었겠다 싶으
니 얼마나 낭만적인가.

다가오는 명절에는 아이들과 한자리에 빙 둘러앉아 동기가 선물해 준 작품 윷으로 신명나게 윷을 놀아볼까 한다. 승부욕도 슬쩍 부추긴다면, 아주 재미가 여간 아닐 것 같은 예감이 든다.

뒷도에 말을 잡아먹힌 애들에게는 엄마를 위해 근사한 외식을 벌칙으로 세우고, 평소 컴퓨터 오락에 푹 빠져서 나한테 컴퓨터 흉년이 들게 한 남편에게는 앞치마를 입혀 설거지를 시켜 볼 참이다. 그 결과로는 보나마나 내 얼굴에 박꽃이 환하게 필 것이다.

이렇듯 미리 상상하는 것만으로도 나는 벌써부터 윷놀이 재미가 흠뻑 느껴져서 몰래 혼자 웃고 있다.

시인의 돈 철학

재물의 시대를 살고 있어서인지 무심히 듣던 CF광고가 나도 모르게 귀속으로 들어온다.

"재산은 그 사람의 역사입니다!"

사람의 역사가 재산이라니, 재산이 사람의 역사가 된 것은 과연 언제부터일까.

독일이 낳은 시인 하이네(Heinrich Heine, 1797~1856)는 누가 뭐라 해도 돈에 관한한 철학을 갖고 있었던 모양이다.

"돈을 너무 많이 가지고 있다는 건, 너무 적게 가지고 있는 것보다 괴로운 일이다."라고, 했을 정도니 말이다.

그는 많은 돈을 소유했던 걸까. 돈 때문에 괴로움을 당해 본 경험도 가졌다니 범인(凡人)의 생각으로썬 대단한 시인이요, 경제인이었던 것 같다.

돈이 많고 적음의 묘수를 떠나 그것 자체를 쫓는 사람들이 숨 가쁘게 움직이는 오늘날은 어쩜 돈이 사회를 지배하는 시대인지 모른다. 인간들을 웃기고 울리는 그 돈이 궁해서가 아닌, 오히려 넘쳐서 괴로움을 당한 17세기가 낳은 시인 하이네는 가난한 유태인 포목상의 장남으로 태어났다. 어렸을 적엔 프랑스 지배 하에서 압박을 받았다. 그런데, 봉건적 독일에 대해서도 엄청 저항심을 키웠다. 그만큼 하이네는 평생을 자유와 해방정신으로 살다 가면서 돈에 대해서는 아주 확고한 철학을 남긴 시인이 아닐까 싶다.

인간이 살아가는 데 있어 돈이 필수 불가결한 것임은 두 말이 필요 없을 게다. 그러나 돈이 필요 이상으로 많으면 사람들은 그것에 얽매어 또 다른 걱정을 얻게 된다는 게, 시인 하이네의 경제적 눈높이요 견해였다. 즉, 더 많은 양(量)의 재물을 쌓기 위해 형이하학적 욕심이나 치사한 궁리를 한다는 것이다. 돈이 많으면 모자라는 것 보다 더한 걱정을 하게 된다는 그의 심정을 두고, 나는 '왜일까?' 하는 의문을 잠시 품어 보았다.

우리 속담에, 천석군 부자는 천 가지 걱정, 만석군 재벌은 만 가지 걱정을 가지고 산다기에 돈에 관한 한 경지에 든 하이네의 삶이 알고 싶었던 것이다.

독일을 빛낸 시인 하이네의 이름은 1825년까지 하리 하이네(Harry Heine)였다. 유대교에서 기독교로 개종하면서 소위 세례명으로 하인리치라는 이름을 썼다고도 한다. 1797년 독일의 뒤셀도르프에서 유대인 포목상의 아들로 태어난 그는 상업인이 되기 위하여 노력했으나 실패하고 베를린에서 법학을 전공했었다.

그는 일자리 구하기가 너무 어려웠다. 요즘 우리 사회에서 일자리가 귀한 것은 경기가 좋지 못해서겠지만, 유대교에서 기독교로 개종했을망정 하이네는 유대인이란 굴레를 쓴 때문이었다. 그만큼 종교차별의 벽이 태산처럼 높았던 탓이다. 그리하여 하이네는 자유기고가로 함부르크와 뮌헨 등지를 전전하다가 1831년 불란서 파리로 가서 악스부어거(Augsburger AllgemeinenZeitung Korrespondent) 신문의 파리 주재원으로 취직을 했다. 그는 거기서 많은 글을 썼다. 그 후, 1856년 2월에 사연 많은 세상을 떠났다. 대표작으로 『노래의 책』, 『아타 트롤(Atta Troll)』, 『독일의 겨울 동화』 등이 있으며 많은 시를 남겼다.

그는 독일 문학사에서 정말 우수한 서정 시인이면서 풍자 시인이었다. 또 다른 한편으론 매우 음탕했다는 얘기도 남아있다. 독일에서 유대인으로 태어났으면서 자신이 어느 민족에 속하는지 뚜렷하게 밝히지를 않았으며 즉, 독일민족을 위하다가 때때로 유대인을 억압하는 독일에 반항도 했던 것이다.

하이네의 아버지는 천진난만한 어린애처럼 낙천주의자였다. 그는 그런 아버지 보다 생각이 앞선 어머니의 영향을 더 많이 받았다.

의학자의 딸인 어머니는 아들인 하이네에게 큰 기대를 가졌다. 동시에 많은 용기도 북돋워 주었다. 하이네에게 나폴레옹처럼 용맹한 장군이 되라든가, 함부르크에서 은행을 경영하는 유능한 자본가 외삼촌을 닮기를 바랐다.

그러나 그는 어머니의 기대와는 달리 거칠었다. 공상에 취하거나 평범한 가정의 아이들과는 함께 놀지도 않았다. 부모 몰래 이웃의 조숙한 망나니와 어울렸으며, 형리(刑吏)의 딸인 요세파와 친했다. 그런 중에 가끔은 낭만적인 작품도 지었다. 망나니와 요세파는 하이네에게 군대식으로 규율이 엄격한 가톨릭 학교나, 장군이 돼 주기를 바라는 어머니보다 더 큰 영향을 주었다. 맹자의 모친이 아들교육을 위해서 세 번씩 이사를 했다는 이야기가 새삼 피부에 와 닿는 이치라 할까.

그의 어머니는 아들 하이네에게 평범한 삶을 권했다. 은행에서 실습을 하는 것도 권장하였고, 무역회사로도 보냈다. 아마도 체험적 스펙을 쌓도록 권했음직하다.

그 후, 하이네는 함부르크에 살던 외삼촌한테서 금전 관리를 배웠다. 나중엔 외삼촌의 도움으로 면직물 상회까지 열게 되었다. 그러나 장사능력이 부족했던 하이네는 금방 상회를 문 닫고 말았다. 장사는 뒷전인 채, 시를 짓거나 낭만적인 글을 쓰느라 상회를 말아먹게 됐던 것이다.

결국 하이네는 외삼촌이 권한대로 본으로 가서 법과대학에 다녔다. 그러나 그는 전공과는 다른 민속학 강의를 들었다. 그리하여 악스부어거 신문사 파리 특파원이 되었고, 파리에 머물면서도 작품을 썼다.

프랑스에서 7월 혁명이 일어났던 1830년, 하이네는 제2의 인생이 시작되었다. 그는 먼저 망명해온 프랑스 낭만파 시인들과 친교를 맺으며 아주 정열적으로 문필활동을 펼쳤다. 프랑스의 시대상이나 종교와 철학이며 역사 등의 실태를 써서 독일에 알림 역할을 맡았다. 한편, 독일의 진실과 아름다움을 프랑스 국민들에게 소개하며, 독일·프랑스 양국의 문화적인 가교 역할도 했었다.

그 뒤로는 소설 『플로렌스 야화』 등 순수문학 작품을 썼다. 혁명적 장편 시 『독일, 겨울이야기』, 44년 파리에 가주하던 K. 마르크스와 친교를 맺던 중 『교의』, 『슐레지엔의 직조공』을 발표했다. 48년 혁명 후부터는 건강이 악화돼 1년 가깝게 병상생활을 하였다. 그때 발표한 『로만체로』, 『고백』, 『메모아르』, 『회상』 등에 고통을 해학적으로 표현했고, 새로운 경지를 개척하고자 시인의 의지를 담아냈다.

하이네는 본래부터 새로운 생시몽주의(국가가 모든 부를 소유해야하며, 노동자는 노동의 질과 양에 따라 분배받을 자격이 주어진다고 주장하는 사회주의 이데올로기)에 매료되어 있었다. 생시몽주의에서 그는 억압적 이데올로기를 극복해 냈다. 자신이 영혼주의, 감각주의, 또는 나사렛주의(유대-그리스도교 이상의 고수), 또는 헬레니즘이라고 다양하게 이름 붙인 것들에 새로운 균형을 맞췄다. 시민의 왕 루이 필리프 치하의 프랑스에서 제약 받은 민주주의와 자본주의 질서가 발전하는 과정들을 지켜보며, 동시에 정치적·사회적 문제들에 대한 그의 비판적 관심도 키웠다.

하이네는 프랑스의 새로운 질서에 관해 예리한 신문 논설을 쓰기도 했다. 그런 걸 모아서 프랑스의 정황이라는 책자를 펴낸 것이 1832년이다. 독일 문화에 관한 연구논문집이나 종교와 철학, 역사에 대한 작품도 썼다. 그때, 하이네는 독일의 현재와 바로 이전 시대를 비판해댔다. 종교개혁, 계몽주의, 근대 비판철학 등 독일 유산이 지닌 폭넓은 혁명적 잠재력까지도 논했던 것이다.

그렇게 쓴 하이네의 저서들은 프랑스 독자를 겨냥했고, 프랑스어로 출판이 되었다. 1840~43년에는 프랑스의 생활, 문화, 정치에 관해 또 다른 일련의 신문 논설들을 썼는데, 그 내용들을 재편집해서 『루테치아』라는 제목의 책으로 만들어 냈다.

하이네가 가장 행복했던 시기는 파리에서 보낸 몇 년이었다. 부유한 숙부의 상류사회에서 따돌림 받던 그가 공들여서 당대의 많은 저명인사들과 교분을 나눈 덕분이랄까. 그 시절에 한 여점원을 알게 되었다. 그가 알게 된 점원은 아주 별났는데, 그럼에도 까다롭던 그녀와 결혼을 했다.

그는 당시 비판적이고 풍자적으로 쓴 글들로 인해서 독일 검열 당국과의 관계가 나빠졌다. 그러다 정치 스파이에 에워싸였는데, 자발적 망명을 강요받는 수모까지 당했다. 그렇게 된 연유는 파리의 독일 급진주의 지도자인 고(故) 루트비히 뵈르네(1786~1837)에 관해 경솔한 책을 썼기 때문이다. 재치가 번쩍인 것만으로는 만회를 못했던 셈이다.

그런 상황에서 하이네는 천박한 정치적 행동주의라 생각하면서도 자신의 미묘한 입장을 굽히지 않았다. 또한, 그가 동료들로부터 소외를 받은 것은 거만하고 무자비한 것 때문이었다. 그래서

궁핍하지 않았는데도 그의 주머니는 늘 텅텅 비어 허기가 졌다.

1844년 그의 숙부가 죽었을 때, 상속투쟁을 벌인 하이네의 싸움은 전 유럽을 폭풍처럼 뒤흔들었다. 그토록 격렬하고 유명했던 건 유산 상속에서 자신이 제외 된 때문이었다. 그 외에 1948년 프랑스혁명 후, 그를 더욱 난처하게 만든 문제는 프랑스 정부에서 비밀 연금을 받았다며, 사회적 정보가 폭로된 사연도 있다.

실연의 슬픔과 사랑의 정열을 노래한 서정 시인에서 반(反)전통적인데다 혁명적 저널리스트로의 변신을 꾀한 시인 하이네. 한때는 세상을 비판하고 19세기 최대 혁명적 민중 시인으로 평가받았다. 부르주아혁명에서 프롤레타리아혁명에로의 과도기에 서 있던 시인의 깨어 있는 자각과 신랄하고 독자적인 필치로 독일문학에 새로운 생명을 불어넣은 때문이었다.

시대의 모순을 자신의 모순이라 여기며 구현한, 하이네의 시대를 초월한 열린 의식을 느껴본다. 18세기 한가운데서 숙부의 상속 재산 때문에 투쟁을 벌인 하이네의 적극성 또한 그의 경제관념이 열린 덕목이었음을 짐작한다.

자본주의 시대 그 한복판에서 눈동자가 핑핑 돌게 살아가는 오늘, 돈은 역시 천의 얼굴을 가진 악마요, 만의 얼굴로 드러난 천사라는 생각을 함께 가져본다.

야생화

생텍쥐페리의 『어린 왕자』에는 보아 구렁이에 관한 이야기가 나온다. 야수를 삼키는 보아 구렁이들이 먹이를 씹지 않고 침도 안 묻힌 채, 꿀꺽 넘겨버리는 대신 움직일 수가 없어서 그것을 소화하느라 여섯 달 동안이나 잠을 잔다는. 내게도 보아 구렁이처럼 야생화에 관한 추억을 삼킨 채 긴긴 시간 잠을 잔, 아스라이 먼 기억 하나가 있다.

오래전, 어느 봄날 아침이다. 초등학교 2학년짜리 아이가 학교에 간다면서 현관문을 밀치고 마당쯤 갔나 싶은데, 금방 다급한 목소리로 엄마를 찾는다. 무슨 급한 일이 생겼나 하고, 신발을 끌며 뛰어 나가 보았다. 아이의 발치에 시들시들한 아기 새 한 마리가 약한 날개 죽지를 퍼덕이고 있었다. 창공을 향해 날아가려다 툭 떨어지고, 또 날아오르려다 땅에 처박히고…… 그러기를 몇 번, 아기 새는 금방 얇고 조그마한 아이 손에 잡히고 말았다. 순간적으로 벌어진 광경에 나는 말을 잃고 서있었다.

잠시 후, 아기 새가 안쓰럽지만 얌전히 두면 어미 새가 찾아 와 데려 갈 거라며, 나는 아이더러 학교에 늦겠다는 채근을 했다. 아이는 졸지에 생긴 아기 새를 어찌할까 고심하는 눈치였다. 그러던 아이는 새가 귀엽다며 당장 우리가 키우자고 조르기 시작한다. 옆에서 아기 새는 계속 할딱할딱 숨차하고. 고개를 들어 담장 주변을 휘 둘러 보았다. 그러나 어미 새, 아니 안타까운 아기 새의 운명을 걱정하는 생명체는 그 어디에도 보이지 않았다. 짐작해 본즉, 아기 새는 날개연습을 하다 힘이 모자라 하필 우리 마당에 떨어진 것 같았다.

아기 새는 주황색 부리가 고왔다. 갓 깬 병아리만한 게 예쁘면서도 가엽다는 생각이 들었다. 새에게 매료된 아이는 학교 갔다 돌아올 때까지 아기 새를 엄마가 잘 지키라는 주문을 하였다. 그러곤 즐거운 표정으로 팔딱팔딱 뛰며 등교 길에 나서던 아이는 대문 앞에 서서 몇 번이고 뒤돌아보고 또 돌아보았다.

뜻하지 않은 아기 새 출현에 어리둥절해진 나는 잠시 흥분을 가라앉히며, 작은 생명체를 찬찬한 눈길로 훑어보았다. 노르스름하고 보송보송한 털의 아기 새를 손에 쥔 촉감이 장난감 같은 느낌이 들었다. 몇 그램이나 될까, 신기하게도 가슴을 팔딱거리며 손바닥에 따스한 온기를 전달해주었다. 사람도 아기는 껴안고 싶듯, 날짐승의 새끼지만 품어버리고 싶은 마음부터 들었다. 아마 내 피속을 흐르는 모성 탓일까.

　한낮에 아이의 부탁도 있고 해서 빈 사과상자에다 아기 새를 담고 거실 남쪽에 두었다. 아쉬운 대로 좁쌀과 헌 그릇에 물도 챙겨 넣었다. 아기 새는 한 번씩 부리를 콕콕 쫄다가 쨱쨱 울었다. 생명 보전에는 먹이가 필수인데, 놈은 먹고 싶지 않은 모양이었다. 어느 소설가가 추락하는 것은 날개가 있다고 했다. 그런데 먹이에 관심이 없는, 가냘픈 새내기의 앞은 추락 그 이상의 무엇이……. 생각조차 하기가 싫었다. 가여운 아기 새를 위한 어떤 묘책도 찾지 못한 채, 나는 다시 일상으로 돌아갔다.

　한낮이 되자 학교에 갔던 아이가 돌아왔다. 아이는 아기 새부터 찾더니 쪼르르 새가 있는 곳으로 달려갔다. 점심을 먹는 둥 마는 둥 넋을 놓은 듯 아기 새에게 관심을 보이던 아이는 나한테 새집을 사자고 졸랐다. 유치원 다닐 때부터 새를 키우자며 타령하던 아이를 무시시킨 일도 여러 번 있고 해서 새장 구입을 약속했다.

　나는 오후에 시장을 다녀오면서 조그만 분홍 새장 한 개를 사왔다. 반듯한 사각 새장은 모이통과 물통에다 작은 문까지 달려있어 장난감처럼 귀엽고도 예뻤다. 새장에 아기 새와 물과 모이를 함께 넣었다. 아기 새는 주황부리로 먹이를 콕콕 쫄다가 가끔 웅크리기를 반복했다. 따스한 엄마 품이 그리운가 싶으니 콧마루가 찡해져 왔다. 새장은 난방이 안된 거실 창 곁에 두었다.

　저녁 때 온 가족들이 모였다. 아기 새의 근황 설명을 듣고는 다들 새장 안을 들여다보았다. 잘 먹고, 잘 자고, 부지런히 크라며,

아기를 어르듯 아기 새에게 한 마디씩 주문을 했다. 그 중 아이의 목소리가 제일 간절하고도 높았다.

"잘 자고, 내일 아침에 다시 보자. 새야, 안녕!"

밤에는 추울까 봐 새장 둘레를 신문지로 빙 둘러 싸주었다.

다음 날 아침, 잠에서 깨어난 아이는 새장부터 찾았다. 잠자리가 낯설어서인지, 추워서인지 아기 새는 자꾸만 꼬박거리며 졸고 있다. 양지 바른 곳에 새장을 옮겨 놓았다. 쫘악- 퍼지는 강렬한 햇살에 아기 새의 노란 털이 조금은 따스해 보였다.

아이는 등교를 하면서 어제와 똑같이 나더러 아기 새를 잘 보라며, 신신당부하는 걸 잊지 않았다. 나는 전에 없던 일이라 아기 새를 깜박 잊은 채, 집안일에 매달려 한나절을 보냈다. 점심때에서야 생각이 나서 새장을 들여다보았다. 그런데 어이할까, 아기 새는 이미 한 많은 세상을 하직하고 눈을 감은 뒤임에랴. 아침부터 졸더니 그때 마지막을 예고했던 상황임을 읽지 못한 내 무심함이 죄로 느껴졌다.

낮에 귀가한 아이는 아기 새 부음을 접하고 점심 먹는 것도 거부한 채 훌쩍거렸다. 그러다 점점 통곡을 한다. 엄마는 왜 아기 새가 죽도록 내버려뒀냐며, 죽은 새가 불쌍해 어찌 하느냐며, 엄마더러 귀여운 아기 새를 다시 살려 보라며, 펑펑 우는 아이의 눈자위가 붉게 충혈 되었다.

한 생명의 죽음이 야속한 벽으로 다가왔다. 그 누군가가 살아있는 이쪽과 저쪽 편을 갈라놓은 벽. 살아서 존재하는 그 모든 것은 언젠가 반드시 맞아야 하는 절대적 운명인 것이다. 감히 그 누구도 못 깰, 너무도 막막하고 단단한, 높디높은 그 절망의 벽 앞에 서 있는 내 무능이 가슴을 짓눌렀다. 아이의 간절한 마음이 눈물을 통해 모든 걸 흐물흐물 녹일 듯했다. 그토록 간절한 마음이 벽 저 너머까지 전달되는 길은 정녕 없을까? 나는 훌쩍거리는 아이의 어깨를 두 손으로 감싸 다독였다. 언젠가 아기 새는 우리와 헤어지는 거라며, 아기 새를 위하여 우리는 이제 떠나간 생명을 위해 조용히 명복을 빌어 줘야 한다며……

한 생명과의 짧은 만남이 이렇게 가슴을 찌르르하니 전율하는 한 가닥 슬픔으로 적셔줄지 나는 몰랐다. 생명체의 유한함이 허무했다. 물결처럼 일렁이는 아쉬움을 삼키면서, 어쩜 아이만큼 나도 끙끙 앓으며 속으로 울고 있었다.

작고 얇은 아이의 손바닥에 죽은 새가 쥐어진 걸 들여다본 어린 표정은 죽음이란 아픔에 눌려 있었다. 아기 새의 짧은 출현으로 철부지의 가슴을 설레게 한 것은 생명체와의 고귀한 만남이고, 영원한 이별이 서럽고 아파 오열하는 것은 사별(死別)의 공허가 휘감아대는 아쉬움 때문일 터이다.

남은 자를 등지고 무정히 떠나가는 생명체의 유한(有限)을 그 누가 무슨 힘으로 막아낼까. 애완동물을 키우다 사별(死別)의 아픔이 싫어서 아예 안 키운다는 사람도 있다고 하는데, 우는 아이를 달래느라 감정에 짓눌린 나는 하마터면 또 다른 새를 사주겠다고 허겁지겁 둘러댈 뻔했다.

아이의 두 볼을 타고 흐르는 뜨거운 눈물 앞에서, 잠시 나는 사라져 간 한 생명을 추모하며 말을 잊었다. 그래, 아이는 지금 이별을 배우는 중인 게지. 죽음과 삶, 그 사이에 놓인 인정의 깊은 강을 익히며 활짝 성장할 테지…….

펑펑 울던 아이를 달래며, 아기 새를 마당 감나무 발치에 장례 치르기로 했다. 얼룩덜룩 눈물자국이 남은 아이가 내 손을 잡고 큰 길 옆 둑으로 가서 들꽃 한 줌을 꺾어 왔다. 노란 민들레, 슬프도록 고운 보랏빛 제비꽃, 행운을 선물하는 수더분한 클로버 꽃이며 장다리 사촌 등등…….

아이는 작은 손으로 아기 새 무덤을 빙─ 돌려가며 꽃을 꽂았다. 아기 새 무덤을 장식하는 아이를 나는 그저 멀거니 지켜볼 뿐, 입을 열지 못했다.

모든 것이 원점으로 돌아간 듯, 감나무 둘레엔 이전처럼 정적이 흘렀다. 아이와 함께, 죽은 아기 새가 묻힌 하늘과 땅 사이에 너무 많은 것이 품어져 있다는 걸 나는 그때 처음 알았다.

들꽃이 아기 새의 무덤을 장식해 준, 잊혀져 간 그 어느 하루가 지금 기억저편에서 희미한 실루엣으로 떠오른다. 그때 아기 새 죽음 때문에 눈물을 펑펑 쏟은 아이는 지금 한 송이 야생화처럼 순수한 꿈을 키우며 교복 입은 아가씨가 돼 있다.

나는 염원한다. 정말 많은 것을 품고 있는 하늘과 땅 사이에서 환하게 커갈 내 아이도 많은 사물을 한없이 너그럽게 품어 주기를!

왕이 된 남자

참 오랜만이다, 나름대로 카타르시스를 맛본 영화라는 느낌이 든 것은.

왕좌를 넘보는 남자인 광해! 솔직히 처음 영화제목을 접할 때부터도 내 심장을 두근거리게 하지는 않았다. 사극에서 자주 등장했던 광해정도라면 그저 아직도 숨겨져 있던 어떤 정치적인 이야기들을 발굴해냈으리란 기대감으로 접했던 게 솔직한 내 마음이다.

그런데, 이야기가 흘러내리는 스크린 앞에 앉기가 무섭게 나는 어떤 시대에 맞춰 기대감을 씹게 되었다. 그건 어쩌면 배우 이병헌의 연기 덕분일까. 영화 속에선 이따금 코미디적인 감각이 싱그러운 잎들을 피워냈기 때문이다.

왕이 되고자 한 남자는 하선이다. 하선이 대역을 맡겠다고 나선, 때때로 아슬아슬한 장면에서 어떤 양념이 보태져서 맛깔스러웠다 할까. 무엇보다 왕 광해의 대역을 맡고자 나선 하선의 본심에선 휴머니즘이 질펀해서 관객의 카타르시스를 풀어주는 느낌을 받았다. 그래서인지 영화를 관람하는 시간 내내 안온한 기분이었다. 시시때때로 몸에 익지 못한 하선의 임금행위가 어긋날까봐 밀려든 긴장감 때문에 관객인 나는 조바심 속에서 더욱 쾌감마저 얻는 기분이었다.

'광해, 왕이 된 남자'가 역대 한국의 영화 '도둑들'의 흥행성적 1위를 무너뜨릴 기세라는 호들갑스런 보도를 듣고, 관객 1,000만 명을 끌어들였다는 작품성 홍보에도 별반 기대를 하지 않았던 게 사실이다. 비슷하게 개봉한 영화 간첩이나 점쟁이들을 본 후에야 뒤늦게 광해를 보러간 것도 특별한 기대심이 별로 없었던 탓이다.

사실이지 나는 사극을 별로 좋아하지 않는 편이다. 정치를 싫어했기 때문인지 모르지만 시대와 멀어져버린 사극에선 별로 현실적 개연성을 찾기 어렵다는 게 그 주된 이유라면 이유가 된다. 그럼에도 광해며 허균이란 실존의 인물이 등장하는 데 적잖은 기대심에서 상영관을 찾지 않을 수 없었던 게 솔직한 또 다른 심정이기도 하다.

무엇보다 대동법이나 호패법의 요지를 접하는 순간, 오늘 날 우리네 생활에서 본질적인 절실함으로 묻어났다 할까. 게다가 중립 외교란 업적이 시대적 현실감과 맞물려 있다는 감각에 취하지 않을 수 없었다. 먼 옛 왕실의 무대 위에서 펼쳐지는 설정들이 오늘날 우리네의 삶과 너무나 닮아있어서 도저히 지나쳐버릴 수 없어서 말이다.

저잣거리 출신인 하선은 사실 정치 정 자도 모르는 그런 남자다. 그럼에도 몸 전체에서 배어나온 본능적 실천으로 호령해댄 호쾌함이 빛났던 걸 부인 못한다. 그만큼 백성을 귀히 여기는 가짜 임금 하선의 대사야말로 관객의 귓속을 청소해 주었다, 아니, 속에 찬 응어리진 그 무엇들을 시원하게 날려주었다 할까. 그것이 바로 영화를 선택한 관객의 욕구요, 찾아 헤맸던 은혜가 아닐까 싶다.

사대부의 명예를 내세워 명나라에 백성들을 파병해야 한다고 읍소하는 그들 앞에서 하선은 딱 떨어지는 정책으로 맞선 명장면이 돋보였다. 백성의, 백성에 의한, 백성을 위한 선택이어야 한다고, 준엄하게 나무란 장면에선 진짜 임금도 저보다 나을까 싶었다.

백성들이 지아비라 부르는 왕이라면 금수의 탈을 쓰더라도 빼앗고, 훔치고, 빌어먹을지언정 그들을 살려야겠다고, 죽고 못 사는 사대의 예보다 나라와 백성들이 백 갑절은 소중하다고 외쳐댄 하선. 왕이 된 남자 하선을 사랑하지 않을 재간이 없는 나야말로 영화의 관객 될 자격이 충분하다고 여겨졌다.

허균이 다른 이들 앞에선 가짜임금을 하대하지 못하는 걸 안 하선이 허균에게 엿까지 먹이는 대목이 나온다. 엿이 단지 시대적인 간식거리의 개념만 일까. 말로만 실천하려는 이의 입을 틀어막으려면 진득한 엿 먹이기보다 더한 행위는 없을 터이다.

신하들은 당황했다. 그렇지만 관객들로써 시원했던 대목이 또 더 있다. 백성들이 공납을 채우느라 노비와 기생이 되는 어려운 현실에 맞서 차별을 외쳐대는 신하들 앞에 하선은 대동법을 즉각 실시하라고, 호령한다. 농지 열 마지기를 가진 사람한테는 쌀 열 섬을 받고, 땅 한 마지기를 경작하는 이한테선 쌀 한 섬을 받는 게 차별이 아님을 강조할 때, 관객 또한 가짜 임금의 편에서 수긍을 하지 않을 재간이 없었다.

정치를 모르는 하선이 매 순간 장면들마다 진짜보다 더 진정성을 보일 때, 허균은 하선에게 아주 거대한 제안을 한다.

"진짜 임금이 되시든가, 억울하게 죽음을 맞게 된 사월이란 아이를 위한 복수를 하고 싶다면, 백성들의 피를 빨아 먹는 집권자들을 용서할 수 없다면, 백성들을 하늘처럼 섬기는 임금이 되겠다면, 그것이 그대가 꿈꾸는 왕이라면, 그 꿈을 내가 이루어 드리리다."라고.

가짜 임금 하선을 돕던 허균이 서민인 그의 진정성에서 커다란 용기를 가졌던 걸까. 아마 그는 모든 일에서 진정이 배어나고 올바른 하선을 도운다면 사대부 정신에서 결핍된 상식을 되찾을 수 있을 것 같았으리라.

갓끈을 매고 치렁한 홍화장삼을 걸친 옛 시대의 무대지만, 영화 속처럼 똑같은 일들이 반복되는 이즘의 오늘날 우리네 사회, 아니 국가에서도 당시와 똑같은 일들이 펼쳐지고 있는지 누가 아는가. 그런 개연성을 두고 볼 때, 부드럽고 보편타당한 정치적 해결점이 요구되는 건 과거에도 현재에도 또, 미래에도 똑같은 감명이 있을 것임을 미루어 짐작하고 남는다.

　로맨스에 가슴 두근거렸고, 그것 때문에 스릴까지 얻은 영화 '광해, 왕이 된 남자'는 쉽고도 교육적인, 사극을 입힌 이 시대의 영화였노라 감히 말해본다.

오일장탐방

　디지털 시대의 오일장. 그 화두 앞에 서면 우리 보통사람들은 갖가지 추억에 젖는 보헤미안이 된다. 식자재에서부터 명절빔이 고왔던 그 아릿한 향수 때문에 나는 '오일장' 단어를 정말 친숙하게 생각하고 있다. 때문에 마니아가 됐을까. 광장처럼 넓은 현대식 매장에다 지천으로 쌓아두고 반듯하게 진열해 놓은, 눈부시게 화려한 상품들을 만날 때 압도당하는 상술을 대하면서부터 나의 그 습관이 몸에 붙어버렸다.

　우리네 할머니, 어머니 세대에선 분명 경제주체를 맡은 한 분야가 오일장이었을 것이다. 그러나 인터넷 세상의 무한대적인 경제 시대를 살면서 오일장도 이젠 옛날보다 그 역동성이 많이 위축되고 기능도 약화됐다 할까. 그래도 오일장 품에 안기면 돈의 가치에 대해, 아님 발품 노동이 주는 매력과 상품 구매에서 덤터기로 얻는 기쁨이 있어 끌리는 것이다.

　무엇보다 첨단 기계기술의 극치로 표현되는, 인터넷 상업주체의 삭막함을 잊고 사람과 사람, 가슴과 가슴으로 흐르는 따스함이 주는 오일장. 그곳의 갖가지 모습들을 낡은 칩 같은 내 기억 속에다 하나씩 담아 보기로 했다.

　혼자 있으면 염세적이 되는 늦가을 병. 그것을 거부하는 법을 일러 주는 오일장이라고나 할까. 입구부터 붉은 감이 무더기로 쌓인 채 장꾼의 시선을 끌고 있다. 뇌리에선 벌써 붉은 감빛을 못 잊는 고향 색으로 인식한다. 몇 년 전 가을 여행길에 만났던, 양반고을 청도 특산품 반시가 떠올랐다. 쫀득거린 곶감 맛이 자꾸만 욕구를 자극하였다.

　만추의 오일장 들목에서부터. 홍고추랑 끝물 고추가 무더기로 쌓여서 손님들을 기다리고 있다. 옛날에는 따로 없던 땡초란 고추가 날렵한 몸매만큼 매운 내를 풍긴다. 손수제비 즉, 못난이 던지기 탕이나 칼국수를 끓일 때 멸칫국물에다 부드러운 북어포와 조갯살 한 줌, 땡초 두어 개를 저며 넣으면 입맛이 얼마나 깔끔한가. 며칠 동안 내가 요리해 먹을 땡초 한 봉지를 샀다. 몇 개 더 덤 얹어준 고추봉지의 배가 제법 볼록하다.

　몇 발짝 옆 좌판에는 양파 모종이 수북하니 쌓여 있다. 농가에서 자기 밭에 심고 남은 것을 팔러 온 모양이다. 그런데 십일월 그믐께라 이젠 양파 모종 심을 때가 조금 늦은 건 아닐까 싶다. 작년 가을 주말농장에 양파 모종 한 단을 심은 나도 아마추어 실력으로 사과 상자 두 개 분량을 수확했다. 아는 몇몇 집에 나누어주고도 우리 집 양념거리가 충분했었다.

시장 바닥에서 배짱 좋게 배꼽을 드러낸 왕호박이 눈길을 끌었다. 누가 못생긴 얼굴을 호박이라 말했나, 작고 오종종한 밤호박보다 인물이 훤한 것은 달덩이 같은 재래종 호박이다. 요즘 농부들은 밤호박을 주로 심는데, 맛이 달고 단백질이 높아서 인기가 여간 아니다. 주먹크기의 단호박 가격이 큰 호박 뺨친 것만으로도 짐작할만하지 아니한가.

장터 분위기를 환하게 바꾸는 데는 남쪽 섬 제주에서 생산해 온 노란 귤도 한 몫을 한다. 내 어렸을 적엔 감귤이라면 부자들이 열대지방을 여행 다녀올 때나 사왔던 선물로 엄청 귀한 몸이었다. 주인의 친절 덕에 몇 알의 덤에 귤 한 봉지도 구매하였다. 둘러 맨 내 가방이 만삭의 임산부 배만해졌다. 배부른 가방을 추스르며 발걸음을 옮긴 곳이 잡화점이다. 컴퓨터 CD케이스랑 정리함이 눈에 들어왔다. 내가 자랄 땐 감히 그 누구도 상상을 못한 상품이 아닌가.

이리 저리 시선을 팔다가 양란(洋蘭)이랑 호접란 분이 열병처럼 줄 서있는 곳에 닿았다. 화사한 꽃이 싱글벙글 웃는 이웃 집 총각의 표정 같다. 향이 없는 게 흠인 심비디움. 이 난이야말로 옛 오일장에선 못 본 상품이다.

심비디움에 달라붙는 눈길을 옮기니 노령의 할머니가 귀한 수수 빗자루를 팔고 있다. 옆에는 경제작물이며 건강초로 불리는 알로에도 싱그러움을 자랑한다. 이것도 내 어릴 적 오일장에선 못

본 종류이다. 수수 빗자루며, 쓰레받기며, 꽃삽이며, 그 중 알록달록 나일론실을 풀어서 작품처럼 맨, 막 쓰는 빗자루도 섞여있다. 옛날에 팔던 삼태기란 존재는 고무나 함석으로 사용하기 편하도록 만들어진 걸 볼 수 있다. 더 질기고, 가볍고, 담긴 물건이 밑바닥으로 새나가지 않으니 기능 면에선 현대판 삼태기가 훨씬 더 높은 점수를 받겠다.

오일장에선 어김없이 짚공예품을 좍 널어놓고 파는 할아버지를 만날 수 있다. 예의 그 이름 값하는 '봉태기'란 짚공예품도 섞여있다. 시쳇말로 조금 못생겼다. 그래도 짚공예품 중에 으뜸으로 친 것은 우리네 경상도 말로 '봉태기'가 아닐까 싶다.

볏짚을 가느다랗게 새끼 꼬아서 바닥을 둥글게 엮다가 지름이 어느 정도 만들어지면 위로 단을 짜 올라간다. 적당한 높이로 만든 '봉태기'는 마른 곡식을 담는 데는 그만이었다. 바람이 통하니 곡식이 쉬 상하지 않고, 가마니 섬이나 오쟁이처럼 바닥이 성글지 않아서 낟알 곡식이 샐 염려가 없어 농가에서 사랑받는 필수품이었다 할까. 깨와 좁쌀 등 잔 곡식도 담았으니 봉태기 조직의 밀도가 여간 아닌 셈이다.

닥나무 껍질을 벗겨서 새끼줄 꼴 때 함께 꼬아 고급 봉태기를 만든 이는 솜씨가 높은 축이었다. 질긴 닥나무 껍질이 섞여 쓸수록 손때 묻어 반질반질 윤기 나는 짚공예 봉태기. 어릴 적 소꿉친구네 집에서 보았던 닥나무껍질을 거뭇거뭇 섞어서 만든 봉태기가 아주 매력적이었다.

생원인 할아버지의 손녀였기에 그 고급 물건이 그 댁에 존재했다는 걸 나중에 알게 되었다. 그 밖에도 당시 귀하던 놋쇠 주걱에서부터 두드리면 은은하게 징 소리를 뿜는 놋대야, 번쩍번쩍 광택 흐르는 식기들도 친구네 부엌간에 쌓여있던 모습이 지금도 눈에 선한데, 오일장에선 만나기가 어렵다.

짚공예품 중 새끼줄로 둥글게 짜 올려 강아지가 드나들게 구멍을 낸 개집도 오일장에서 미지의 주인을 기다리고 있다. 냄비 받침까지 짚공예품으로 만든 걸 보니 할아버지 센스가 시대에 걸맞아 보인다.

짚공예품 전을 벗어나자 아이들 입맛을 유혹하는 과자가 난전을 넘쳐난다. 계피사탕과 희게 표백된 비단 박하, 라면을 기름에 튀겨 버무린 과자를 대하면서 다시 격세지감을 느낀다. 내가 어렸을 땐 과자 종류가 그리 많지 않았다. 일본말로 센베이(煎餅)와 동그란 말똥과자가 은은하게 달면서 맛이 좋았던 게 기억에 남아있다. 쌀 튀밥을 물엿에 버무려 길쭉하게 생긴 깡 엿이란 것도 내 유년시절에는 정말 군침 돌았던 군것질이었다. 등에 칭얼대는 동생을 업은 채, 장에 간 엄마를 종일 기다린 것은 그 단맛의 과자가 그리운 때문이었다.

오일장 패션에 오리털 점퍼와 인조털 밍크도 등장을 했다. 옛날엔 기성복보다 옷감을 파는 포목점이 더 많았다. 광목이나 옥양목을 넉넉히 끊어 와서 물감들이고 풀 먹여 가족들 옷을 지어 입힌 엄마의 바느질 솜씨도 이젠 추억 속 그리움이 돼버렸다.

겨울 장에서는 큰딸을 둔 어머니라면 붉은 양단이나 갑사댕기를 끊어가는 모습도 흔히 볼 수 있었다. 그때, 참 괜찮은 풍경은 오일장 포목전을 드나든 사람들이 중매로 혼사를 성사시키는 일이었다. 혼사에 쓰려고 포목점을 찾던 그때 사람들은 서로서로 얽혀 살았나 보다. 요즘은 중매회사가 그 일을 가져갔지만. 세월이 흐르면 산천만 바뀌는 게 아니고 인심과 일도 바뀌게 마련인가 보다. 성(城)처럼 쌓아놓은 옹기전 역시 시대의 흐름을 탔다 할까. 전엔 콩나물시루나 소줏고리며 큰 독 등, 기능성 도구를 팔았던데 비해 요즘은 뚝배기 등 생활소품이 인기를 얻고 있다.

시장 한 쪽에서 닭과 개, 염소와 토끼가족을 만났다. 주인은 싣고 온 닭들에게 모이를 주며 그들을 통제하기에 바쁘다. 조류독감으로 세계가 시끄러우니 장꾼들은 아예 닭 전에 발길조차 끊었는지 썰렁하다.

한낮, 어미개의 눈길을 받으며 강아지 형제가 재롱을 피워댄다. 수탉도 목청을 돋우어 점심때를 알린다. 마침 출출하기에 양념냄새 강하게 퍼지는 장터 칼국수 전에 줄을 섰다.

전엔 장터 국밥을 점심요기로 사먹는 장꾼들이 많았지만, 지금은 장터국밥집이 귀해졌다. 아마도 대형마트에 손님을 뺏긴 탓도 있고, 얼른 장을 보고 떠나는 스피드 시대도 한 몫을 한 때문일 게다.

떡볶이 가게도 내 어릴 땐 없었다. 굼벵이 파는 모습도 지난날에 없던 풍경이다. 말린 개구리 포를 더미로 파는 곳이 눈에 띄었다. 바이오 제약주(製藥株)가 연일 최고가로 치닫는 세상에 그런 것들이 필요한 환자가 있다는 건 그만큼 병이 다양한 시대인 탓인가. 어찌 사람뿐일까. 소나무재선충이 이 산 저 산을 파먹는 이즈음, 싱그럽게 가꾼 소나무 분재를 팔러 온 이에게 눈인사를 하고, 공짜로 작품 분재를 향한 감상 삼매경에 빠진다.

싸전(미곡가게). 쌀 시장 개방으로 가슴앓이 하는 우리 농민의 국산 쌀에서 윤기가 자르르 흐른다. 가능하면 나는 한눈팔지 않고 내나라 쌀로 평생토록 밥을 지어먹을 생각이다. 그런데 한 가지 풀지 못한 수수께끼가 있다. 쌀 사는 일을 두고 왜 쌀을 판다고 하는지……?

어물전은 예나 지금이나 생선 종류며 풍경이 거의 같다. 예전에 없던 버섯 시장은 값싸게 파는 오일장이 단연 인기다. 영양이나 졸깃하니 씹는 감촉이 그만인 버섯을 욕심내는 장꾼들은 다음 장까지 먹겠다며 보따리를 채워 사는 이들도 있다. 칼로리가 없어 식탐을 충족해 주려니 여기며, 나도 버섯 한 무더기를 집어 들었다.

그러구러 장터의 사람들도 시나브로 귀로에 오르기 시작한다. 장꾼들이 죄다 떠나고 텅 빈 장터에 노을이 잠겨드는 걸 보면서, 소박한 오일장의 맥이 길이길이 이어지기를 빌어본다.

그리운 울 아버님께

아버님! 몇 달 만에 불러봅니다. 꽃이 피는 봄, 그래선지 문득 가슴 한켠에 아버님을 향한 그리움이 밀물처럼 밀려오네요. 저는 아버님에 대한 그리움 때문에 이렇게 편지지를 준비했답니다. 편지를 써보고 싶어서요.

그동안 잘 지내셨는지요? 어제는 아버지 기억을 떠올리면서 작년 늦가을 멀리 떠나가신 아버님이 보고 싶어 푸른 하늘을 올려다 봤어요. 기약 없는 이별이 남겨 준, 가슴을 후벼대는 그리움을 감당하지 못해서예요. 어쩌면 갈색 토기처럼 평범한 촌부이셨던 당신께서 계신 그곳과 이곳이 너무 먼 까닭이지요. 섭씨 700도의 장작불로 구운 토기가 꼭 아버님 이미지와 맞게 여겨지는 것은 아마도 불효한 딸의 눈높이가 낮아서인지 모르겠습니다. 용서하세요!

아버님, 억새 지붕의 초가와도 같은 당신께서 돌아올 수 없는 길을 떠나신 때가 저 들판 가을걷이가 끝난 음력 시월이었지요. 달덩이가 둥글었던 열아흐레 날 에요. 세우(細雨)나 홍수 물을 품어 깊은 웅덩이를 닮은 아버님. 때로는 부스스한 풀밭과도 흡사하셨던 촌부(村夫). 여든 둘 생의 그림자를 남긴 채, 영구히 떠나가신 한지(韓紙) 같이 은은한 우리 아버지.

누가 뭐라 해도 저는 압니다. 저희들의 마음에 그리움만 남은 당신의 깊은 정에 뼈 속이 얼얼해지는 걸요! 늦게나마 깨닫습니다. 짚신처럼 투박스럽던 아버님의 정, 어영부영 몰랐던 그리움은 시간이 흐를수록 차곡차곡 쌓여간다는 그 사실도요.

아버님! 옛날엔 약주를 많이 좋아하셨지요? 막걸리를 드시다 언제부턴가는 정종이 싱겁다 하셨고, 그러다 찬물 같은 소주가 달다 시며 폭주가가 되셨고요. 주량이 과하신 나머지 병원신세도 지셨지요. 알코올 중독이라 진단을 받은 때부터 건강이 악화된 아버님 모습은 정말 가슴 아팠어요. 그 일만 접으면 아버님만큼 경우 바른 분이 또 계실까요.

오래전, 마을 아래 수리조합에서 만든 저수지 때문에 주민들 왕래 길이 불편했던 때가 생각납니다. 주민들이 모여 함께 사용할 길을 만들어 주실 것을 원하며, 아버님 등을 떼밀던 그때요.

결국은 주민의 청을 거부하지 못해 동 대표자로 호수 둑길을 성사시키려 소매 걷고 나섰던 아버님의 열정적인 모습이 어제 일처럼 생생하네요. 새 길을 만들어 달라고, 행정관서로 발이 부르트도록 드나드셨던 아버님 덕분에 반듯한 새 길이 탄생됐지요, 그때

열린 저수지 둑길을 오늘도 사람들이 오고 갑니다. 덜컹대는 숱한 차들도 왕래하지요.

작년 시월에, 그 길을 밟은 상여꾼들의 구성진 선소리를 뒤따르던 저희들 귓결에 얹으며, 당신께선 유택(幽宅)을 향해 떠나셨지요. 그때, 호수도 슬픔에 잠겨 숨 죽여 우는 듯 물결조차 일렁이지 않더이다.

아버님! 당신께선 형제간 의리를 중히 여기셨지요. 자녀인 우리보다 삼촌을 항상 우위에 두셨던, 형제우애 돈독한 맏형님이셨지요.

그럼에도, 아쉬운 것은 4대 봉 제사를 받드느라 허리 펼 날 없던 어머님께 단 한 마디 고맙다는 인사도 없이 바삐 떠나신 일이 유감으로 남았어요. 종손 자리가 벅찼음에도 대소사 궂은일을 도맡아 잘도 처리하시더니요!

보고 싶은 아버님! 일제 때, 보통학교 학벌의 아버님은 나름대로 유식하셨어요. 하늘높이 오르는 사냥꾼 매처럼 사물 앞에서 언제나 밝고 예리했던 당신의 눈빛 또한 그립습니다. 이웃들의 분쟁이나 갈등을 만나면 그때마다 재판관이 되셨거든요. 서로 상대방의 입장이 돼 보면 사태는 해결되리라 던 그 말씀 정말 용한 솔로몬 판결이었지요. 사람이 사람의 잘못을 지적하고, 시비를 가리는 일처럼 죄가 되고 어려웠을 진데 아버님께선 어떻게 그런 혜안을 가지셨습니까? 요즘 들어 당신 삶의 그 방식들이 하나하나 옳았음을 조금씩 깨닫습니다. 머리와 가슴도 때론 얼음장 같은 냉기가 필요하다 시던 그런 식견에도 공감하고 있습니다.

아버님! 저희가 어렸을 때 내외분께서 종종 다투시는 모습을 뵈었어요. 마음이 틀리고, 의견이 다른 걸 어린 저도 눈치 챘지 뭡니까! 살림살이도 빠듯하나마 늘 예산을 짜놓고 맞추신 아버님의 뜻이 어머님은 갑갑하셨던 것이지요.

그래도 저는 아버님을 압니다. 그리고 존경합니다. 여든 평생동안 여성편력은 오직 어머님 한 분이셨고, 두 분은 사랑보다 정으로 사셨음을 너무도 잘 알거든요. 그래서 건강이 취약하셨던 아버님 노후에 어머님의 정성이 뜨거웠던 걸 느꼈습니다. 어머님께서는 아버님의 수의(壽衣)도 누런 베옷 보다 파르라니 고운 옥색 비단으로 마련해 두셨더군요. 의복 색감에 밝은 어머님의 혜안이셨지요.

아버님! 바삐 이승을 하직하신 그 날, 경황이 없어 뜨거운 눈물 한 방울 제대로 흘리지 못했답니다. 마음만 다급해서 미친 듯 아버님을 불러 본 것 말고는 요. 인생은 정말 짧고도 덧없습니다. 유한함이 야속하고, 순간을 밀쳐내는 시간들이 너무도 짧게 느껴져서요.

당신께서 가신지 어언 수개월. 칠순 때부터 척추 장애로 바깥출입을 못하신 아버님, 힘든 시절을 비껴가신 그곳 북망산은 어떤지요? 멀고 먼 천상의 봄도 이곳처럼 진달래가 곱다 못해 서러운가요? 지난겨울에 많이 내린 눈 쌓인 저 뒤편에서도 죽은 풀포기가 새싹을 피우는지, 궁금하네요. 이곳처럼 봄바람이 훈훈하고, 꽃에서 향기가 뿜는지요? 한 말씀만이라도 듣고 싶어요. 아마 저희 들보다 어머님이 더욱 간절히 듣고 싶어 하실 것 같습니다.

아버님! 제가 시집가던 날, 아버님께서 쏟으셨다는 그 눈물의 의미를 생각하면서, 뒤늦게 한 말씀 여쭈어 봅니다. 살아생전에 무엇 때문에 맏딸인 저보다도 그렇게 아들, 아들, 아들만을 우선시 하셨어요? 호주제 때문에요? 남들이 그러니깐 풍습같이 여기셨어요? 그처럼 성차별 받았던 성숙기의 제 아픈 흔적들이 아직도 가슴 한 곳에 희미한 상처로 남아있네요. 저는 사실에 맞는 대답을 들을 때까지, 아버님께 편지를 쓸까 합니다. 당신 그리운 날 가끔 소식 올려도 괜찮지요, 아버님?

근심 걱정 없는 그곳에서 늘 행복하소서! 두 손 모아 빕니다.

2004년 봄, 못난 딸 올림

꽃 세상

내가 그의 이름을 불러주었을 때
그는 나에게로 와서 꽃이 되었다

  -김춘수 「꽃」

　그 순수한 자태 앞에서 사람들은 온갖 합리성을 빙자해가며, 함부로 댕강 꽃을 꺾는다. 생명 즉, 아름다움을 요절내는 것이다. 그것도 모자라 짓밟아 문대어버리는 만용까지도 서슴지 않는다. 그러나 무지막지로 꺾이거나 짓밟혀도 꽃의 본연은 꽃에 있다. 그 논리를 따르지 않더라도 꽃이 있어 세상은 정말 아름답고, 살만한 환희로 열린다. 그렇듯 풍요의 천지가 펼쳐지는 감격은 속일 수 없는 꽃이란 형체가 있음이다.

꽃! 그 우아한 모습에도 동화되지만, 무한대의 의미가 내포된 존재인줄 내가 깨닫게 된 것은 그리 오래되지 않았다. 좀 더 정확히 표현하면, 남편과 과수원을 가꾸면서부터 꽃에 대해 좀 더 두터운 관심을 가져봤다는 뜻이다.

사실, 꽃이란 그저 막연히 아름다운 존재로만 생각해왔던 게 전부이다. 꽃이야말로 터전 위에 엄청 위대한 생명의 바탕이 숨어있다는 걸 몰랐던 때문이다. 색깔에 따라 밝고, 우아하고, 시선이 끌려서 보는 이의 관심 내지는 욕망을 사로잡는 힘으로 하여 사람들로부터 환영을 받는 존재로 여겨왔다. 더러는 뜨겁게 사랑 받거나 시들한 호응 속에서도 발군하는 자연의 위대함 정도로 알았으니 말이다. 과수원을 가꾸는 데 있어 꽃이 피는 것만큼 정말 대단하고, 중요한 일이란 걸 이전에는 미처 알지 못했던 까닭이다.

봄에 과목에서 꽃이 피는 걸 보면 그 해 과일이 숙성하는 시점이나 출하시기를 점칠 수 있다. 그러니만치 과목의 개화에 따라 그 해 과수농사가 좌우된다 해도 지나친 말이 아니다. 그 귀중한 사실을 비로소 뒤늦게 터득하고 보니 과수농장에 몸담은 내가 괜스레 황송한 기분마저 들었다.

작년 봄에는 날씨가 워낙 가물었다. 특히 우리 농장이 자리한 지역에선 몇 십 년만의 대 가뭄이라 할만치 들판은 물론, 물이 시퍼렇게 넘실거리던 강바닥마저 달그락 소리가 나도록 바짝 타들어 갔다. 그토록 비가 귀했던 탓에 사람들은 물론, 온 들녘이 목말라 허덕거렸다. 천지가 가뭄에 타들었던 것이다.

스프링클러 장치가 돼 있거나 물을 자주 뿌려준 농장에선 우리 과수원 보다 4~5일 정도 개화가 빨랐다. 봄 가뭄이 농사밑천이란 말만 믿고 비를 고대했던 우리 농장은 그만큼 늦게 지각 개화를 한 셈이었다. 게다가 일시(一時)에 개화한 게 아니라 꽃이 시나브로 드물게 피어났던 것이다.

그때, 옆 농장 과목은 벌써 꽃이 다 져버려서 우린 적잖이 애를 태웠다. 그 탓일까, 우리농장 과일의 출하가 옆 농장 보다 며칠씩이나 늦어졌다. 무딘 나는 그때야 비로소 꽃이 과수농사를 좌지우지한다는 걸 깨닫게 된 처지이니 한심함의 극치였다 할까.

아름다움의 상징인 꽃이란 단어를 두고 사전에서 정의해 논 걸 보면 '종자식물의 유성(有性)생식 기관' 으로 돼 있다. 성경엔 한 알의 열매가 썩어야 많은 열매를 맺는다는 구절로 표현을 해 놓았다. 그렇듯 귀하게 맺는 열매야말로 한 송이 꽃이 피는 조건에서만 비로소 성공으로 닿는 이치에서 성립이 됐던 것이다.

그런 의미로 유한의 생명체이지만 꽃은 분명 대를 잇는 대자연 법칙이요, 위대함이란 단어를 붙여 줄 만하다. 그런데, 무화과만은 꽃이 없어도 열매가 맺는 걸 보면 신의 섭리가 재미있다는 느낌도 지울 수가 없다.

금년 우리 과수원에선 과일 말고도 몇 종류의 농작물을 더 키워냈다. 나무들이 사열한 넓은 간격 사이에 웰빙 식품으로 각광받는 고구마를 몇 줄 심었다. 풋고추며, 호박모종도 몇 구덩이나 묻었다. 들깨와 대파며, 향이 고급한 쪽파도 파종하였다. 거기다 나물 맛이 부드러운 가지도 몇 그루 심었다. 그 생명들을 가꾸면서 식물이 피운 꽃을 관찰하는 재미까지 얻게 되었으니 양득을 본 셈이다.

호박고구마는 순을 심은 지 4개월이 되자 나팔형의 연한 보라색 꽃을 몇 송이씩 피웠다. 보통의 고구마를 심었을 적엔 연한 분홍 나팔꽃이 피었던 기억이 남아있다. 별 것 아니지만 호박고구마는 꽃이 연한 보라색이라 정말 매혹적이었다. 나는 처음 본 그 아름다움을 잡으려 화소 수치가 낮지만 휴대폰 카메라로 호박고구마의 꽃을 몇 장이나 찍어 두었다.

대파의 꽃은 매력은커녕 뭔가 좀 심심했다. 하지만 벌들이 많이 모여드는 걸 보면 꿀이나 화분을 생산하는 매력이 숨겨진 모양이었다.

헛꽃이 없다는 고추가 하얗게 꽃을 피운 며칠 후부터 작게 맺은 초록 열매가 앙증스럽다. 그에 지기 싫은지 삼복의 열기를 받은 호박도 수더분한 꽃을 무리지어 피웠다.

호박꽃에서도 재미있는 사실을 발견하였다. 왕호박은 암꽃에 비해 수꽃의 숫자가 몇 배나 많고, 수꽃의 크기인 지름이 넓다는 사실이다. 그에 반해 동글납작하니 작은 밤호박은 수꽃의 지름이 애기손바닥처럼 작다. 수꽃의 넓이에 비례해서 탄생되는 열매의 크기가 달랐던 걸 알게 되었다. 미루어 짐작해 보면 모든 열매의 크기는 단연코 수꽃크기의 지름에 따라서 우열로 태어난다할까. 그 뿐만이 아니다.

가지의 연한 보라색 꽃은 가지 열매가 커갈수록 색을 진한 보라로 물들인다는 점도 재미있는 관찰거리였다. 그게 아마 식물의 본능이요 초심인지 모른다. 두뇌를 쓰는 사람도 초심에 충실하기란 힘이 든다. 그런데 가지의 연보라 꽃이 열매를 키우면서 진한 보라색으로 물들이는 점이 참으로 대단하고, 본분을 지킨다 싶었다. 들녘 밭고랑의 식물도 초심대로 살고 있나보다.

그런데, 잡념에 눌리고 현실에 치여 허덕이는 나의 초심은 어떤 것일까? 돈인가? 명예인가? 주체 못할 욕심에 쫓긴 탓인가? 늘 상 뭔가에서 목마름에 치였던 나는 아직도 이리저리 헤매며, 자신을 시험하며 살고 있다.

사람들은 만물의 영장답게 진즉부터 '꽃은 오래된 미래'라고 내다보았다. 그럼에도 그 오래된 미래를 두고 별 생각 없이 함부로 못살게 굴고 덤비며 탐을 내본 게 어디 한두 번인가. 염치없이 짓밟고, 만만해서 꺾어버린 경험은 또 얼마이던가. 그런 까닭에 별달리 죄의식 없이 동화되는 문화에 젖어버린 염치를 이제 와서 뉘우쳐 보니 부끄럽기 짝이 없다.

오늘도 우린 모든 걸 디지털 시대의 개성쯤으로 미화시킨 보헤미안들 숲에 섞여 꽃에 대한 감각을 무뎌하며 살아가고 있다. 그런 행위야말로 꽃 보기를 돌(石) 보기 하는 이치인지 모른다.

내년 봄에는 저 넓은 과수원 꽃 바다에 풍덩 빠져서 맡은 일에 최선을 다하는 부지런한 벌들의 순수성을 닮아야겠다. 무엇보다 갑갑한 나의 정체성에 대한 숙제를 긴긴 사월 하루 내내 꽃잎들을 똑똑 따내며, 낱낱이 풀어 볼까 한다.

머리카락에 흰 올이 하나씩 섞인 지금의 나도 한때 누구의 꽃인 시절이 있었을까? 그렇다면, 잠시나마 감회의 눈시울을 촉촉하게 적실 용의마저 있음도 밝혀둔다!

2
초록 중앙선

병원에는 엘리베이터와 반듯한 비상계단이 몇 개나 있다. 그리고 초록 중앙선이 생생하게 그어진, 휠체어가 오르내리는 길도 존재한다. 경사도가 완만하고 미끄럼이 방지되는 수많은 동그라미가 올록볼록한 입체감 구실을 톡톡히 해준다.

대문이 없는 집

"문은 미래의 희망 창고다."

아직도 설렁함과 훈훈함이 반반인 어정쩡한 봄 날씨에 취한 나는 오늘 자연의 한 자락에 안겨 대문도 없는 집살이에 푸근히 길들여지는 중이다. 혼을 뺏길만한 삶의 감칠맛은 없다손 쳐도 본능처럼 동화돼 가는 데는 스스로도 어쩌지 못하는 전원생활…….

과수농사를 짓다보니 밀고 당기는 줄다리기처럼 더디게 다가오는 봄에 문을 끌어 닫고서도 그리운 손님마냥 절후를 유독 기다릴 때가 있다. 지난해 모진 겨울의 꼬리가 길어 봄 내내 옴츠리면서 온기 넘친 봄을 짝사랑하듯 간절했던 경험 탓일까.

드디어 칼바람이 휘몰아치던 동토의 땅 이곳 농장에도 시나브로 따스한 기운을 뿜는 경칩이 찾아왔다. 우수(雨水) 다음의 절기가 경칩인데, 우수 때는 살짝 얇게 비가 내렸다. 봄 비 잦은 것 하고 며느리 손 큰 것은 아무 쓸모가 없다던 어른들 말씀과 달리 마른 대지며, 웃거름 준비하느라 힘에 달뜬 농심까지 촉촉해진 기분이다.

농막생활 중 비 오는 하루나마 노동의 짐을 부려놓고, 잠시 휴식에 드는 즐거움도 누릴만하다. 경칩에 내린 비로 대지가 목을 적신 후, 달포쯤 흘러가면 농가에선 볍씨를 담그고 못자리를 밟을 것이다.

경칩을 시샘하는지 갑자기 온화하던 날씨가 조금 더 설렁해진 다음 날이다. 우리는 과일나무 발치를 부지런히 누비며 소처럼 허덕허덕 열심히 퇴비를 옮겨 날랐다. 그리고는 적선하듯 나무의 발치마다 그걸 흠씬 퍼 널며 뿌렸다. 저녁나절엔 노동의 강도 탓에 온몸이 뻐근해져 왔다.

땅거미가 내릴 즈음, 땀범벅이 된 몸을 씻을 겸 노동의 피로를 푸는 데는 목욕이 최고라며, 남편이 읍내의 대중탕을 향해서 덜컹 덜컹 차를 몰았다.

굴뚝 높은 읍내 목욕탕에 도착한 우리에게 순박한 주인은 봄날의 텃밭 푸성귀처럼 싱싱한 인사를 건네온다.

"우수, 경칩이 지나면 대동강 물도 풀린다고, 날씨가 한결 따습지요?"

온유한 그 사람의 목소리를 귀에 걸며, 욕실을 찾아 들었다. 후끈하니 데워진 욕실이 뿌연 증기로 그득 차 있다. 안개처럼 증기들로 그득 찬 욕실이 괜히 좋아서 탕 속으로 풍덩 뛰어 들고 보니 열탕의 은혜가 피곤을 받아준다.

더운 물에 몸을 담그자 땀방울이 솟으며, 세포의 피돌기가 원활해진다. 전신의 묵지근함과 노곤함이 썰물처럼 우르르 몸에서 빠져나간다. 뻣뻣한 어깨도 스멀스멀 내려앉는다. 노동의 무게에 짓눌린 전신의 마디마디가 피로를 풀어내는 조짐일까. 찌뿌드드했던 몸 곳곳을 무작위로 밀려오는 시원함에 기분이 한결 느긋해진다. 역시 숨이 찬 노동 끝의 몸뚱이는 피로를 떨쳐내려 온탕을 그리워했나 보다.

전신의 피돌기가 왕성할 즈음 나는 잠시 무아지경으로 빠져들었다. 속으론 아직도 서툰 농심(農心)이 앞으로 실천해갈 금년 한 해의 영농 계획을 세우느라 골몰하고 있었다. 경칩의 뒤를 잇는 춘분엔 씨감자를 파종할 차례여서다.

감자는 속도가 빨라 석 달 배기 농사다. 거름이 듬뿍 깔린 땅에 씨감자를 묻고, 백일 경에 하지가 되면 농부는 알토란 보다 더 속살이 차 오른 감자를 수확하는 기쁨을 얻는다.

작년 여름엔 감자 수확이 풍년이었다. 그 때문일까, 감자의 시판가격이 시원하다 못해 섭섭하다고, 곳곳의 농심들이 푸념을 늘어놓았다. 퇴비는 물론, 비료 값이며 품삯조차도 남는 게 없는 탓일 게다. 그럼에도 땅을 일구는 농가에선 해를 거르지 않고 감자를 심는다. 멀쩡한 땅을 놀려 둔 채, 값이 싸다 해서 감자를 사다 먹는 처사는 농사꾼의 자세가 아닌 까닭에서다.

무엇보다 뿌리농사의 소출이 다른 농작물에 비해 수확량이 무던한 것도 감자를 심는 이유의 하나이다. 그처럼 짧은 기간에 수

확할 수 있는 농작물도 흔하지 않기에 백일 정도면 너끈하게 수확하는 감자농사에 기대심을 버리지 못하는 무른 농심 탓일 게다.

몇 년 전, 16강 월드컵이 안타깝다고, 주말농장에 종사한 어떤 사람이 영농일지를 쓴 걸 읽은 적이 있다. 대한민국이 월드컵에서 16강만 안 올라갔어도 주말농장의 감자들이 썩어나가지는 않았을 거란 내용이었다. 왜냐면, 월드컵 16강의 한국 대 우루과이 경기가 6월 26일, 주말에 있었기 때문이다.

한 주면 괜찮겠지 하고, 농장 가는 걸 미뤘다가 일주일 후에 감자를 캐보니 절반 이상 썩어졌더란다. 그것도 굵은 감자들만 다 썩었으니, 아까워 죽겠더란 표현에선 감자농사만큼 거둘 시기가 민감한 작물도 흔치않다는 걸 짐작할 수 있다.

감자를 심는 날, 농부는 손에 호미를 잡은 김에 옥수수며 강낭콩도 조기 파종을 한다. 강낭콩 수확도 빨라지지만 옥수수는 하루라도 빨리 심으면 그만큼 일찍 여물게 되니 옥수수 농사야말로 적기를 넘어 부지런한 농부의 소산인 셈이다.

엊그제 오일장에서 강낭콩 한 홉을 샀다. 작년에는 힘든 풀베기 작업에 지쳐하느라 강낭콩 파종마저 건너뛰게 되었다. 그 결과 금년 봄 씨앗으로 쓸 강낭콩이 없어서 무척 아쉬웠다.

강낭콩은 우리네 식생활에서 쓰임의 용도가 다양하다. 백설기를 찔 때 거뭇거뭇 얹으면 그 모양이나 맛이 한층 살고, 건강식을 지을 때도 구수한 맛을 더해주는 잡곡이다. 물론, 삶아서 촉촉하게 찧은 건 차분하고 구수한 떡고물 역할을 거뜬히 해 주는 맛도 무시하지 못한다.

솔직한 얘기지만 강낭콩을 키워 수확해봤자 별 이득도 없는 농사다. 자기 손으로 가꿔 먹는다는 것만 빼면 퇴비 한 포 값이 수천 원에다 작물에 영양을 먹여야 하는 비료 값이 엄청 비싼 것 하며, 불판 같이 절절 끓는 땡볕에 전신을 펄펄 달궈가며 정글처럼 무성한 잡풀들을 뽑아내기가 좀 힘이 드는가 말이다.

농가들로썬 농작물 열이면 열 가지를 다 심어 가꾸고 싶은 게 농부들의 솔직한 본심이다. 그래야지 먼 시장까지 가서 사와야 하는 번거로움도 덜고, 건강하게 키운 농작물로 자급자족한다는 의미에서 그렇다.

작년엔 상치씨앗을 뿌려놨더니 가뭄을 타서 몇 번 뽑아먹기도 전에 종대가 우르르 올라가 버렸다. 한 마디로 상추의 양심(?)이 무정했다. 성실하게 풀을 뽑아 준 건 물론, 퇴비까지 듬뿍 뿌려 줬는데 보상이 안 되니 속에서 심술이 삐죽삐죽 솟아났다. 그 탓에 금년 봄엔 상추씨를 뿌릴까 말까, 갈등 중이다.

금년엔 고구마도 심지 말자고, 남편이 진즉부터 쐐기를 박는다. 과수원 나무 밑의 고구마는 심어봤자 그늘만 지고, 정글 같은 풀에 치여 곧잘 죽어버리는 걸 괜스레 헛고생할 필요가 없다는 뜻일 게다. 무엇보다 고구마 모를 내려면 순 값이 엄청나게 비쌀뿐더러 비료 값도 버거우니 지레 사기가 죽는다는 소리였다. 쉬운 말로 고구마는 심기만 하면, 가을에 호미 들고 가서 자루가 빵빵하도록 캐 담는 작물이 아닌 까닭에서다.

　읍내 대중탕을 찾는 사람들 중 저녁 손님들은 대게 농업에 종사하는 이들이 많다. 방금 전에 옆 사람의 화제에서도 농사짓는 방법을 엿들을 수 있었다. 고구마 대신 이번엔 참깨를 심어 볼까 한다는 그들은 서로 맘을 먹은 듯 영농 계획들을 주고받는 친한 사이인가 보았다. 가뭄에 강하고 박토에서 더욱 잘되는 참깨라 귀가 솔깃해지는 정보였다.
　잠시 후, 대중탕을 나오면서 귀 얇은 나의 이번 봄 영농계획은 벌써 희미한 밑그림들로 그려지고 있었다.
　'열병처럼 늘어선 과목들 발치 아래 빈 공간에 한 고랑 한 고랑마다 비닐멀칭을 한다. 비닐멀칭이 된 그 고랑에다 참깨를 담상담상 심는다. 촘촘한 곡식은 마당을 채우고 드문 곡식은 곡간을 메운다니, 밀식은 피해야 할 필수사항인 셈이다.
　여름 한철 참깨의 가녀린 꽃 진 자리에 작은 고투리가 조롱조롱 매달릴 것이다. 그것이 죽죽 키가 자라면 마디마디 층층마다 참깨 꼬투리가 달릴 것이고, 한여름에 참깨꼬투리가 영글면 키 큰 참깨 대궁을 자른다. 잘라진 참깨의 대를 충분히 말려 톡톡 털어내면 층층의 참깨꼬투리 칸칸마다에선 참깨가 좔좔 쏟아지겠지. 그것이 곧 깨가 쏟아지는 재미가 아닐까.
　쏟아져 내린 참깨를 잘 씻어 건진 다음 노릇하게 볶아서 고소한 기름을 짜야지. 그 고소한 참기름을 농장에 찾아오는 이들에게 유감없이 맛을 보여주면 어떨까. 그러려면 참기름을 넉넉히 부어넣고 나물을 조물조물 무친다. 그땐, 고소한 참기름 향기가 멀리멀리 허공을 넘어갈게다. 우리의 농막은 대문이 없으니까⋯⋯.

반쪽의 자격

　자연에 묻힌 삶도 때로는 반 고흐의 명화(名畵) '올리브 과수원'처럼 기쁨의 발견일 때가 있다. 그것과 닮은 나의 농장생활도 기쁨의 발견이면 얼마나 좋을까.

　우리에게는 중년의 그림자가 짙어질수록 삶의 현실을 여과 없이 기댈만한 공간이 필요하였다. 잠자고 쉬며 섭생을 할 만한 장소 즉, 자연의 한 공간이 필요했던 것이다. 밤에 숙면함으로서 노동의 피로를 풀어내고, 다음 날의 활동을 위해 새로운 에너지를 만들어 줄 음식을 조리할 곳도 포함해서다.

　몇 년 전부터 솔직히 우린 아주 단순한 생각으로 농장 일에 뛰어든 철부지 하룻강아지였다. 이모작 인생을 꾸리고자 전원생활 그 첫 걸음을 내디디면서 3미터 곱하기 3미터짜리 원두막만한 정육면체 컨테이너를 농장 귀퉁이에 댕그라니 앉혔으니 말이다. 형편상 산 넘고 물 건너 이 마을 저 동네를 휘돌아 닿는 먼 거리여서다. 때로는 여행하는 기분으로 오가며, 짧게는 몇 날 길면 몇 주씩 농장 일에 매달리려면 숙식문제가 최우선이었기에 말이다.

문제는 왕초보가 덜렁 과수 농사에 뛰어들고 보니 단순만만하게 생각한 것부터가 무리수였다. 농장 일을 해내자면 컨테이너 거소로는 불편한 점이 너무 많았기 때문이다.

가장 힘든 건, 겨울은 휴면기이지만 봄이나 가을이면 밤 기온이 내려가는 건 물론, 과일 맛을 내주는 낮밤의 기온 편차로 하여 초여름 밤에도 설렁한 냉기를 느끼기 일쑤다. 한여름엔 절절 끓는 태양열 때문에 컨테이너가 찜질방 같을 땐 밖으로 나돌면 참을 만했다.

하지만 추위에 유독 맥을 못 춘 나는 여름을 뺀 계절 동안 밤이면 뼛속 깊이 밀려드는 한기와 싸우느라 정말이지 밤이 무서운 지경이었다.

취약한 환경에 지친 우리는 추위를 이겨낼 방법 찾기에 골몰하다 첫해를 보냈다. 그 후, 몇 가지 방법을 생각해낸 결과 상인의 추천으로 신개발 필름 난방을 하였다. 발갛게 열을 뿜는 난로도 들여다 놨다. 그러나 그런 걸로는 추위를 막는 데 한계가 있었다. 기온이 하강한 계절이면 무쇠 컨테이너 벽에서 끝없이 밀려드는 냉랭한 기운을 도저히 감당해낼 재간이 없었다.

어느 봄 날 저녁, 냉기를 견디어내던 남편이 이웃농장처럼 불을 때는 온돌방을 만들어 보자고 제안을 하였다. 겨울 끝자락을 막

벗어난 3월이지만 나는 얼른 남편 뜻에 조건 없이 찬성을 했다. 과목의 가지를 친 나무면 땔감도 충분하고, 전지한 나뭇가지들을 치우는 고민도 해결이 되니 일거양득이 아니겠는가.

들뜬 맘에 나는 얼른 볼펜으로 밑그림을 먼저 그렸다. 취침 방 못잖게 샤워할 공간도 함께 배치해두었다. 노동으로 땀범벅이 된 몸을 해진 어둠 속 과일나무 아래서 대충 씻어낸 불편함도 추운 밤 잠 못 드는 고통 못잖게 심중에 사무쳤던 때문이다.

드디어 작은 농막 짓기 실행의 날이다. 컨테이너에 맞춰 방을 덧붙여 만들고자 동일한 크기로 설계를 했다. 높이도 컨테이너의 키를 맞추었다. 주거공간이 좁은 건 과일나무를 베어 내는 아픔을 피하려한 이유다. 그것이 농막짓기의 본 모습이요, 농부의 올바른 자세로 여겨져서다.

며칠만인가, 전문가를 농장에 초빙하였다. 상담을 끝낸 다음 날부터 조립식 골조가 세워졌다. 아기가 귀엽듯 집도 역시 작은 게 귀여웠다.

미니 방의 골조를 세운 다음 날, 온돌 놓는 작업에 시동을 걸었다. 블록 벽돌로 골을 만들고 3단 높이로 벽돌을 쌓는 남편의 일손 돕기를 내가 자청하였다. 급한 욕심에 자신감이 무리였을까.

내 역할은 시멘트를 버무리고, 벽돌을 날라다주는 남편의 보조역이었다. 그런데, 애로점은 늦추위 탓에 농장일대가 밤마다 꽁꽁 얼어서 물마저 귀했다. 게다가 온종일 찬바람에 노출된 내가 덜컥 감기에 걸리고만 것이다. 작은 농막을 짓는 일이지만 구들 놓기인데, 초보로써 어쩜 당연했는지 모른다. 예상은 했지만 무거운 벽돌을 쌓는 작업은 정말 만만한 게 아니었다. 꼼꼼한 남편은 벽돌을 끙끙 쌓다 수평이 틀리면 와르르 뭉개고, 다시 쌓다 길이가 맞지 않다고 왈칵 허물기를 반복하였다.

급한 성격의 나는 갑갑한 나머지 행동노출로 드러났다. 일의 진척이 더디고 굼뜨게 보이자 나는 남편을 향해 잔소리가 절로 나왔다. 그 일에 자신이 없으면 능력만큼 대충 하자고, 남편에게 시시콜콜 참견을 한 것이다. 우린 본격적으로 삐걱거렸으니 초보의 불협화음들을 시시각각 만들어냈던 셈이다.

나는 사사건건 보채고, 채근하였다. 내 잔소리가 듣기 싫은 남편이 내게 까칠하게 따지고 들었다. 암만 바빠도 바늘허리에 매선 쓸 수 없다는 거였다. 비둘기 복통만한 방이라도 온돌을 놓는 일인데, 솜씨가 없다고 대충대충 할 일이냐고 나를 노려보며, 눈동자를 하얗게 까뒤집었다. 우리의 감정조절은 물 건너 간 모양이었다.

지기 싫은 나 역시 불만의 숨소리를 거칠게 뱉어냈다. 굼벵이처럼 매달리면 일 잘한다고 누가 표창을 주느냐, 대충해도 방만 따뜻하면 최고지, 온돌을 놓는데 꾸물대기만 하면 없는 솜씨가 전문가로 바뀌느냐고, 남편의 속을 긁었다.

남편은 내게 책임론까지 들고 나왔다. 대충 놓은 온돌에 문제가 생기면 살다가 전부를 다시 뜯어내야 할 텐데 그땐 책임을 지겠느냐고. 책임추궁을 당한 느낌이던 나는 뱁새가 황새걸음을 흉내 내면 무리지, 기술도 없이 온돌을 잘 놓으려다 농사의 때를 놓쳐버리면 그땐 책임을 어찌할 거냐고, 서로 경쟁을 하듯 불편한 속내를 드러냈다. 나중엔 농막 한 칸 짓다가 농장 일을 놓쳐버리면 안 하니만 못하니 그만 두자며, 더욱 목소리를 높였다.

그때, 전운이 감돈 우리에게 제동을 건 이는 이웃 농장 아저씨다. 세상에 쉬운 일은 없으니 서로 끓는 감정을 식히고, 벽돌이나 균형 맞게 쌓으라고 시켰다. 그러곤 질척하게 갠 흙을 쌓은 벽돌 틈마다 착착 채우라고, 일러주었다. 나중엔 골진 구들 위로 슬레이트를 얹고, 바닥을 다진 다음 방 높이를 조절하면 미장 두께에 따라 온돌의 온기가 유지된다고 조언해 주었다. 온돌 두께에 따라 방이 덥혀지면 쉬 식지 않는다니 그제야 이해가 좀 되었다.

그런데, 벽돌 나른 경험이 없는 내 몸이 기어코 후유증을 드러냈다. 벽돌의 무게에 치여 몸살이 온 것이다. 나는 덩치 값도 못한 채, 며칠 동안을 환자가 돼서 끙끙 앓았다.

열흘이 훌쩍 넘었다. 온돌 방 만들기 마지막 날이었다. 전문가의 솜씨를 빌어 방바닥 높이를 꾹꾹 채워가며 미장일도 마쳤는데, 미장이의 농담이 정곡을 찌르는 것처럼 들렸다.

"주인은 농장 일에 충실하고, 집 짓는 몫은 전문가에게 맡기면 농장주 건강도 지키고, 목수도 귀한 남의 돈을 좀 만져 볼 게 아닙니까?"

논문은 학자가, 음식은 요리사가, 의상은 디자이너가 맡는다면 정말 이상적일 것이다. 그만큼 효율적일 테니 말이다. 그러나 흙

냄새 퀴퀴한 농장생활을 하다 보면 무조건 전문가의 손을 빌리자면 재정이나 시간적으로 난제일 때가 많다. 농장경영은 결코 재정을 얕잡아보고 전문가를 초빙하는 게 능사가 아닌 실정이어서 그렇다.

5월 초, 생경하고도 힘든 체험 끝에 드디어 우리가 지은 농막에 입주를 하였다. 가슴 벅찬 감회가 뭉게구름처럼 피어났다. 해질 무렵이면 군불 때는 일에서도 삼박한 의미를 찾을만했다. 손톱에 묻은 검정 한 점마저도 전원생활이 빚어낸 묵화(墨畵)같은 묘미임을 알게 된 것이다.

그때부터 우린 늦깎이 농부로 살아가는 방법을 자연의 하나처럼 익혀 가는 중이다. 도시 복판에 묻혀 지낼 땐 감히 생각조차 못했다. 인생 이모작에 뛰어 든 농부의 반쪽 될 자격이 내게도 생기리란 것을. 이따금 착각에 젖어본다. 그런 걸 통틀어 잠들어 있는 나의 DNA라 믿고 싶다. 낯설 뿐인, 자가당착이지만……

엄마의 바다

　바다는 넓고, 세상은 더욱 넓다. 그 바다와 세상을 더한 것만큼 넓은 존재가 곧 엄마다. 엄마야말로 끝없이 넓고 아늑한 천국이요, 모든 새끼들로썬 평생 안기고 싶은 안식의 지존이니 말이다. 그런 까닭에 엄마의 바다에 풍덩 빠져서 살아가는 사람들이면 누구든 정말 행복한 존재가 아닐까 싶다.

　지난여름, 우리 과수원에 여성 둘이 찾아왔다. 그들은 단물 든 과일을 도매로 사려고, 농장을 찾아 온 모녀지간이다. 물론, 과일을 소매로 팔기 위해서라며, 덤을 듬뿍 줬으면 장사에 도움이 되겠다는 말까지 곁들이고 있었다.

　거기까진 예사로웠다. 홍건하게 땀 흘리는 여름 과수원에선 자주 겪는 일이요, 의욕적인 삶을 살아가는 사람이라면 전혀 이상할 게 없는 일이어서다.

그런데, 나는 놀라운 표정을 도저히 짓지 않을 수가 없었다. 동행한 아주머니의 딸이 미라처럼 빼빼하게 말랐고, 바람 한 자락만 불어도 휘 날아갈 것만 같은 약골이었기 때문이다. 더한 것은 그 여성이 먹고 살려고 장사를 한다기에 나는 의구심에 빠지고 말았다. 뼈만 앙상한 몸으로 어떻게 차 운전을 해 왔으며, 허약한 몸으로 무슨 장사를 해낼까 걱정되지 않을 수 없었다. 그것도 갓 딴 과일의 무게가 얼마나 엄청난데, 비실거리는 몸으로 감히 장사를 하겠다니, 벌어진 내 입이 다물어지질 않았다.

그런 나를 의식했는지, 아주머니는 멈칫거린 말투로 자기 딸에 대한 사연들을 간간이 틀어놓았다. 딸이 몇 달 전에 파경을 맞았다며, 지금은 갈라선 딸 내외가 각자 애 하나씩을 맡아 키운다는 거였다. 무엇보다 살림만 하던 딸이 이혼 후, 홀로 서기위해 장사하러 나설 수밖에 없는 처지라 어렵다는 것이다.

아주머니의 가장 큰 걱정거리는 이혼한 딸이 잃게 된 입맛이라고 했다. 이혼과 동시에 천리만리로 달아나버린 식욕이 딸의 몸을 젓가락처럼 마르게 한 주범이라니, 이해되고도 남았다. 그 같은 복병이 딸의 인생에 두 번 다시 없기를 바란다고, 한숨을 길게 토해내던 엄마의 두 눈에 이슬이 맺혔다.

그 아주머니는 전형적인 한국의 어머니상이었다. 다섯 아들과 외딸을 키워낸 평범한 엄마기에 말이다. 그 엄마의 이야기는 절절하였다. 처음 딸이 태어날 때부터 코스모스같이 가냘팠다는 것이다. 그래도 대학에 다니던 중 우연히 연애한 사람과 가정을 이루게 되었을 땐, 대견하게 생각했단다.

그런데, 호사다마라고, 딸내미가 신접살림의 재미를 깨닫기도 전에 사위가 바깥으로 돈다며, 푹푹 걱정의 한숨을 내 쉬더란다.

처음엔 사위를 붙들고 토닥여가며, 사정을 했단다, 가정을 지켜 달라고. 그러나 사위는 가정이 새장처럼 답답했던지, 외간여성에게 정신을 앗긴 나머지 엄숙한 혼인서약을 깨버린 채, 가출을 하더라 했다. 끝내 딸은 반쪽으로부터 배신을 당한 아픔을 부둥켜안은 채, 이혼을 하게 됐다는 것이다.

친정엄마는 그때부터 딸 내외가 혼인생활을 끝낸 그 뒤 처리를 돕지 않으면 안 될 처지였단다. 늑대를 피하자 호랑이를 만난 듯 그때부터 친정엄마에게 돌아온 건 딸의 인생사가 자기 몫의 짐으로 남겨지게 됐단다.

딸은 이혼의 후유증에 치여 우울증에 걸렸고, 그 부작용으로 식욕을 놓아버려 미라처럼 마른 몸이 됐다는 것이다.

세월이 약이라지만, 이혼녀가 잃어버린 건강을 회복하기는 참으로 어려웠고, 친정엄마의 속은 이래저래 푹푹 썩어 곤쟁이 젖이 됐다고 했다.

엄마의 기억에는 지난날 겪은 장면들이 하나씩 떠올랐다.

어느 날인가, 처음으로 사랑한 남자가 생겼다며, 딸이 결혼을 전제로 남자를 집에 데리고 왔다. 그 날, 엄마는 번뜩인 시선으로 남자를 관찰하였다. 그러나 엄마의 눈으론 아니다 라는 결론이 마음 한 곳에서 불안함으로 다가왔다.

남자가 돌아간 뒤, 엄마는 한사코 딸의 결혼을 말렸다. 그러나 사랑에 눈이 먼 딸은 남자와 헤어지기를 거부하며, 죽네 사네 울부짖었다.

자식을 이길 부모는 세상에 없다고 여긴 엄마는 딸의 고집을 꺾지 못해 결혼을 허락하였다. 그래도 딸 내외가 도토리 키 재기하며 살았다면, 열 가지 흉이 묻혔을 것이다. 끈 떨어진 뒤웅박 신세가 된 딸의 파경을 보며, 엄마는 안타깝고 속이 상해 미칠 지경이라 했다.

그럼에도 엄마는 우선 지친 딸부터 챙겼다. 어린 새끼들을 봐서라도 잡념을 훌훌 털고 몸부터 추스르라고, 지난날 딸을 키울 때처럼 위안과 격려를 퍼부으며 위로하였다. 무엇보다 딸이 과일 장사라도 한다면 허전해진 삶에 활력소가 될 것 같았다. 더 중요한 것은 왕년에 본인이 장사한 경험을 전수해 주고 싶어 나서게 됐다는 것이다.

그 날, 내 눈에는 희망이 파도처럼 넘실대는 엄마의 바다가 보였다. 분신인 딸을 키워낸 엄마의 입에서 마디마디 토해져 나오는 짙은 삶의 향취에 나도 모르게 동화되어 갔다. 코스모스처럼 하늘거린 딸은 엄마의 바다에서 이제 갓 출항을 준비한, 작은 돛단배같이 위태로운 처지다. 그렇지만, 드넓은 엄마의 바다이기에 든든하게 기대도 좋을 딸의 미래에 안도감이 생겼다.

서른둘의 젊은 여성이 있다. 그 나이에 벌써 다섯이나 되는 아들을 둔 엄마가 되었다. 열아홉에 한 남자를 알았고, 금단의 열매를 철없이 따먹다 덜컥 임신이 돼버렸다. 그래서 그녀는 부랴부랴 결혼식을 올렸다.

처음 얼마동안은 꿀맛 같은 신혼에 취했다. 행복의 결실로 첫 아기가 태어났다. 이듬 해, 둘째를 낳은 그녀는 연년생의 엄마로 등극되었다.

그런데, 그때부터 신랑이 한 눈을 팔기 시작했다. 구차한 구실들을 늘어놓던 신랑한테서 잠시 지나갈 바람으로 여긴 그녀는 납작 엎드려 풍파가 지나가기만을 기다렸다.

그런 중에 그녀의 몸에는 또다시 임신소식이 왔다. 아내의 임신 소식에 신랑의 바람기가 잠시 숙어 들었다. 아기를 워낙 좋아한 아빠였던 것이다.

그녀는 바람기 넘친 신랑을 가정에 끌어들이고 싶었다. 그래서 계획에도 없던 알토란같은 세 번째 아기를 낳았다. 이듬해 또다시 그녀는 아기 낳는 기계처럼 넷째 아기를 가졌고, 몸을 풀었다.

다시 이듬해가 되자 그녀는 결국 다섯째 아기를 보았다. 그때야 그녀의 눈에는 먹이를 달라고 빠끔하게 벌린, 엄마를 쳐다보는 제비새끼처럼 오형제들의 오물거린 입들이 눈으로 확 들어왔다. 정신을 차리고 보니 애들이 귀여운 한편, 살길이 아득하여 무섬증마저 생겼다.

문제는, 그런 환경변화에도 신랑의 외도는 날이 갈수록 중증으로 돼 갔다. 답답하고, 막막했다. 너 없으면 못산다고, 세상이 그

들을 버려도 그들만은 절대로 변하지 말자고, 손가락을 걸며 약속했던 신랑의 달콤한 말들이 귓가를 맴돌았다. 변하려거든 약속이나 말지, 그녀는 사랑을 부도내버린 신랑이 안타까워서 눈물을 삼키고 또 삼켰다.

그녀는 드디어 신랑을 향해 바가지를 긁어댔다. 처음엔 온갖 변명을 다 늘어놓던 신랑도 반복하여 긁는 아내의 바가지를 두고 오히려 반격을 해왔다.

그때부터 신랑의 손찌검이 시작되었다. 함께하면 먹지 않아도 배부르고, 못 보면 죽을 것 같았던 신랑한테서 매 맞는 게 일상이 되자, 아내는 눈물을 머금고 이혼을 선택하고 말았다. 후회가 오기를 불렀을까. 부부가 힘을 모아도 육아와 교육의 짐이 태산인데, 싸우는 모습만을 새끼들한테 보여 줄 자신이 없던 그녀가 혼자서 십자가를 짊어지고자 했던 것이다.

막상 그녀는 혼자가 되자 앞날이 캄캄해졌다. 다섯 애들과 어떻게 살 수 있을까. 그때서야 처음부터 결혼을 말렸던 친정엄마를 뒤늦게 이해하면서, 한 남자의 됨됨이를 꿰뚫는 엄마의 혜안에 고개가 숙여졌다.

그녀는 생각 끝에 친정엄마를 찾아가 눈물로 털어놓았다. 배신의 늪을 만든, 갈라선 신랑이 미웠지만, 그보다 먼저 풀어야 할 숙제가 다섯 새끼와 살아갈 일이 급했던 것이다.

딸의 형편을 알게 된 친정엄마 역시 젊은 시절 이혼을 한 처지였다. 혼자 힘으로 딸을 키웠는데, 딸이 엄마의 팔자를 닮는가 싶으니 혼자 키운 보람은커녕 금쪽같은 딸의 앞날이 걱정되었다.

친정엄마는 다섯이나 되는 외손자들이 불쌍해서 울었다. 몇 날 며칠 동안 잠을 설친 끝에, 파파 할머니가 되면 쓰려고 꼬깃꼬깃 모아뒀던 비자금을 박박 긁어모았다. 그 돈을 밑천 삼아 딸에게 식당을 열어주기로 결정을 보았다.

그 와중에도 친정엄마는 누군가의 허기를 채워주는 거룩한 직업이 곧 밥상을 차려내는 일이란 걸 딸의 가슴 속에다 심어주고 싶었다. 친정엄마는 젊은 시절 이혼하고 뛰어든 식당일로 혼자 딸을 힘들게 키운 자신의 경험들을 한 자락 한 자락 전설처럼 들려주었다. 누에고치가 실을 뽑듯이.

이혼녀가 된 딸은 이따금 엄마를 끌어안고 힘든 일들을 눈물로 쏟아냈다. 동병상련, 자신의 성장과정에서 보고 느꼈던 홀 엄마의 세월이 생각보다 훨씬 더 아프고 외로웠다는 사실을 뒤늦게 깨달았다. 딸을 위해 재혼 대신 경험도 없는 식당일로 긴 세월 풍전등화처럼 살았을 엄마가 눈물겹고 존경스러웠다.

혼자가 된 딸은 친정엄마의 가르침으로 식당일을 익히면서 엄마가 살아온 구구절절한 이야기들을 천일야화처럼 듣고 또 들었다. 저 가슴 밑바닥에는 솟구치는 뜨거운 감동이 파도처럼 밀려왔다.

편부모 가정이면 어린자녀들로썬 세상이 지뢰밭이다. 여북하면 애 셋 키우는 엄마는 세치의 가시가 목에 안 걸린다는 말이 다 생겼을까.

엄마는 아기와 텔레파시가 통한다고 한다. 긴급한 상황이면 엄마의 귀로 아기의 울음소리가 들린다는 뜻이다. 여북하면 새끼를 품은 엄마는 수면 중에도 옆의 새끼에게 뽀얀 안개를 뿜는다는 말이 있다. 어쩜 내 엄마와 엄마의 엄마도 품은 자식들에게 뽀얀 안개를 그윽하게 뿜었으리라. 놓으면 꺼질까 불면 날아갈까, 조바심을 냈을 것이다. 그래서 엄마란 말만 들어도 우린 모두 가슴 뭉클해 하며, 눈시울이 젖어들지 않은가.

금년 여름도 우리의 과수원이 찜통처럼 뜨겁다. 더운 열기를 먹고 볼 붉힌 과일들이 가지마다 둥글둥글 눈길을 끌어낸다. 이맘때면 여름과일 장사로 이혼의 아픔을 잊고자한 젊은 그 여성의 근황이 궁금해진다. 그래서 묻고 싶다. 몸이 빼빼 마르도록 놓쳐버린 입맛은 되찾았는지, 그토록 풋내 나는 서툴고 젊은 엄마의 삶이 과일의 볼처럼 발그레하니 익어 가는지…….

나 역시도 과년한 딸을 둔, 엄마의 대열에 섞인 까닭에서다.

여름 과수원

그저께 억세게 퍼부은 장대 빗줄기로 닦여진 초복(初伏)날 하늘이 스무 살 청춘의 기상처럼 청청하다.

바야흐로 등허리 가득 비지땀에 젖는 오늘도 꼼지락거리는 내가 할 일은 과수원 풀베기 작업이다. 그저 입에만 담아도 어질어질 멀미가 나는 풀베기 작업은 과수원에선 절대적으로 피할 수 없는 최대로 힘든 과제다.

요즘은 잔디와 풀을 골라서 죽인다는, 농부의 구미를 한껏 당기는 농약이 진즉 나와 있다. 게다가 그 성능 또한 백발백중 효능을 발휘한다니, 정말 꿈만 같고 대단한 농약이구나 싶다. 풀과 잔디를 구분해서 죽인다니 얼핏 들으면 얼마나 좋은 농약인가. 더욱 관심을 끄는 소리라면 벼는 살려둔 채, 피사리만 제거해 준다는 그런 제초제야말로 놀라운 과학기술이기에 그저 대단하다 싶어서 감탄을 내지를 판이다.

그러나 나는 과학의 발전에만 감격할 뿐, 숨이 차도록 처연하게 풀을 베어야만 하는 농장 경영인이다. 오직 친환경 농사를 고집하느라 풀을 뽑거나 예초기를 써서 과일을 키우는 올바른 농사꾼이 되고자 함에서다. 그 일로만 치면 푸르른 지평 가득 넌출거리는 바람에 이마의 땀을 씻는 늦깎이 농사꾼으로썬 지극히 당연한 일이요, 절대적 사명감을 타고난 임무라 여기고 있다.

매년 이맘때면 사실 중년의 내 몸에선 스스로도 알 수 없는 어떤 에너지가 생겨나는 걸 느낀다. 이따금 노동에 치여 몸살을 앓거나 기운이 빠져서 비실거리기는 하지만 말이다.

삼복에 들면 몸에서 방출되는 에너지를 느끼면서도 용광로 같이 작열하는 한낮의 땡볕 대하기가 무섭고 싫다. 한편, 과일의 단물이 들기 위해선 절절 끓는 햇볕이 요구되는, 농심의 순수한 이중성을 풋과일에게 알리고 싶다. 그렇지만 풀들은 과수원 주인의 이율배반적인 농심을 저 혼자 미리 알고 싸움을 걸어오는지 모를 일이다. 그래도 나는 수준 미달이라 끙끙대는 스스로를 다행스럽게 여긴다. 끙끙대며 풀을 베는 그 일에 충실 하는 내가 열심히 살아가는 촌부(村婦)의 자세인 것 같아서다.

과수원 풀베기를 하면서 전에 없이 풀들의 생리에 관심이 조금 더 많아진 건 나의 또 다른 탐구본능이 발동한 탓이다.

풀들은 참 강한 생명력을 지녔고, 비교적 모질다. 아무리 황폐하고 나쁜 환경에서도 끈덕지게 살아남는 걸 보면 질기고 강한 생명력에 감탄이 절로 솟는다. 우리 사람들도 풀의 생리를 배운다면 아마 사회 곳곳에서 유행처럼 퍼진, 소중한 삶을 포기하는 비참한 행동은 엄청 줄어들 것이다.

지난봄에는 과수원에 진을 치고 자라는 오동통한 황새냉이를 가려 뽑아서 된장국을 끓여 보았다. 다행히 향긋하면서도 씹히는 감촉이 생각보다 괜찮았다. 그러나 그 황새냉이의 깊은 뿌리를 뽑기란 정말 만만한 작업이 아니었기에 나는 차츰 지쳐갔다. 하얗고도 길쭉하니 실한 그 뿌리는 지구를 덩이째 물고 있는지, 도통 쉽게 뽑히지 않기에 말이다.

차츰 날씨가 더워지자 왕성하게 생육하는 그것의 힘은 가히 측정할 수 없을 정도가 되었다. 그걸 끈질기게 뽑아내던 나의 손아귀에 쥐가 다 내렸으니 오죽할까. 게다가 기온의 상승에 따라 황새냉이의 키가 무섭게 자라 올랐다. 물기가 마른 모래땅에서 살아남기 위한 식물의 본능, 바로 그 힘인 걸 알기까지엔 얄팍한 내 관찰력이 총동원된 걸 밝혀둔다.

그 뿐이면 얼마나 좋을까. 황새냉이가 자라면서 낱낱층층의 가지마다 오밀조밀 매단 씨앗들이 얼마나 대단하던지, 가히 무섬증이 돋을 정도였다.

민들레 역시 다르지 않았다. 뽑으면 몸통 중간이 뜯겨 뚝 부러졌다. 남은 꼬리부분을 호미로 파내도 그 역시 끝을 보기 전에 끊겨 버렸다. 더욱 지독한 점은 잘려져 남은 부분에서 다시 새로운 싹이 돋고, 왕성한 생명력으로 입지를 구축하는 힘이었다. 그러니 억센 풀과의 전쟁에서 패배하여 지치는 쪽은 언제든 농부 측인가 보다.

기온이 더욱 오르고, 비가 잦은 장마철이 되자 달개비며 쇠비름이 이불처럼 과수원을 뒤덮을 태세다. 한 마디로 난공불락의 요새요, 사람의 힘으론 난제뭉치다. 쇠비름과 달개비로 치면 몸통 자체가 걸출해서 쉽게 말라 죽는 식물이 아니다. 특히 장마철이면 잎 순 자람이 너무도 왕성해서 그 마디마디가 무섭도록 쭉쭉 번져나가는 강적임에랴. 몸통이 뽑히고, 가지가 잘리고 곁순이 떨어져도 습한 기운과 햇볕의 은혜를 입고 쑥쑥 커가는 풀들.

그 뿌리가 덮힐 흙 한줌만 있으면 놀랍도록 왕성하게 부활하는 달개비의 끈덕진 생리엔 차라리 감탄 대신 지레 지쳐나가는 농부가 될 수밖에 없다. 그것이 잡초의 왕성한 생리요, 사람들이 배우고 싶은 끈덕진 생명력이기도 하다. 그렇듯 숱한 종류의 풀들은 시대가 흐르거나 계절과 환경이 바뀌어도 결코 그 종족이 끊기는 일은 없으니 대단하지 아니한가.

바랭이도 잎이 부드러운 것만큼 만만한 풀이 아니다. 지난 해 죽은 조상 풀의 시체만 남아있어도 그걸 바탕 거름삼아 죽죽 자라는 힘이 넘친다. 거기다 농작물 생장을 위해 뿌린 거름을 훔쳐 먹고는 이 고랑, 저 고랑 타고 넘는 힘이 가히 독보적이다.

강아지풀 역시 거름기만 있으면 우량하게 자란 나머지 강아지 꼬리만한 씨앗이 열려서 흡사 조 이삭을 보는 듯하다. 키가 낮아 바닥에 붙어사는 종지기나물과 나락나물도 잔뿌리가 엄청 많다.

잔뿌리가 많다는 것은 쉽게 마르지 않고, 생명력이 질기다는 뜻이다. 따라서 풀포기를 손으로 뽑거나 뾰족한 호미로 파내어도 쉽게 제거되지 않으니 아주 끈덕진 생명체이다.

땅이 산성화 된 걸 알려준다는 괭이밥도 만만찮은 존재이다. 보라 혹은 흰털제비꽃 역시 경쟁에 뒤지지 않고, 종족 불리기 본능이 독보적이다.

요즘은 예전에 없던 신종 풀을 만난다. 이른바 밖에서 따라온 종류의 자리공이란 풀이 그렇다. 자리공은 대궁이 굵직하고 키가 큰데, 몸이 걸출해서 흙의 비옥함을 가리지 않고 쑥쑥 자라는 대형 잡초이다. 뽑아내려 덤벼도 강하고 깊게 내린 뿌리는 땅덩이를 단단히 물고 있다. 어찌어찌 뽑힌 뿌리를 버려도 햇볕에 쉬 마르지 않으니, 그 풀 또한 끈질긴 생명력으로 한몫 해낸다. 가을이면 마디마디가 휘청거리도록 무수히 매단, 반짝이는 검은 씨앗을 대하면 번식의 왕성함에 농부의 고민이 커질 뿐이다.

내가 농장 일을 하면서 습관이 하나 생겼다. 농장 길을 오가며, 때론 남의 농장 곁을 지나치며, 그곳 흙바닥부터 먼저 관찰하는 버릇이다. 풀의 상태만 봐도 농장주의 부지런함이나 농사짓는 법이 눈에서 읽혀진다. 흙바닥이 맨살로 드러나면 독한 제초제를 뿌렸고, 바닥에 소가 뜯은 것처럼 마른풀들이 깔려 있으면 풀을 베었다는 증거다. 우리처럼 끈을 이용해서 풀을 베어낸 흙바닥은 한마디로 매끈하고, 베어 눕힌 풀들이 땅을 덮어 스펀지처럼 푹신푹신하게 표가 난다.

지난 해 관람한 영화 '톨스토이의 마지막 인생'에는 평화스런 초록 들판이 싱그럽게 시선을 확 잡아끌었다. 물론, 풀베기에서 거대한 낫도 등장을 했다. 기역 자를 닮은 보통의 낫과는 조금 다르다 싶어 눈여겨보니, 기역 자가 꺾여 뻐드름한 모양은 서서 일할 때 잡는 자루마저 길어 무척 인상적이었다.

　육체노동을 즐겨한 톨스토이는 모든 사람들이 스스로 자립을 해야 된다고, 노동의 의미를 외쳤다. 귀족인 그도 농촌생활을 반 세기 가깝게 했던 백작이면서, 또한 배우는 데 도가 튼 위인이었다. 여북하면 나이 예순에 이집트 말을 다 배워서 통달을 했을까.

　땡볕 여름날 톨스토이 백작이 풀베기 하는 장면을 떠올린 날, 비록 톨스토이 백작처럼 시원하고 멋진 베잠방이는 아니지만, 면 옷에다 그늘 모자를 푹 눌러쓴 나를 거울에 비춰 보았다.

　찜통 여름의 끝자락에 들자 아침저녁으로 선선한 기운이 돈다. 과수원에선 풀과의 전쟁도 기나긴 휴식기로 접어들 시점이다. 풀들이 곁가지를 뻗거나 뒤늦게 씨앗들이 여물지언정 흙먼지 낀 예초기를 꼼꼼하게 닦는다. 여름 내내 풀과의 전쟁에서 공격적으로 마구 써 먹은 전투 장비를 녹슬지 않게 갈무리하려 함에서다. 우리 풀과의 전쟁은 이듬해 여름도 계속될 것이므로…….

인생 빗자루

　이모작 인생에서 시간 가는 줄 모르게 매달린 남편과 동행한 과수농사는 아직도 진행형이다. 매해 봄이면 퀴퀴한 냄새를 풍풍 풍기는 퇴비를 온몸으로 받아 안아 퍼 널고, 지하수를 펑펑 뽑아 올려 가뭄에 타는 대지의 목을 적셔주는 일들에 그 어떤 오차라든가 멈춤이 없다는 뜻이다.

　몸의 컨디션 따라 곰살궂게, 때론 입술 가득 심술을 썰어대며 심각하게 농장 일을 밀고 당긴 세월이 그러구러 오륙년이 흘렀나 보다. 덤으로 얻은 보너스라면 순간순간 놓쳐버린, 청춘에 대한 상실감 보다 중년의 무게가 실린 삶의 깊이를 깨닫는다.

　그럼에도 이따금 굼뜨고 숫자개념에 무딘 나는 시시콜콜 그 감가상각을 민첩하게 헤아리지 못하니 그때마다 미련한 자신을 알아가고 있다. 그게 병(病)이라면 병이다. 봄마다 개화기의 화사한 풍경이 선물로 와 준 것에만 취한 까닭일까.

고운 꽃빛깔의 황홀에 빠진 나머지 쉽사리 장님이 되고 마는 습관성이 해가 갈수록 더해지니 더욱 그렇다. 그나마 펄펄 끓는 젊음을 저당 잡힌 아픔이 없으니 그 또한 다행이요, 위안으로 삼을 뿐이다.

분홍 물결 도도한 봄이 출렁출렁 흘러가면 하늘에 뭉게구름이 화폭을 펼치는 성하의 계절이 열린다. 그땐, 탄력이 넘치고 단물 밴 여름과일 '수밀도(水蜜桃)'가 농심을 향해 보람의 빛깔인양 붉게 물들어 준다.

비타민이며 무기질에다 칼륨까지 풍부한 여름과일 수밀도는 미각이나 향이 매혹적이고, 해독작용까지 뛰어나다. 그런 수밀도를 밥상에 올리는 일은 농부로썬 정말 달콤한 즐거움이요, 정신을 빼앗길만한 과육 맛 그 이상의 충만도 맛보는 셈이다. 그것은 자연의 은혜요, 미련할 만큼 땀 흘린 노동에서 얻는 귀한 보람의 몫이기도 하다. 치열한 삶의 현장에 온몸을 던져 정성을 바친 농부라면 푸근히 누릴만한 기쁨인 것이다.

그런데, 한 번씩 겪는 일이 있다. 후회 없는 선택이라 여긴 우리 일상 면면을 향하여 도전하듯 설익은 객관론으로 심심찮게 화두를 던져오는 사람들이 있음이다. 이를테면, 과수원 농사를 짓고, 거기서 발생하는 소득에 대한 궁금증이 그들의 최대관심사를 돋구는 모양이다. 그런 궁금증은 어쩌면 본능적일 게다. 사람이기에 말이다.

그렇지만 과수농사를 돈과 결부 짓는 사람들을 만날 때마다 나는 잠시 혼란스러워지고, 궁금증을 보내오는 그들에게 실망한다. 한편, 사실이지 우리 모두는 그 누구든 잠시도 경제의 힘인 돈을 떠나선 살 수 없는 인생임에랴. 하여, 과수농사로 발생하는 수입에 대해 궁금한 그들을 어느 정도는 이해하려 애써본다.

그렇다 해도 그들이 섭섭한 건 숨길 수 없다. 먼 산을 훑어내려온, 지평을 씻어주는 바람의 상큼함에 대해선 별로 관심을 두는 이가 없으니 안타깝다. 한없이 베푸는 자연의 순수며, 부질없는 도시의 소음을 박차고 풀빛 물이 든 우리 삶의 빛깔에 관심을 두는 이는 그만큼 드물어서다.

엄밀히 말해 타인들 뿐만도 아니다. 회색 도시의 멀티미디어에 휘둘리며 복부비만과 치열하게 싸우는, DNA가 닮은 내 동생마저 우리의 농장 수입에 대한 궁금증을 때때로 키워대니 더 말해 무엇할까.

여름 날, 동생은 내게 진지한 의문의 한 마디를 기어코 던져왔다.

"비지땀을 흘린 만큼, 품삯은 나와요, 누나?"

그때, 나는 명료한 대답 대신 히죽한 웃음을 베어 물었다.

"품을 따지면, 절대로 농사 못 짓지, 박해서……."

동생의 눈빛이 더욱 강한 궁금증에 이글거렸지만, 내 표현은 동일한 흐름을 탈 수밖에 없었다.

"농사는 결코 복권당첨일 수 없어! 돈 벌려면 장사가 제격일 테지……."

언젠가 광고매체로 들은, 상업적 냄새를 풍풍 풍긴 인사법 하나가 기억에서 고물거리며 살아난다.

"모두, 부~ 자 되세요!"

언제부터 사람들이 돈, 돈, 하는 세상이 된 걸까. 오나가나 돈 이야기가 일상적 화제로 돼버렸다. 인간이면 누구든 돈에 초연할 순 없을 것이다. 나라님이나 젖먹이 아기까지 인생에서 돈은 곧 알파요, 오메가니 말이다.

인간에게서 돈은 삶의 방법일 뿐 목적일 수 없다고들 말한다. 그러나 인생에서 경제가 지배하는 폭이 넓은 건 누구도 부인하지 못할 것이다.

그렇기에 까딱하면 돈은 고상함과는 거리가 멀고, 조금만 엉뚱하면 추함으로 펄럭대는 존재가 돈이라서 더욱 탈이 많은 법이다. 그래서 돈은 야누스의 얼굴인가.

유태인의 속담에 '쓸 수 있는 돈을 가지고 있다는 것은 좋은 일이다. 그러나 그것을 바르게 쓰는 법까지 알고 있으면 더욱 좋다!' 라는 말이 있다. 그 속담은 돈벌이에 집착하는 경우를 금하는 가르침이 아닐는지.

어떤 이가 내게 이런 질문을 해 온 적이 있다.

"이모작 인생을 왜 하필 농사로 선택하셨죠?"

어쩜 땀 냄새 풍긴 나한테 똑똑한 질문을 던지고 싶었을 게다. 아니, 과수농사를 지어봤자 큰돈이 안 된다는 걸 깨우쳐주려 한 뜻일까. 그러나 봉황의 뜻을 뱁새라고 어찌 눈치조차 못 챌까.

우리네 사회엔 진즉, 평생직장이 없어진 시대가 와버렸다. 직장이야말로 재물을 벌 수 있는 큰 매력덩어리이다. 노력의 대가가 그 사람의 부를 맡아주니 그렇다.

사람은 누구든 돈을 떠나 시간을 보낼만한 소일거리가 필요하다. 그러니 직장생활은 양면을 다 채워주는 복 받은 혜택인 셈이다. 임도 보고 뽕도 따는.

하루하루가 숨차고, 더러는 에너지 고갈에 시달리며 과수농사에 정 붙이는 농부도 보통 사람들과 다를 바 없다. 이모작 인생을 선택한 우리 역시 엄벙덤벙 과수농사에 발을 담가버린 처지임에랴. 온화한 봄에 기대어 과목발치에 거름을 주고, 뜨거운 여름이면 풀을 베느라 땀범벅이 되는 것도 무던한 참을성이 요구된다.

가끔씩 삶을 향한 오기와 끈기를 넘어 나무와 대화에 빠져들기도 한다. 흙에 묻혀 살다 식물의 향에 취한 경지에 올랐다 할까. 나긋한 훈풍이며 꽃바람을 가슴 가득 안고, 비지땀에 젖는 여름은 달콤한 과일 향에 흠뻑 취할 수 있어 심심찮은 농장생활. 그 속에 발을 담근 채 사색의 창고에 고인 시심(詩心) 몇 가닥 건져 올리는 재미는 또 다른 보너스요, 문장의 싹을 캐는 작은 행복이 주어진다. 그 농심이 캐내는 삶의 의미를 손마디가 분통처럼 고운 도시의 사람들은 절대로 모를 것이다.

정열적인 탱고의 여운처럼 여름의 끝을 알리는 처서가 며칠 후면 농장을 찾아올 것이다. 과일 출하도 막바지에 접어들었다. 이래저래 선택받지 못한 흠집 난 과일들을 챙겨서 통조림 만들기를 시도해 본다.

통조림 만들기는 과수농가의 연례행사다. 소독한 유리병에다 껍질 깎은 과일 쪽들을 차곡차곡 쟁여 담고, 설탕 녹인 물을 붓는다. 그걸 찜통에 넣고 펄펄 끓여 중탕을 한 후, 뜨거울 때 병뚜껑을 닫아 거꾸로 세워 둔다. 그것이 통조림으로 태어나는 과정이다. 그 통조림은 비철에 우리 과수원을 찾는 이들에게 맛을 보여 줄 참이다. 그땐, 금상첨화의 한 마디를 들려줌직하다. 과수농사를 짓다보면 돈을 떠나서 이렇게 상처 입은 과일들로 통조림을 만들고, 또한 시행착오를 뒤돌아보는 기회도 얻게 되는 경험들을.

농사와 농부 사이에는 정말 값진 황금의 가치가 존재한다. 또한, 섭생의 기회를 창출하는 철학도 있다. 그래서 도전할만한 가치가 있는 업이랄까.

이제부터는 삶에 대한 열정을 숨 고르기 하며, 흙냄새 밴 사유의 시간을 낚아보려 한다. 이모작 인생에 뛰어든 농사가 결코 대박일 수 없듯이 과수원지기 삶을 선택한 것 또한 풋풋한 일상을 쓸고자 하는 평범한 인생 빗자루로 여길까 보다.

우리 삶에서 다양성을 인정하는 건 로댕의 '생각하는 사람'이 있고, 저녁노을 피는 들판에서 고개 숙인 사람들의 진지함이 담긴 밀레의 '만종'도 있음이 아니겠는가.

삶의 바퀴 속에서

오늘의 나는 수년째 건강이 나빠져 고생 중에 있다. 그런 내가 최초로 스스로에게 던져본 화두라면 삶이란 무엇인가이다. 즉, 삶에 대해 고민을 해본 거랄까? 그러다 금방 좀 주제가 넘쳤나 싶어 멈칫거린다. 어찌됐든 삶이 무엇인지에 대해선 한 마디로 요약할 수 없는, 단지 그 무엇이라는 결론에 부딪히고 만다. 삶은 그저 삶일 뿐이라 여긴 매너리즘 탓이라 해둘까. 때론 모르는 게 정답일 수도 있으니 깊게 생각하던 걸 멈춰버렸다.

내게 주어진 근래 몇 해 동안의 생활은 자연에 몰입했던 느낌이다. 와글와글 복잡한 도시를 벗어나 한 해의 절반을 과수원에서 살았으니 그랬음직하다. 게으름을 피워도 원활하게 살아갈 수 있는, 이율배반적인 도시생활에 멀미가 났다면 사치한 변명이 될지 모른다.

누가 뭐라거나 도시는 그렇듯 살기에 충분한 조건이었다. 그럼에도 관계와 관계 속에서 맞물려 돌아가다 보면 흐르는 시간마저 멍에가 됐던 것이다. 나는 그런 도시를 떠나고 싶었고, 그 이유에 충실했을 뿐이다. 그 충족요건은 내가 올인 하듯 일상을 던져버린 과수농사에 재미가 붙었던 까닭도 있다는 고백을 겸한다.

그런 저런 등등의 이유로 하여, 나는 지금도 내가 자연에 몰입한 매력에 대한 것들을 숨이 차도록 읊어댈 수 있다. 피가 끓도록 자랑할 수도 있다.

잠에서 깨어나는 아침마다 나뭇잎에 맺힌 이슬과의 만남이 고상하여 신명이 났던 것임을.

청정한 공기와 순박한 농심이 하나 되게 만드는 농장이란 일터가 푸근해서, 그냥 그렇게 푸근해서 좋았음을.

작은 풀잎 하나의 개체 속에서도 발견되는 성스러움이 있었음을.

과수원의 봄은 누가 뭐라고 시비를 걸어온다 해도, 화려한 꽃밭의 매력이 단연 압권이던 그 황홀한 정황 탓이었음을.

땡볕 여름, 자유에 물든 뭉게구름이 신비롭게 두둥실 떠다닐 때면, 풋과일의 싱싱함에 취하는 유혹도 간장을 녹여냈음을.

알알이 풋열매를 키워가는 인내의 시간에 머물다 보면 청포도 익는 칠월에도 둥글둥글 인물 좋은 왕 수밀도를 만나는 설렌 행복임을.

한사코 떨쳐버려도 어질어질 멀미난 애정의 땀들이 방울방울

전신에 돋아났던 건강한 좌표의 날들이었음을.

마침내 터득한, 짝사랑에서부터 싹트는 농심의 근면은 숨길 수 없는 본능적인 발로에서 비롯됐음을.

아, 그리도 간절했던 진실 하나를 가슴에 묻은 채, 몸부림으로 달래보는, 부질없는 자만이었음을.

사실이지 어쩌면 짝사랑보다 더 무서운 게 우리의 삶인지 모르는 그 혹독한 아픔과 시련이었음도.

아물아물 눈길을 사로잡는, 자연에 대한 매력은 빠져들수록 더욱 헤어나기가 어렵고, 삶의 한가운데로 밀려든 녹록찮은 현실의 이치였다는 점도…….

그냥 덜컹덜컹 굴러가는 삶의 수레바퀴였음도…….

남편의 정년퇴임에 따라 우리부부가 과수원 생활로 뛰어들었던 인생 2막은 그렇게 열렸다. 뭘 해서 식탁을 채우며, 어떤 형식으로 시간을 보낼까 그 문제였던 것이다. 중년을 던져 즐길만한 일자리가 없었다는 게 더 정확하고, 벅찬 현실이 한몫했음도 속일 수 없었지만.

기대 반 두려움 반으로 처음 밟아 본 농장풍경은 아주 살벌하였다. 잎들이 옷을 벗은 나목의 계절 초입이라서 더 황량해진 그림으로 다가왔는지 몰랐다.

농장 주인이 회사로 출근해버린 탓에 흙은 황무지처럼 허기가 졌고, 병들어 죽고 드문드문 살아남은 과일나무의 가지들은 시들

시들하였다. 벌레에 물렸는지, 무관심에 아파서인지, 계절을 앓는 중인지 정확하진 않았다. 그럼에도 우리는 그들 나무에게 인사를 건넸다.

"우리가 새 주인이 됐다네. 부탁 좀 함세. 우리 이모작 인생을 담금질할 지평아!"

그때, 농장을 훑어 본 사람들의 입에서도 모두 한 마디씩 염불처럼 중얼거려댔다.

"땅이 허기져서 나무들이 비실대는구먼……."

"화학비든 퇴비든 배터지게 퍼부어줘야 영양실조가 치료되겠네……."

객관적인 시선은 정확했다. 우린 비실대는 과일나무를 팔팔하게 기를 넣어주고 싶었다. 아니, 과일나무에 기를 주는 것 보다 먼저 할 일은 거름을 퍼 먹이는 거였다. 먹은 놈이 물을 킨다고, 먹어야 나무도 열매를 맺을 게 아니겠는가.

우리는 무지했지만, 무작정 덤벼 보았다. 옷소매를 걷어붙이고, 비쩍 마른 가지의 발치마다 거름냄새 넘치게 퇴비를 안기고, 병들어 시들시들한 가지들을 척척 도려내 수술도 했다. 무자격 집도의라고 누가 흉을 봐도 어쩔 수 없었다. 시드는 잎들에게는 아부를 하듯 물을 철철 퍼부었다. 마음을 빼앗기고, 사랑은 퍼붓고, 정열을 피워 정성마저 몽땅 바치기로 작정했던 것이다.

이듬해, 봄의 등에 업혀 여름이 왔다. 꽃 진 자리마다 작은 열매가 맺혔지만, 소득은 너무도 빈약하였다. 기대도 없었지만, 예상

밖의 결과였다. 내가 먼저 배가 고파서, 나무에게 달려들 판이었다. 소득이 빈약한 것은 과일나무의 생태가 허약했던 탓이란 걸 나중에 알게 되었다.

다시 한 해가 지나니 조금 나아졌지만 감가상각에는 미치지 못했다. 다시 일 년 후부터는 수확도 훨씬 늘어났다. 나무들에게 감사의 인사를 보냈다. 두 팔이 늘어지고, 다리가 아프도록 정성들인 건 서비스라고, 그들의 귓가에다 소곤거려 주었다.

나무들이 무척 좋아했다. 내 손길에도, 내 발소리에도 그들의 보답은 윤기를 피워냈다.

꽃들이 고와서 행복했다. 열매도 발긋발긋 두 볼이 매혹적이었다. 역시 땅은 순진덩어리 남자 같았다. 농심을 배신하지 않은 든든하고 신사 같은 남자. 그 남자의 품에 푸근히 안기고 싶었다. 눈에 콩깍지가 덮여도 상관없었다.

다섯 해째부터 과수원은 내게 사랑의 결실을 보여 주었다. 지갑의 뱃속을 채워주었다는 뜻이다. 혀끝을 감치는 과육의 맛도 여간 아니었다.

땀을 사랑해준 감동의 도가니는 과일나무 발치의 지평에 있었다. 그렇듯 자연의 하나가 되는 길은 늘 나무와 함께 어울리는 자세였다.

우린 드디어 과수원에 푸근히 빠져버렸다. 비가 오면 비에 젖어, 바람이 불면 바람 따라 나무들과 잎과 사랑을 교감하였다.

계절은 시간을 먹고 돌고 돌았다. 꽃이 피는 시기에 따라 열매가 익는 시점도 각각인 걸 가르쳐 주었다.

내년에도 좀 더 많이 그들과 친구로 어울려 줄 참이다. 화사하게 꽃피는 봄에는 똑똑 꽃을 따주며 농담도 걸고, 여름이면 싱그러운 잎들을 위해 지하수를 퍼올려 몸을 씻겨 주리라. 물 먹은 몸매도 감상하면서, 알뜰살뜰히 미쳐버릴 참이다.

그런데, 하나가 숙제로 남았다. 뻣뻣해진 중년의 몸치가 나긋나긋 말을 들어줄는지…….

그럼에도 나는 정성을 다한 후, 뜨거운 삼복이 단물 밴 과일로 키워준 인내의 결실로 선물해줄 때를 기다릴 것이다. 굵은 땀방울을 철철 흘리며, 현실에 도전하는 삶이 진짜 맛있는 인생이란 걸, 향긋한 목소리로 읊어볼까. 그러곤, 언제나 태양을 짝사랑하는 해바라기처럼 담담한 마음으로 자연에 흠뻑 취한 삶의 바퀴를 덜컹덜컹 굴려야 할까 보다.

국악박물관을 가다

　벌써 10여 년 전 12월 셋째 주, 대통령 뽑기의 열기가 식은 며칠 후였다. 주말을 이용해 영동지역 방문 길에 오른 우리는(나와 남편) 겸사겸사 금강 강변 한 곳에 위치한 '난계 국악박물관'을 찾았다. 영동에서 대전 방향의 길목, 양지 녘에 자리하고 있었다. 겨울이라 강물은 맑아 푸르러도 강바람 아니, 물바람의 감촉은 살을 에이 듯 차가웠다. 우린 시린 콧마루와 옴츠러드는 목덜미를 목도리로 감싸기에 바빴다. 그러곤 '난계 국악박물관'이란 우람한 간판이 붙은 건물 안으로 투명하게 닦여진 출입문을 밀치고 들어갔다.

　건물 내부는 밝고 아늑했다. 퀴퀴한 곰팡내가 풍기는 박물관의 이미지 대신 흡사 국악연주실에 초대된 손님 같은 착각을 할 정도였다. 로비 중앙에는 선생의 흉상이 의젓하게 서 있었다.

　난계는 악성(樂聖) 박연 선생(1378~1458)의 호(號)다. 충북 영동에

136

서 태어나고 타계한, 조선 초기의 문신이자 음악가로 알려진 인물이다. '국악의 아버지' 라 불린 선생은 세종 때 율관(동양에서 악률의 표준을 정하기 위해 만든 12개로 된 관)을 만들어 편경을 제작하는 등, 조선 초기 음악정비에 지대한 공헌을 했었다.

선생은 고구려 왕산악, 신라의 우륵과 함께 우리나라 3대 악성(樂聖)으로 추앙 받은 분이다. 선생의 위업을 기리고, 국악발전을 이끌어 그 맥을 잇고자 박물관을 군(郡)에서 세운 것이라 한다. 지난 2000년 9월에 완공을 본 건물은 영상실과 난계실, 국악실, 정보검색코너, 체험실로 꾸며져 있다.

영상실은 박물관 관람에 앞서 이해를 돕기 위해 선생의 삶과 업적이랑 일대기와 국악에 관한 영상물을 보여 주는 곳이다. 타임비전을 보며 정말 격세지감을 어쩌지 못했다. 관람객 발걸음이 닿자마자 징! 하는 국악기 소리가 귀를 울린다. 똑똑한 센서가 방문객을 환영하는가 싶으니 기분이 묘했다. 제례악 연주 모형을 보며, 흡사 내가 타임머신이라도 탄 느낌을 받았다.

난계실은 선생의 영정과 국악연표, 국악연주 모형, 국악 관련 고서(古書) 등 국악의 맥을 살필 수 있도록 꾸며 놓았다. 난계 부부 영정이 있고, 음악에 대해 조예가 깊었던 세종이 난계 선생의 음악적 재능을 아꼈다는 내용과, 두 사람의 만남은 조선시대 찬란했던 음악문화의 계기가 됐다는 등등.

세종실록악보(世宗實錄樂譜)와 대악후보(大樂後譜)는 조선시대 때 국가에서 편찬한 악보들로 주로 궁중음악이 실려 있다. 우리나라

에는 현재 100여 종의 고악보(古樂譜)가 남아있는데, 그 중 세종실록 악보가 가장 오래 된 것이라니 느낌이 다르다. 또, 12율관(律管)도 전시 돼 있다. 음의 높이를 규제하기 위해 쓰던 관이다. 12율의 각 음에 해당하는 12개의 대나무 통, 또는 구리 관을 한 벌로 사용했다.

난계 선생은 제대로 조율되지 않은 악기들로 인한 불협화음을 해결하기 위해 여러 차례 율관 제작을 시도했고, 마침내 세종 9년(1427년) 12율관을 제작하여 석부(부는 진흙, 즉 점토로 구워서 만든 화로 모양의 타악기이다. 9가닥이 난 대나무 채로 화로 모양의 부의 가장자리를 쳐서 소리를 낸다. 이 악기의 음색은 '찰찰찰 차르르' 하는 효과음이 나며 매우 독특함) 악기 제조과정 등 관련 자료를 볼 수 있도록 전시돼 있다.

국악실은 국악의 상을 보여주고 있다. 관악기와 현악기, 타악기별로 모아 놓았다. 관악기로는 불어서 소리를 내는 것으로 피리, 대금, 소금, 나발, 나각, 당적, 지, 소, 향피리, 당피리, 세피리 등이 갖춰져 있다. 현악기로는 줄을 활대로 문지르거나 뜯어서 연주하는 거문고, 가야금, 가야금 중에도 산조 가야금, 정악 가야금, 잔조 아쟁, 대쟁, 소공후, 와공후, 수공후, 해금, 월금, 향비파, 당비파, 비파 등이 있다. 타악기로는 두드려서 소리가 나는 편종, 편경, 징, 장고, 북, 북 가운데는 교방고, 소고, 견고, 용고, 중고, 절고, 응고, 좌고, 삭고, 영고, 뇌고, 노고, 갈고, 정악장고, 작은 모형 장고를 세 개씩 꽂은 뇌도, 꽹과리 등이 있다. 목부(木部)에는 박, 어, 대평소, 축이란 것이 있다. 개인적 소감은 북의 종류가 그렇게 많다는 게 참으로 놀라웠다.

2층 체험실에는 가야금, 거문고, 예금, 단소, 장고, 북 등 90개의 국악기를 갖추어 놓았다. 프로젝트 TV를 통해 난계 국악원들의 연주 모습을 보여주고 있다. 그들 연주 모습을 보면서 체험을 할 수 있게 해 놓은 것이다.

난계 박물관을 찾으면서 책에서도 영상매체로도 아직 보지 못한 몇 가지 악기들을 만날 수 있어 더욱 좋았다. 토부(土部)의 악기 중에 점토로 구운 청자색의 훈이나, 화로를 닮은 부, 조개껍데기로 만든 나 각, 어, 축도 편경을 닮은 특종, 작은 모양의 장고를 네 개씩 포개놓은 영도, 작은 장고 두 개를 포개놓은 노도, 한 개를 중심대에 꿰어놓은 도, 세 개씩 중심대에 꿰어놓은 뇌도가 있다.

박물관을 나오니 그 옆에 국악기 공방이 자리하고 있었다. 타악기 공방에서는 장고나 북, 소고를, 현악기 공방에서는 열두 줄의 가야금, 여섯 줄의 거문고를 제작하고 있었다. 질기 디 질긴 가야금, 거문고 줄을 꼬느라 한 번도 못 본 기계를 이리 저리 굴리는 그들의 땀방울을 보며, 노고를 짐작하던 우리는 그곳을 물러왔다.

미녀처럼 잘록한 허리의 자르르 윤기 흐르는 장고 하나를 못 사고 그냥 돌아서려니, 뒷심이 남아서 나는 몇 번이나 뒤를 돌아다보았다. 몇 년 전 조금 배우다 만, 집에서 쉬고 있는 자주색 장고를 떠올린 채, 내 손가락은 나도 모르게 꼼지락거리며 자진모리를 치고 있었다.

꽃 바다에서

목덜미를 훑는 바람이 간지럽도록 부드러운 사월, 지평의 한적한 과수원에 분홍색 꽃들이 지천으로 흐드러지게 피어있다. 주변 천지가 온통 분홍 꽃들의 바다. 그 풍경이 너무 고와서일까, 바라보는 일조차 애절해진다. 그렇듯 푹 빠져들고 마는 꽃들의 바다!

거기엔 사람뿐만이 아니라 부지런한 벌들도 윙윙거리며 꿀 사냥에 취해 가는 중이다. 앙증맞고 하늘거리는 꽃송이 품을 들락거리며 꿀 따는 벌 군들의 분분한 움직임을 보노라니 살아 움직이는 유한함의 덧없음은 잠시 잊어버리게 된다. 아름다운 꽃 숲에서 날며 들며 일하는 곤충이기에 벌들은 행복한가 보다. 세상을 향해 활짝 열린 꽃 숲을 드나드는 그들의 근면으로 벌통에는 달콤한 꿀들이 벌집의 빈 칸마다 채워져 가리라.

분홍 꽃들의 반란이라 억지를 부려보면 더욱 절정을 이룬 수밀도 과수원. 분홍색 물결로 넘실대는 그 시간 속에서 농부들은 잦은 손놀림으로 과목 가지에 붙은 꽃들을 하나하나 똑똑 따고 있다. 조롱조롱 매달린 꽃송이를 듬성듬성 남기는 것은 과일 열매를 좀 더 굵게 키우기 위함이다. 과수원 한복판 농부의 손길에서 어찌 꽃잎 따는 일 뿐일까. 그들의 봄은 이미 음력 첫 정월부터 과목들 가지치기에서 일손이 바빴다.

수밀도. 다른 이름으로는 복숭아인데, 하트 모양의 여름 과일이다. 복숭아는 다른 과목들과 봄맞이하는 자세부터가 다르다. 매서운 겨울을 인내하다 따스한 봄빛을 쏘이면서 말초가지들은 볼연지를 바른 듯 발그스레한 빛깔로 물이 오르는 것이다.

사람의 혈색처럼 붉게 물 오른 과목의 말초가지들을 듬성듬성 남기고 시원하게 솎는 농부들 가위소리가 혹독한 엄동의 추위 앞에 저항을 하듯 찰칵찰칵 요란해진다. 도장(徒長)가지, 전년도에 웃자란 볼일 없이 실팍진 가지들도 톱에 의해 쓱싹 잘려 나간다. 시원하게 잘 뻗은 딸아이의 각선미처럼 쭉쭉 뻗은 가지들을 사정없이 찰칵찰칵 잘라낼 땐 아무래도 넘침이 모자람만 못한 이치를 깨닫는다.

가끔은 추려져 잘려나가는 나뭇가지들이 아까운 마음도 들지만, 과목을 사랑하는 농부의 가슴도 그 순간만은 한사코 독해지려 애를 쓴다. 무엇보다 모진 듯싶은 그 일이 그 해 농사의 기본이기에 그렇다.

맨 처음 서툰 내 손에 빨간 자루의 묵직한 전지가위가 갓 들려졌을 땐 내게도 남다른 각오를 다짐해 둔 기억이 난다. 야금야금 늘어난 중년 뱃살 추스르기도 바쁜 아줌마 손이라고 과목 가지치기를 못할까 싶어 나름대로 손아귀에 힘을 실어본다.

전지가위는 허리가 잘록하니 독특하게 생겼다. 아랫부분 날이 반달로 휘어진 게 흡사 사람의 웃는 입모습을 닮았다. 그것은 나무를 좀 더 민첩하게 자르기 위해서 디자인 된 즉, 작품공구라 해 둘까. 생긴 것이 정겨워 몇 번이고 딸깍딸깍 전지가위 어금니를 맞추다 보니 어느새 내 손이 전문가라도 된 듯 착각에 빠져든다.

한 해 동안 가지 뻗고 자란 복숭아나무들 체형은 흡사 우산살을 거꾸로 뒤집어 펼쳐 놓은 듯한 모습이다. 직선(直線)의 빼곡한 가지들 사이로 반달 같은 전지가위의 곡선인 날을 쏙 들이민 내 손이 바들바들 떨린다.

서툰 가위질로 해서 행여 건강한 나뭇가지를 다칠까 봐 조심성이 묻어나는 행위라 위안을 삼는다. 그러면서도 핑핑 빠르게 굴리기 하는 내 검은 눈동자는 위를 살펴보고 아래로 굽어보느라 정신이 없을 지경이다. 열매 맺힐 가지와 가지 사이의 공간을 확보하려는 목적에서다. 그것이 곧 세한도의 여백을 닮은 정서라면 지나친 비약일까. 그땐, 퇴출을 앞 둔 나뭇가지들의 나지막한 속살거림이 귀청을 뚫고 들어온다.

"주인님, 저를 다듬어주세요! 튼실한 형님가지는 취하고, 약하거나 거만한 동생가지들은 찰칵찰칵 정리해 주세요! 왕 주먹 같이 둥글둥글 인물 좋은 과일을 얻으려면 그 모질음이 필수거든요, 주인님!"

남편의 서툰 솜씨와 나의 풋내 나는 노동으로 과목들 가지치기가 며칠 만에 끝이 났다. 드디어 전지가위를 씻으면서 붉게 물오른 가지마다 가지런히 매단 또렷한 씨눈들을 읽는다. 성스러운 약동(躍動)을 만난다 할까. 그렇지만 조롱조롱 수줍게 매단 씨눈들 앞에선 그 어떤 장담도 할 수가 없는 처지이다.

나붓한 꽃송이가 더 많이 피어날 것인지 잎들이 더 많게 초록 옷을 입을 것인지 신만이 아니, 가지마다 매달린 앙증맞은 씨눈들만이 알고 있을 것이다. 앙증맞게 매단 씨눈은 먼저 꽃을 피운 후에야 연초록 잎들이 뾰족하니 솟아 나오기 때문이다.

그 다음으로 과일나무에겐 적과를 하는 작업과정이 남아있다. 부지런한 벌들로부터 수정과정을 거쳐서 맺힌 열매들 중 지나치게 매단 것들을 추려내는 것이다. 그 후론 시시때때로 약하거나 못생긴 열매들이 추려져 나가게 된다. 그 후부터는 적과할 당시에 선택된 튼실한 열매들이 오이 굵듯 달 굵듯 나날이 커간다.

뜨거운 여름에 아작 깨물면 입안 가득 달콤함과 향이 넘치는 왕수밀도로 태어나기 위해 그들은 뿌리로부터 왕성하게 영양을 섭취할 것이다. 그리하여 지글지글 끓는 땡볕에 취해 발그레하니 볼을 붉히며, 입맛을 살살 녹이는 수밀도로 태어날 것이다. 과육 세포마다 탱탱하니 단물을 머금은 웰빙 과일로 말이다.

우리네 여름은 정말로 먹음직한 과일들이 엄청나게 많이 나온다. 그 중에도 유독 나는 수밀도에 푹 빠져서 살았다. 주먹같이 둥글둥글 잘 익은 수밀도를 만나면 내가 당한 유혹은 엄청 강해서 발길이 쉬 돌아서질 못했다. 향 넘치고 맛있는 예쁜 과일에 마음을 빼앗겨서이다.

정년퇴임한 남편이 팔 걷어붙인 수밀도 과수밭 가꾸기는 나 역시도 무척이나 관심 당기는 일이었다. 그런 중 돈이 인생의 전부가 아님도 과수밭 가꾸면서 터득하였다.

혈기 팔팔하던 생의 한가운데선 그렇게 아쉽던 시간도 남아넘치면 잡념이 되고, 인생의 공해로 바뀐다는 걸 뒤늦게 깨달은 남편의 두 번째 일터인 전원과수원. 싱그러운 순수함에 몰입하다 보면 가끔은 메말라가던 내 정서 창고에 풋내 머금은 시심이나 서툰 문장 고리들이 조금씩 늘어나서 금상첨화로 여기고 있다.

며칠 전, 나는 내 손끝에서 이뤄지는 어떤 의미 하나를 찾아냈다. 분홍 꽃 바다에 빠진 이 봄, 천상으로 떠난 동생을 위해 꽃잎을 똑똑 따면서 업장 소멸의 기도에 몰입하는 내 모습이 보였던 것이다. 이미 천상으로 떠나간 동생도 이 봄에 고향집 마당에서 쓸쓸히 혼자 늙고 계시는 어머니의 안부가 아른대는 아지랑이처럼 그리울지 모르겠다.

지평의 사월이 분홍 꽃 바다에 취한 채, 작은 열매들을 보듬으며 유유히 흘러간다. 애달픈 그리움처럼 분홍색으로 끓는 과수원 꽃 바다 역시 시간 속으로 침잠 되는 중이다. 허무하고, 아주 긴 이별의 아픔들을 출렁출렁 헹궈 갈 분홍 꽃 숲에서 나무 발치로 떨어진 꽃 한 송이를 동생인양 가만히 들여다본다. 여린 가슴 상

처받고, 덧없이 살다 꽃잎 지듯 훌쩍 하늘로 간 동생 안부가 이 봄
유독 그립다.

분홍 꽃물이 반사된 내 눈동자가 동생을 향한 그리움에 촉촉하
니 젖고 있다.

다산초당에서

－유네스코 선정, 2012 세계문화인물로 선정된 다산

　그곳은 눈여겨 볼 것들이 너무 많아 마음부터 들떴다. 인심이 좋은 건 물론, 공기 또한 신선한 전라남도 강진 땅에 자리하고 있었다. 강진은 때마침 유적지의 품을 두드린 경상도 보리문둥이인 우리를 조건 없이 맞이해 주었다.

　다산 선생(정약용[丁若鏞], 1762~1836) 유적지를 찾았을 땐 고목에 달린 감 열매가 진홍빛으로 물이든 깊은 가을이었다. 그 빨간 감에 뒤질세라 유적지 뒤 산기슭엔 단풍잎들도 감 빛깔보다 더 발갛게 불타는 중이었고, 초록 잎들을 저리도 붉게 물들여 준 자연의 위대함 앞에 선 우리 인간은 작고 초라한 것 같아 잠시 소녀처럼 감상에 젖어 들었다.

　유적지 전시장에 발을 들여 놓는데, 정연하게 진열된 선생께서 집필한 서책들을 대하면서부터 나는 입이 다물어지지 않았다. 상상 그 이상으로 많은 책들이 소중하게 보전 돼 있었던 것이다. 잠자고, 식사하고, 산책을 뺀 나머지 10년이란 시간들을 후학을 위해, 저술하면서 보냈을 선생의 기나긴 시간들을 미루어 짐작하니, 그저 존경심만 뭉게뭉게 솟아났다.

조선 후기 때, 실학자 정약용 선생은 1801년 신유사옥 이후 귀양을 떠나게 되어 강진에서 18년 동안 유배 생활을 했는데, 이곳 다산초당에서 10년 세월을 보냈다고 한다. 흔히들 10년이면 강산이 변한다는, 긴 시간의 개념을 값지게 표현한다.

대단한 선생께선 다산초당에서 후학과 저술에 전념하여 『목민심서』, 『경세유표』, 『흠흠신서』 등을 포함, 무려 500권에 달하는 귀중한 저서를 완성시키셨다니, 그 책을 읽은 후학들이 입은 교육적 효과는 강산이 변한 차원 그 이상이었을 것으로 짐작이 간다.

선생의 업적도 그렇지만 한 남성의 생각과 인내와 그 실천이 유배생활 내내 지은 글 속에 진하게 배어 있을 것 같아 두어 줄의 글귀를 살펴보았다. 그러나 유감스럽게도 옛글에 밝지 못한 나로선 쉽게 이해되지 않은 문장이었다.

원래의 다산초당은 낡아서 자취를 잃었다 한다. 그 후, 지금의 동암, 서암이 다시 세워진 거란다. 현존하는 유적으로는 차를 좋아했던 다산 선생께서 차를 끓였던 다조, 약천, 연지석가산, 정석바위 등이 있다.

다산 선생은 강진 귤동 뒷산 이름을 다산초당이라는 이름에 따

쓰고, 자기의 호도 다산으로 사용했다고 전한다. 전남 강진군(康津郡) 도암면(道岩面) 만덕리(萬德里) 소재. 면적 110,190㎡(사유).

유적의 중심이 되는 다산초당(茶山草堂)은 다섯 칸 도리단층의 기와집으로, 측면 두 칸은 뒤에 거실로, 앞이 마루로 된 소박한 남향 집이다. 처마 밑에는 원판이 없어져 뒤에 완당(阮堂)의 글씨를 집자(集字)한 '茶山草堂(다산초당)' 이라는 현판이 걸려 있다.

만덕산(萬德山)에 자리 잡고 강진만을 한 눈으로 굽어보는 다산초당은 원래부터 귤동(橘洞) 윤규로(尹奎魯)의 산정이었다. 그런데, 다산이 이곳에 적거(謫居) 하는 동안에 실학을 집성함으로써 문화재로서의 빛을 더하게 되었다는 것이다.

그러나 원래의 초당은 도괴 되어 1958년에 강진의 다산유적 보존회가 주선하여 원래의 주초(柱礎) 위에 현재의 초당을 중건한 것이란다. 거기엔 정석(丁石), 다조(茶), 약천(藥泉), 연지(蓮池) 등 이른바 '다산사경(茶山四景)' 이 존재한다.

정석은 다산이 석벽에 친히 글씨를 새긴 것이고, 다조는 뒷담 밑 약천(藥泉)의 석간수(石澗水)를 손수 떠다가 앞뜰에서 차를 달이던 청석(靑石)이며, 연지는 초당 동쪽 앞에 수양버들을 늘어뜨린 아담한 못이다. 못 안에 몇 개의 괴석을 쌓아 석가산(石假山)으로 부르고 있다. 또한, 남해의 그림 같은 전경을 볼 수 있는 지점에 정자를 배치하는 등, 자연과의 조화를 이루고자 한 한국 전통 정원의 표본이라는 얘기도 들린다.

세속의 벼슬이나 당파싸움에 야합(野合)하지 않고, 자연에 귀의

하여 깊은 산 속에 따로 집을 지어 유유자적한 생활을 즐기려고 선생께서 만들어 놓은 정원인 셈이다.

한동안 무아지경에 빠진 나는 거기서 탁 트인 앞을 흐르는 강을 내려다보았다. 그러곤 입으로 설명할 수 없이 고즈넉한 분위기에 취하며, 흠흠거렸다. 흡사 걸신이 들리듯 맑은 공기를 몇 번이나 폐포 속으로 들이마셨는지 모른다.

이런 정원은 우리의 남도 곳곳에 산재하는 형태라고 한다. 하지만, 전남 담양군 남면(南面)에 있는 양산보(梁山甫)의 담양 소쇄원(瀟灑園)과, 완도군 보길도(甫吉島)에 있는 윤선도(尹善道)의 부용동정원(芙蓉洞庭園)과 이곳 다산초당이 대표적으로 손꼽힌다는 것이다. 그 중 다산초당은 순조 원년(純祖元年) 신유사옥(辛酉邪獄) 때 선생의 유배 시절 축조했던 거라고 하니 감회가 심중에 와 박힌다.

다산초당을 찾느라 오르막길에서 솟는 땀을 닦으며 울창한 나무숲에 안겨 잠시 생각을 모아보았다. 적막이 흐를 만큼 물밑같이 조용한데, 맑은 새소리가 더욱 분위기를 돋우어 준다.

무엇보다 창작을 공부중인 내 눈 높이에서 보면 그 분의 창작(創作) 업적은 역시 조용한 환경에서 실천하여 이룩되는 일이라고 나름대로 귀결을 지었다.

현대인의 호흡기를 괴롭히는, 기동성만을 내세운 길 위의 매연 냄새와 열린 오감을 시나브로 갉아먹는 첨단시대, 그 한복판을 메우는 갖가지 기계의 소음들, 개성만 중시되는 현대인들이 거침없이 뱉어내는 각양각색의 불협화음들로 난무하는 우리네 처소와 자꾸만 비유되는 마음을 어쩌지 못했다.

그런 가운데 다산초당이 빚어내는 고요함에 대한 몹쓸 질투심 탓인 것만 같아 나는 혼자 몇 번이나 얼굴을 붉혔음도 밝힌다. 어쩌면 특별한 소득도 없이 공연히 분방한 이 시대 우리네 현실이 꼭 거품생활로 사는 건 아닌가 싶은 아쉬운 마음도 속일 수 없다.

잠시 사유에 잠긴 그 시간에 새들도 숨차게 넘을, 봉우리가 오뚝하게 솟은 산 아래의 다산초당에서 흘러간 시대의 창작열에 불탔을 한 선비를, 아니 한 남성을 가만히 추모하였다. 어쩌면 선생을 애타게 뵙고 싶고, 슬며시 그리워지는 마음이었다. 마약 보다 끈질기다는 정쟁(政爭)을 청산한 한 선비의 고고한 자태가 눈앞에 금방 나타날 것만 같은 환상에 사로잡힌 순간, 몽롱한 기분에 도취됐던 것이다.

정적만이 감도는 초당에서 꿈을 꾸듯 단 며칠이라도 살아 봤으면 싶은 유혹을 억제하면서, 돌아나오는 길이 무척이나 허전해졌다. 문득 쳐다본 다산초당 위의 맑고 넓은 하늘이 손으로 건드리면 톡 터질 듯 고운 옥빛을 뿜어내는 중이다.

보길도 갈매기

올빼미처럼 빨간 눈으로 관광버스를 탄 시각은 만물이 잠든 자정 무렵이다. 내가 몸담은 불빛 찬란한 도시를 등 뒤로 밀어내며 달리던 버스가 어둠 속으로 질주한다는 설렘도 잠시, 자꾸만 눈까풀이 무거워졌다. 잠을 쫓으려 안간힘을 써 봐도 역부족이었다. 그런 승객의 마음을 읽은 걸까, 눈 좀 붙이라며 기사가 소등을 해 주었다.

얼마나 지났을까, 풀어진 눈동자로 시계를 쳐다보니 이른 새벽 4시 44분. 벌써 해남 땅끝 마을에 관광차가 도착해 있었다. 그 사이 한 번도 쉬지 않고 밤새워 달려 준 버스가 부르릉 길게 기지개를 하는 소리에 탑승자들이 잠에서 깼다. 모두 설깬 잠을 쫓으려 혈관을 길이대로 늘이며 길게 기지개를 켜고 있다.

버스에서 내려 아직도 어둠 속에 잠들어 있는 땅끝 마을 사방을 휘 둘러 보니 휘황찬란한 도회의 하늘 보다 몇 배는 더 많은 별들이 칠흑 같은 어둠을 녹일 듯 유난히 반짝거렸다. 저만치 북쪽 산 위에서는 바다를 내려다보는 등댓불이 깜박거리며 졸고 있었다.

5시 35분. 시월 새벽의 서늘한 기운을 느끼며 일행은 널찍한 식당으로 안내되었다. 이어 우리는 새벽 밥상을 받았다. 무를 넓적하게 빚어 넣은 동탯국이 첫새벽 깔깔한 입맛을 시원하게 풀어주었다. 아침상을 물린 우린 커피까지 마시며 근처의 선착장으로 향했다.

7시. 동녘이 희부옇게 밝아왔다. 막 눈곱을 뗀 갈매기들의 환영을 받으며 승선하는 기분은 분명 여행의 진한 묘미였다. 엷은 구름이 살짝 가린 동녘 수평선 위로 아침노을이 홍 비단을 펼치고 있다.

사진작가들은 렌즈를 들여다보며 일출을 찍고자 카메라 셔터 누르기에 바빴다. 심한 요동은 아니지만 흔들리는 배 갑판에서 사진 찍는 이들은 역시 탁월한 선택의 소유자들이었다. 그들을 관찰하면서 역시 사람의 순수한 모습은 무슨 일에 심취돼 있을 때가 아닌가 싶었다. 삼각대를 소지하지 못한 나는 흔들리는 배 때문에 일출을 보는 것만으로 끝내버렸다. 짐이 될까 보아 생략한 삼각대가 아쉬움으로 남을 줄 몰랐다.

갑판 위의 선객들이 춥다며 선실로 들어갔다. 남은 이들끼리 빈 갑판에서 띄엄띄엄 박힌 섬들과 춤추는 바다갈매기들을 감상하다 보니 스치는 물바람이 쌀쌀하게 피부를 자극했다. 선실로 들어 가

따끈한 자판기 커피로 추위를 달래는데, 어질어질 멀미가 왔다. 짧은 그 시간이나마 나를 괴롭힌 멀미는 오래전 외항선을 탄 동생에 대한 기억들을 떠올려 주었다.

인문학을 전공했어야 할, 마음이 바다같이 넓은 동생은 대학을 선택하면서 갈등을 겪다가 해양학으로 뛰어 들었다. 어려운 시험 봐서 등록만 하면 국가에서 숙식을 제공받는다는 그 점을 취한 동생의 깊은 뜻은 따로 있었다.

등골이 휘도록 땅을 파는 부모님의 힘겨운 뒷바라지 수고를 덜어드리기 위함이었던 것을 형광등 같은 나는 나중에야 알았다. 그렇게 숨은 뜻을 드넓게 키웠음인지 동생의 젊음은 바다처럼 싱그럽게 출렁거렸다.

항해사 자격증을 따기 위해 동생이 처음 교육을 받으러 외항선을 탔을 때 시작한 멀미는 정말 괴롭더란다. 음식을 먹어도 올라오고, 고개를 숙이거나 쳐들어도, 물을 마셔도 토하다 나중에는 노란 쓸개즙까지 꾸역꾸역 치밀더라고 했다. 먹지 못해 웩웩 구역질로 게우면 빈속이라 더욱 올라오는 그 멀미현상은 인간의 적응력과 인내심을 한껏 시험하더라고, 동생은 두고두고 설레설레 머리를 흔들었다.

그런 담금질로 뱃사람은 강인해지는 것이고, 강인해지지 않으면 선상 생활을 결코 꾸려 가질 못한다는 뱃사람. 동생은 맏아들보다 뱃사람이 되겠다며, 마도로스 수업을 착실히 받았다. 그러나 삶의 굴곡이 그를 출렁대는 바다에서 육지로 밀어냈다. 마도로스 열정도 싸늘히 식어져 버렸고, 이젠 첫 새벽을 열고 하루를 매만지는 사업가가 되어 있다.

남매를 거느린, 평범한 지아비가 된 격랑의 동생바다는 언제쯤 고요하게 짙푸를 것인지, 오랜 시간을 두고 지켜 볼 일이다. 느릿느릿 감돌아 흐르는 샛강을 포용하여 더욱 넓은 곳으로 내달리는 바다를 닮은 동생, 뜨거운 삶의 정열이 태평양 바다 같은 남자이길 빌고 또 빌어본다.

땅끝에서 보길도까지 날씨에 따라 50분 정도가 걸린다더니 우리가 도착할 땐 1시간이 흐른 후였다. 하루 여덟 번을 왕래한다니까 보길도 주민들은 일상에 불편함이 없을 터이다. 만 원에서 조금 모자란 비싼 뱃삯만 빼면…….

8시 20분. 하선한 우리의 발이 드디어 보길도 땅을 밟았다. 천천히 잰걸음으로 물바람에 취해 걸었더니 고산 선생 유적지가 만추에 젖어 있다. 자연의 미를 그대로 살려가며 지었다는 세연정(洗然亭). 고산 선생이 그토록 고상하고 멋진 어부사를 지은 곳이라기에 잠시 그 속으로 몰입하고 싶었다.

물이 흐르는 한가운데 자리를 잡고 앉아 있는 세연정. 멋진 가지를 늘어뜨린 늙은 소나무가 사대부의 지체를 닮은 듯 우아한 자태를 자랑한다. 사계절 청록으로 세연정 뜰을 지켜 가는 동백나무 숲 향기는 오가는 이의 호흡을 맑게 닦아준다. 기왓골마다 배어있는 묵은 시간들의 흔적과 아직도 아련히 피어오르는 물안개가 고산 선생의 환영처럼 다가온다.

하늘을 받쳐 우뚝 선 누각은 그 옛날 주인의 손때를 묻혔음인지 반들반들 닳아있다. 물 위에 떠 있는 수련 잎들이 아침나절 정적을 수놓으며 한 시대를 살다간 고고한 선비의 정열을 잔물결로 어루만지는 듯 하다.

목덜미 속살을 건드리는 실바람, 의젓하게 앉아있는 이끼 묻은 바위, 주위를 사위는 짙푸른 동백 숲, 하늘을 향해 뻗어 오른 소나무의 기개를 가슴에 품은 내가 잠시 어떤 환각에 잠겨들었다. 아마 하룻밤 사이에 천국을 찾아온 것 같은, 바위에 켜켜이 덮인 빛바랜 흔적들을 감상하며 긴 세월의 두께를 읽어갔다.

단시가(短詩歌)의 일인자로 꼽히던 고산은 부용동 낙서제(落書齊)에서 예순 다섯 나던 해 어부사(漁夫四時詞 四十首)를 지었다 한다. 이미 전해져 불리던 어부가를 고산 특유의 풍류로 지었다는 어부사는 귀족층에서 애창(愛唱)되었다 한다. 그렇지만 오늘의 내가 읽어 본 즉 서민적인 감각도 살아있음을 느낀다.

고기잡이를 떠나는 광경을 읊은 「봄」이나, 어부의 생활을 소박하게 담은 「여름」, 속세를 떠나 자연과의 동화됨을 노래한 「가을」, 그리고 고즈넉한 「겨울」. 고산 선생의 노래 속에서 정계(政界)에 대한 작자의 근심을 은유로 표현한 것을 보면 차라리 끓는 애국심(愛國心)을 읽었다고나 할까.

정자를 둘러 나오면서 짧은 시간에 만난 어부사의 천재 문학가 고산 선생께서 붓으로 창작한 옛 시의 운율을 한 번 더 흥얼흥얼 읊어본다.

物外(믈외)예 조흔일이 漁父生涯(어부생애) 아니러냐

배 떠라 배 떠라

漁翁(어옹)을 욷디 마라 그림마다 그렷더라

至匊悤(지국총) 至匊悤(지국총) 於思臥(어사와)

四時(사시) 興(흥)이 한가지나 秋江(추강)이 읃듬이라

긴 시간이 밴 운율에 취한 우리들의 발걸음은 뭍으로 돌아가는 배를 타기 위해 그곳을 총총히 빠져 나와야 했다. 숱한 옛 사연들이 가라앉았을 청빛 바다를 건너오는데, 갈매기들이 우리를 향해 구성지게 송별인사를 해 준다.

오늘밤 나는 문학에 심취돼 살다 가신 고고한 옛 선비 고산 선생을 만나 뵙는 큰꿈을 꾸었으면 싶다.

해양박물관 탐방기

가을이 그 결실에 박차를 가하고 있던 2002년도 어느 날, 서해안 고속도로를 타고 있던 우리는 민첩하게 대천 IC로 접어들었다. 충남 서천군 서면 마량리. 서천해양박물관을 찾은 것은 한낮이었다.

"신비한 바다세계로 여러분을 초대합니다!"

지역을 홍보하는 문구를 발견하면서부터 내 마음이 설레기 시작했다. 어떤 내용을 얼마만한 규모로 길손들을 불러주고 있는 것인지……. 우린 어지간히 들떠 있었다.

"이름만 들어도 등골이 오싹한 식인상어, 키가 1.2m에 달하는 식인조개, 성질이 아주 우둔한 개복치, 멸종 위기에 처한 장수거북을 직접 보신 적이 있나요?"

서천 땅을 밟기 전에 이미 인터넷에서 홍보하는 내용이 기대감을 더욱 부채질 해 주었던 내용이다. 세계적인 희귀 어종과 현존 어종 등 15만여 점에 달하는 바다동물을 전시한 서해안 최대의 해양박물관이라기에 직접 체험하고 싶어 불시에 찾아간 것이다. 면적규모가 3,500평이고 건평은 600평이다. 개관은 2002년 3월이라 했다.

전시물품은 엄청 많다. 패류에는 1.2m에 달하는 식인조개, 황금게오지 등 150,000여 점. 어류박제는 바다의 의사 개복치와 고래, 식인상어, 대형 가오리 등 2,000여 점이 된다는 것이다. 규모에 놀라고, 가짓수에 입이 다물어지지 않았다.

산호류는 초가산호, 벌집산호 등 500여 점이고, 화석류는 암모나이트, 어룡화석 등 100여 점이, 수족관에는 대형 철갑상어, 가오리, 바다뱀, 열대어 등이 있었다. 수족관에 채워진 물은 조건이 맞지 않아서인지 비릿한 냄새가 후각을 자극했다. 갑각류는 장수거북, 바다가재, 닭새우 등 1,000여 점이나 된다고 한다. 나는 그 엄청 많은 가짓수에 우선 압도당하지 않을 수 없었다.

사람을 한입에 삼킬 듯싶은 거대한 식인상어 앞에서고 보니 기분이 오싹해졌다. 사랑을 위해 자신을 희생한다는 복해마, 방사선을 방출해서 다른 물고기의 병을 고쳐준다는 '바다의 의사' 개복치. 내가 한 번도 본 적이 없는 희귀한 어류들을 만나고 보니 느낌도 각색이었다.

입을 다물면 바다의 신사라지만 입을 열면 바다의 포악자로 알려진 청상아리는 예리하고, 구부러진 긴 삼각형 이는 성질이 난폭

해서 사람도 습격한단다. 다른 동물과는 달리 산란 번식기술을 가지고 있다는 복해마는 수놈이 암놈을 대신해 수정란을 뱃속에 잉태하여 새끼를 낳는다 하니, 절대 불가능한 인간세상에서 보면 정말 재미있는 현상이 아닐 수 없다. 사랑의 화신이랄까.

디오라마관은 화석이나 어패류는 물론, 다양한 어종을 전시해 바다 속 신비한 역사를 한 눈에 보여주는 교육관이다. 1억3천5백만 년 전, 중생대 백악기 시대에 형성되었다는 앵무조개 화석은 느낌이 더욱 강하게 와 닿았다.

입구 쪽에 거북 종류가 전시돼있다. 남생이는 한국의 바다에서 난 것이란다. 장수거북은 열대나 아열대에서, 등에 갈색무늬가 박힌 대양거북은 남태평양에서 나고, 활동한단다. 투구를 닮은 투구게는 중국이나 일본 연안에서, 그 다음은 우리의 서해안이나 제주에서 난다는 가시복도 있다.

트럼펫을 닮은 트럼펫소라는 인도 북쪽 해안에서 서식하는 종류라 한다. 홍해나 남아프리카에서는 복부하프소라가, 이름만큼 귀족으로 생긴 중량왕관고동은 일본 남해에서 서식을 한다니, 만났으면 싶었다. 서태평양에는 망원경을 닮은 망원경고동이 난다는데, 인상적인 어류다. 카리브 해에서는 커다랗게 생긴 거인의 고동이 산단다. 곡예말고동이란 요상한 이름의 고동은 인도태평양에서, 한국 해안에는 톱상어가 서식한단다.

우산 크기의 쥐가오리와 노랑가오리가 한국 해안에 분포돼 있는데, 쥐가오리의 입이 흡사 오리부리처럼 생긴 것이 재밌다. 연어와 아홉 동가리와 별복이 서해안에 서식한다니, 우리 곁에도 제법 많은 해양동물들이 살고 있는 모양이다.

사람의 키 두 배 이상이나 된다는 고래상어가 태평양이나 대서양, 인도양에서 살고, 입과 꼬리가 역삼각형인 빨강 발톱게는 다리가 거미처럼 기다랗다. 태평양에 서식한단다.

일본이나 한국, 인도양 태평양에 분포한다는 닭새우는 흡사 닭과 같다. 바다가재란 놈의 더듬이가 젓가락 굵기인 걸 보면, 그 몸통요리에 매료되는 인간의 욕심을 탓할 수만은 없을 것 같다. 또, 뉴파운드랜드에 서식하는 바다가재의 등에서 본 광택은 흑청 빛을 자랑한다. 요리를 하면 붉은 색으로 변해서 숱한 이들의 식욕을 유혹할 것 같다.

황새치는 길이가 1m이고, 등이 검은데, 아가미가 꼭 기다란 칼자루 같이 생겼다. 청새치는 열대해양에 서식하며, 흑새치는 적도에 붙박이 사는 물고기라 한다. 통통한 개복치는 한국해안이나 태평양 지중해에 살며, 길이가 1m인 갯장어와 황제펭귄, 마젤란펭귄은 남극에서 사는 종류이다.

국화를 닮은 보라성게와 펄조개나 넓적하게 큰 가리비, 키조개는 한국과 동남아를 비롯, 일본에 서식하는 종류다. 잔물결을 닮은 파도조개, 국왕가시조개, 꽃 모양의 국화조개, 트럼펫처럼 생긴 나팔고동은 남태평양에서 살고, 피라니아 아마존 강, 삼세기는 한국과 일본, 베링 해협에 사는 종류이다.

항아리처럼 **빵빵**한 참복이나 입이 큰 아귀, 싸리나무 형과 벙거지 형, 혹은 접시 형의 산호초도 볼만하다. 산호 중에는 컵 산호와 빗 산호, 쟁반을 닮은 쟁반산호(호주), 사람의 뇌를 닮은 뇌 산호, 스펀지와 흡사한 스펀지 산호는 남서태평양에서 볼 수 있다고 한다.

절벽 같은 절벽산호, 파이프오르간을 닮은 파이프오르간산호는 남서태평양에 서식한단다. 장미의 가시를 닮은 가시산호가 인도네시아에 살며, 비늘이 무지개 색인 피라르크는 아마존 강 물고기 종류이다.

큰 입 돗돔과 작은 뿔 헬멧 소라는 필리핀과 인도네시아에서 살고, 이름도 고상한 황제소용돌이고동과 거인개구리 고동은 남 필리핀과 인도, 태평양에서 나오는 종류란다.

진줏빛 앵무조개가 팔라우 섬에, 모자와 흡사한 성게와 진주알이 들어있는 진주조개는 남태평양에 분포되어 있단다. 머리에 눈과 귀가 T 자형으로 붙어있는 귀 상어, 영화에 출현한 죠스(백상어)나, 거인조개, 가죽으로도 쓰일 타이어 크기의 흑범고래는 파푸아뉴기니아에 살고 있단다.

캄차카 대게가 여덟 개의 다리를 가지고 있는데 소련에 살고, 영덕 대게는 한국해안이, 민꽃게는 태평양이 서식지란다. 러시아에 서식하는 캄차카 대게는 다리가 열 개나 된다. 등껍질이 붉고 흰 참깨를 뿌린 듯이 화려한 무늬가 정말 아름답다.

남태평양 수심이 깊은데서 산다는 처녀 콘, 이름 한번 매력적이다. 황소 입 헬멧소라 껍질은 점들이 박혀 있고, 인도태평양에 서식하는 종류다.

모자처럼 입이 넓은 소라, 큰 뿔 헬멧소라, 분홍 납작 거인조개
는 주름이 깊이 잡혀진 것이 귀족인데, 인도나 태평양에 서식하는
종류란다. 검정색 타이거를 닮은 타이거피쉬, 악어, 수달, 바다표
범은 대서양 열대 지방에 서식하는 종류라니, 정말 무지 많은 걸
알 수 있다.

　그밖에 다 열거할 수 없는 여러 종류의 어족들과, 아름답고 매
력적인 패류들을 뒤로 하면서 두 시간 넘게 둘러 본 해양박물관과
이별을 나누었다. 다음에 다시 한 번 더 기회가 주어진다면 아이
들과 동행하고 싶었다.

병동의 계절

　노을처럼 진하게 물든 가을, 어느새 만추다. 영화 '쉘부르의 우산' 처럼 미래를 향한 시곗바늘이 빙빙 돌아가고 있나 보다.

　살면서 때로는 아픈 것도 삶의 한 자락이기에 오늘도 이곳 하얀 호텔에는 아픔에 치인 환자 투숙객들로 북적거린다. 그래서일까, 설탕인지 소금인지 먹어봐야 알 수 있는 일들이 우리네 현실에서 참으로 많다는 걸 느끼고 있다. 그게 바로 피 토하게 아쉬운 점이라면 아쉬운 점이다. 단순하게 밥 잘 먹고, 소화를 잘 시킨다고 건강을 전부 가진 듯 오만을 휘둘렀던 자신의 무지함 때문이랄까. 굳이 이유를 찾는다면 건강한 몸과 병든 몸은 종이 한 장의 차이라는 사실이다.

　뉘엿뉘엿 속절없이 저물어 가고 있는 또 한해. 그 사이, 눈물 젖게 서러운 병마의 계절이 내 곁을 침범해 온 게 벌써 달포가 훌쩍 지났다. 병석에 들고 보니 괜히 서럽고, 가슴 짠하게 후회만 남는다. 건강할 때 건강을 지킬 걸……. 후회는 언제나 앞서는 법이 없나 보다.

시간에 쫓기는 가운데서도 만추는 방랑벽에 기대기 더욱 좋은 계절이 아닐까 싶다. 그러나 어이하여 나의 이번 가을은 몸이 중심을 놓아버려 병상 신세를 지게 됐을까. 상큼한 맛이 정점을 찍어버린 듯 묵은지처럼 군당 내 풍긴 일상으로 추락해버렸단 말인가. 그것도 매연 냄새 넘쳐나는 차들이며, 치열한 생존경쟁으로 삭막하기만한 대도시의 병실에서 약 냄새와 주삿바늘의 횡포에 찌든 내 몸으로썬 시시때때로 한숨만 뿜어내는 처지이다. 넘어진 김에 쉬어간다고, 병상 생활을 휴식이라 여기라던 남편의 진부한 위안도 귀에 딱지가 않았다.

나는 괜스레 짜증이 스스로를 옭아맨다. 서툰 노동의 늪으로 내 몸을 던져 혹사시킨 무지함이 통탄스럽다. 연초부터 염두에 담아둔 남도여행을 계속 미뤘던 아쉬움은 또 왜 그리 나 자신을 주눅들게 하는지. 바다 건너 어느 섬마을을 향해 아직도 놓아버리지 못한 답사의 필요성이 자꾸만 나를 보채고 거푸 채근해댄다.

1차 의료기관 몇 곳을 거쳐 이곳 종합병원으로 오게 됐을 땐, 밤낮 통증에 치인 신음이 나를 담금질했다. 분신인 새끼들이 문병 온 내 침상에서 나는 혼자 실실 미쳐가고 있다고 여겼다. 평생 처음 내게 쏟아준 남편의 정성이 부담스러워 혼자 끙끙 앓다가도 나는 속으로 고래고래 울부짖어 댔다.

후각을 파고드는 소독 냄새가 무단 싫었다. 비위를 느글거리게 만든 입원실의 눅눅한 기운 또한 정이 붙지 않았다. 그래도 시간의 너그러움이 하루하루를 빗질해 주어서 견뎌냈는지 모른다. 칸칸의 방에서 무작위로 들려오는 통증의 단말마에 시달린 청신경도 이젠 어느 정도 무뎌질 만해진 걸까.

그럭저럭 입원생활도 기대 반, 포기 반으로 익숙해지고 있던 어느 날 오후다. 훨훨 바깥 외출이 미치도록 그리워지는 게 아닌가.

아픈 척추를 길게 늘였다 당기며 무심코 창밖을 내다보았다. 통증에 시달려 혼탁해진 내 시신경을 붙잡는, 단풍잎들의 붉은 물빛이 그리운 화폭이 되어 불타올랐다. 밤낮없이 끙끙대며 앓아누운 나를 밀쳐두고, 자연은 저 혼자 본분에 취했던 모양이다. 병마가 제공한 통증과 그 통증이 파생시킨 우울함이 넘쳐난 내 입원실 저 밖에서 계절은 여전히 착착 궤도를 지키며 돌아가고 있었나 보다.

벌름거리며 숨만 쉬던 내 콧잔등이 갑자기 시큰거려왔다. 작년 혹은 재작년 가을과는 다르게 이번 가을의 붉은 단풍을 내년에도 볼 수 있을까 하는 생각에 진한 만추 빛깔이 내 눈동자를 서러움으로 덮어버린 탓이다.

그때, 병실 바깥을 멍하니 내다보던 옆자리 환자가 소녀처럼 탄식조의 독백을 읊어댔다.

"저 단풍잎 멍청하면서도 야속하다. 낼모레면 떨어져 내려 말라져 갈 텐데, 그것도 모르고 저리 고운 모습을 뽐내다니……."

여태까지 한 번도 품어보지 못한 강한 열망이 저 깊숙한 나의 가습 밑바닥에서 꿈틀꿈틀 올라오는 게 느껴졌다. 조금 전까지만 해도 닥치는 대로 모든 것에서 포기했던 내가 무작정 살아야겠다는 욕심의 불씨로 당겨진 것이다.

나는 나를 넘어뜨린 병과의 싸움에서 거뜬히 이겨낼 자유가 있는 환자다. 비록 독한 약에 취하고, 수도 없이 찔러대는 주삿바늘이 날카롭고 신경을 긁어대더라도 병마를 때려눕힐 용기와 에너지가 충만하다면 병석을 털어낼 수 있지 않겠는가.

옆에서 다른 환자를 돌보던 간병인이 조용히 환자의 맘을 읽어냈다.

"앓는 소리로 이 멋진 가을을 채우면 한 해를 정산하는 데 있어 말짱 헛것이유. 내가 지금 저 산에 올라가 고운 단풍 한 줌 꺾어 올게유. 환자분들은 어떡하면 누운 자리를 털고 일어날까, 그 궁리만 하세유!"

옆 환자가 다 기어들어가는 목소리로 동조를 하였다.

"앓는 소리도 환자복도 몇 달째 함께하니 아예 만성이 돼버렸네요. 물 고운 단풍만 만지면 금방 퇴원할 것 같은데, 여사님이 좀 도와주세요!"

우리 두 환자는 서로 마주 보며, 무슨 모의라도 하듯 히죽한 웃음을 입에 물었다. 그때, 우리를 지켜보던 간병인이 겉옷을 훌훌 껴입고 문을 열고 나갔다. 뒷산에서 잘 익은 가을을 따오겠다는 말을 연거푸 읊어대면서.

얼마나 지났을까. 간병인의 손에는 올망졸망 가을다발이 쥐어져 있었다. 들장미의 빨간 열매랑 길쭉한 마로니에 잎이며, 빛바랜 철쭉나무 잎 묶음과 솔잎가지들이었다. 크게 볼품은 없어도 가을정취가 묻어있었다. 간병인이 그 단풍다발을 목 잘라낸 페트병에 꽂았다. 그러곤 병실 냉장고 위에 얹어놓자 한 폭의 가을 풍경이 만들어졌다.

"병실 밥을 오래 먹다보니 내 인생도 어느새 가을이 됐네유. 이젠 직업병을 도저히 고칠 수 없게 됐시유. 가을만 보면 괜히 서럽구유, 자꾸만 붙잡고 싶어지는 것도 환갑이 훌쩍 저만치 가버려선가 봐유."

간병인 가슴에도 가을이 머무는가 싶은 생각보다 괴롭던 통증을 잠시 잊었던 내가 더 다행으로 여긴 건 이기심의 발로인지 모르겠다.

간병인의 직업의식은 투철했다 할까. 겉은 멀쩡한데 통증에 시달리는 신경외과 병동에서 나트륨 수치가 떨어진 환자에게 소금을 먹이는 일에서부터 과일이 먹고 싶다, 과자 맛이 그립다, 입맛이 떨어졌으니 죽을 끓여오라는 등 잔심부름을 척척 받아낸 조력자였다. 그만큼 환자를 배려하는 여유로운 경력이 심리적 안정감을 주었을 게다.

의사는 병을 다스린다고 한다. 환자를 치료하는 이는 간병인이란 말의 진실을 깨닫게 해 준 것 또한 병동의 터줏대감격인 간병인을 보면서 느낀 심정이다.

돈을 잃으면 조금 잃고, 건강을 잃으면 전부를 잃는다는 그 깊은 진실을 우매한 내가 깨달은 곳 역시 소독 냄새 밴 병동 입원실에서였음을 고백한다. 돈이 있을 때 아끼고 지켜야 하듯 건강도 건강할 때 철저하게 지켜야 하는 것임도 절실히 깨달았다. 병동 공부방 신세를 길게 지다 보니, 깊은 가을이 야금야금 여위어 가는 게 정말 아쉽다. 미치도록 아쉽다.

지상에서 제일 긴 하루

오후의 외과병동은 깊디깊은 웅덩이처럼 고요하다 못해 괴괴할 정도이다. 흡사 늪처럼 음침하고, 무거운 기운이 감돌아서 그렇다. 무엇보다 중환자들이 피동적으로 넘나드는 탓일 게다. 숨소리조차 안으로 삭이며 환자를 대동해서 출입한 가족들 진 빼버리는, 두 번 다시 찾고 싶지 않은 중환자 가족 대기실인 까닭도 있다.

거기엔 환자를 수술실에 들여보내 놓고 집도작업이 끝나기를 기다리며 손톱여물을 쓰는 가족들로 넘친다. 그들 표정은 진지하다 못해 덤덤하다. 더러는 걱정에 질린 표정이다. 겉으로 침묵에 빠져버린 듯한 그들은 가족의 우환에 지쳐서 꾸벅꾸벅 졸고 있다. 쪼그린 채 새우잠에 빠진 이도 보인다.

나는 세상의 근심과 우울함을 다 날려 버릴 듯 길게 한숨을 내뿜는 어떤 아낙의 표정을 옆에서 잠시 쳐다보았다. 한 치 앞을 모르는 사람들이기에 우중충한 분위기 그 한가운데 나도 섞여 있다는 게 의아스럽다. 웅크린 자세로 기다리는 나 역시 환자의 가족인 때문이다.

'수술 중인 환자: 김OO, 권OO, 박OO, 회복 중인 환자: 이OO, 오OO, 정OO……' 수술실 상황을 압축된 문자로 흘려보내 주는 화면 앞에 내 눈을 박아 두었다. 그것만 뚫어지게 쳐다본들 답답함이 해결될 일도 없었지만, 대기실의 나는 그 행동밖에 못 하는 무능자인 탓이다. 그들 역시 나와 같은 처지인지 사람들은 얼멍얼멍 서성거린다.

나의 뇌리에선 근래 몇 달 사이, 읊어댄 남편의 말들이 허공을 맴돌며, 환청처럼 들려온다. 그는 건강한 가장이었다. 그런데 두어 달 전부터 가끔가다 띵하게 머리가 아프다고 했다. 머리 한쪽이 아프고, 뭔가가 머리 꼭대기를 지긋이 압박해 온다는 표현이며, 손가락 한 개가 저리다고 했다. 평소 가리지 않던 그의 식성을 떠올린 나는, 혹시 영양관리가 부실했나 싶은 회의도 들었다.

어제 아침엔 그가 기상하면서부터 두통이 온다며, 인상을 찡그렸다. 그의 이마에 조심스레 손을 얹어보았다. 열은 없는데, 아침상을 물린 그가 출근을 못하겠다고 주저앉았다.

그는 충실한 회사원이다. 창사기념 때, 개근상을 탄 사람이니 말이다. 난 괜히 너그러워져서 때론 일터를 쉬는 것도 건강을 돌아보는 기회다, 결근을 몰랐던 남자도 인간인데, 어찌 한 번쯤 돈벌이 전쟁터가 싫은 날이 혹여 없을까 하고, 위로해 주었다. 그것도 잠시, 나는 당장 일의 심각성을 느끼기 시작했다. 출근이 항상 우선이던 사람이 곧 내 남편이 아니던가.

내 마음은 불같이 급해졌다. 아침상을 거두고, 그에게 사진이나 한번 찍어 보자고 권했다. 결혼 후 손발 한번 척척 맞은 날이 없던 우리 사이에 신기하게도 그 순간만큼은 의견일치를 보았다.

남편이 가까운 병원에 찾아가 엑스레이 사진을 찍었다. 엑스레이 사진에선 머리 한구석에 좁쌀 크기의 흰 물질이 찍혀져 나왔다. 사진을 판독한 원장은 큰 병원에 가서 MRI 촬영을 해 보라고 권하며, 우리가 겁먹을까 봐 큰 걱정을 할 병은 아니라고 안심을 시켰다.

MRI 촬영으로 남편의 뇌에선 작은 이상이 발견됐는데, 암만 물혹이라지만 기분이 찜찜했다. 그냥 간단하게 긁어내기만 하면 된다고, 의사 선생은 심드렁하게 말했다. 열흘이면 퇴원할 수 있고, 3주 후면 근무를 나가도 무리가 없다는 설명도 곁들여 주었다.

나는 뒤숭숭해졌다. 전신을 마취하고, 뇌를 여는 큰 수술인데…… 서로 눈치를 보던 우리는 말수가 줄어들었다. 궁금한 나도, 입 무거운 남편도 걱정되는 마음을 침묵으로 빗질했던 것이다.

사흘 후에 남편의 물혹을 수술하는 날로 잡았다.

외과 병동의 늪지대 같은 그 분위기 때문에 나는 자꾸만 착잡해졌다. 남편이 실린 침대를 굴 속 같은 수술실로 들여보냈다. 순간, 만감이 교차한 나는 그에게 나직하나 강한 한 마디를 들려주었다.

"여보, 파이팅!"

용기 있게 인사한 행동과 달리 나는 혼자 안절부절못했다.

나는 숨도 죽인 채, 화면이 잘 보이는 곳에 앉았다. 나 역시 수술실로 들여보낸 환자의 무사함을 간절히 기도하는 대기실 보호자들의 대열에 합류를 하게 된 셈이다.

잠시 후, 대기실이란 공간지각도 없이 나는 혼자 도리질을 하였다. 살다가 누구든 아플 때가 없을까마는, 하필 남편의 뇌 속에 나쁜 물질이 생겼다는 사실이 가슴을 쳤던 것이다. 외환위기 때, 직장 생활에서 스트레스를 받은 탓인가? 혹여 섭생이 부실했던 탓일까? 아니면 가끔 긁어댄 내 바가지가 나쁜 자극이 된 걸까? 우린 서로 티격태격 고분고분 맞지 않은 성격에다, 그리고 또……

TV화면에서 남편의 이름이 주르르 흘러나왔다. 수술 중인 모양이다. 가슴이 쿵쾅쿵쾅 뛰던 나는 자세를 고쳐 앉았다. 지상에서 가장 긴 하루가 시작된 것이다.

그때부터 세상에서 가장 무능해진 나는 수술실에서 고통 받고 있을 남편을 위한 기도를 하고 싶었다. 정신을 모아도 답답했던 나는 가슴만 두근거렸다. 반세기 넘는 시간을 먹어치운 우리의 서툰 삶 면면이 영화의 장면처럼 핑핑 지나치고, 다시 오버랩 되었다. 교육을 밑천 삼은, 빈손뿐이던 늦깎이 복학생인 그의 인생 쪽배에 숙맥인 내가 편승한, 가난의 땟국이 흠씬 묻은 신혼 시절부터 하나하나 되살아나기 시작했다.

시쳇말로 연애도 할 줄 모른 숙맥인 우린 친척의 중매로 맺어졌다. 얼떨결에 결혼을 했는데, 하루하루가 모험하는 곡예사처럼 아슬아슬한 시간들이었다. 미래가 불안해서 그랬을까. 무엇보다 우리의 현실은 빈손의 출발인 것 때문에 나는 무서웠다.

비빌 언덕조차 없던 우리 신혼은 정말 가난의 꼭지까지 사랑하지 않으면 안 되었다. 냄비 두 개, 수저와 접시 네 개, 알 수 없는 미래처럼 깊고 텅 빈 물통, 낡고 버썩거려 금방 깨져버릴 것 같은 시어머니가 쓰시던 못생긴 새끼 항아리 두어 점, 부자가 되라는 뜻으로 친정어머니께서 마련해주신 쌀통과 결혼 때 만든 면 침구 몇 점, 가장 비싼 건 서른을 밑돈 팔팔한 젊음이 우리 재산의 전부였다.

그 중, 서럽고 기억에 남은 건 신접살림 나올 때, 형님이 마련해준 쌀 두말이다. 그 쌀 속에는 귀신도 모르게 섞여있던, 70년대 중반에 뜬 냄새 풍긴 정부 혼합 곡이다. 당시의 혼합 곡은 찰기가 부족해 퍼석거렸고, 맛도 없었다. 밥이 풍긴 텁텁한 냄새는 얼마나 역겹던지.

남편이 고마웠던 건 불평 없이 밥상을 받아준 점이다. 그때의 기억 때문인지 그는 지금도 잡곡밥을 싫어한다. 나는 그런 남편에게 잡곡밥이 건강에 좋은데, 무슨 한이 그리 많아 흰쌀밥만 찾느냐 고, 잔소리 읊었던 후회가 내 가슴을 짓눌렀다. 뒤늦게 그를 이해한 내 눈에선 뜨거운 액체가 고이다가 주르르 흘러내렸다.

응급실에서 간호사가 나를 불렀다. 수술을 끝낸 남편이 회복실로 왔다는 소식이다. 중동사람처럼 뚱뚱한 머리붕대를 허옇게 싸맨 그가 확 낯설게 느껴졌다. 나는 그의 손을 덥석 잡고, 다시 새롭게 만난 반가움에 눈시울을 적셨다. 그의 회복이 진행된 입원실의 초여름은 우리에게 좀 더 성숙된 모습으로 비춰지고 있었다.

첫날은 통증에 시달린 그의 목소리가 청각을 자극해도 나는 무감각하게 받아들였다. 다음 날은 줄지 않는 통증이 밉다는 그의 투정에 내 마음을 닦았다. 사흘째 날은 객지에서 아버지를 문병 온 학업 닦는 아이들을 맞이한 그의 따스한 부정(父情)에 웃음과 감동을 보탰다. 그 다음다음 날은 집을 드나들며 하루를 다 보냈다. 떨어져 버린 그의 입맛을 찾아 주려 죽을 끓여 날랐던 것이다.

그 사이, 초여름 태풍이 쏟아내는 빗줄기를 바라보며 바쁜 걸입에 달고 살던 습관을 한 박자 늦추리라 마음먹었다. 계절의 특성을 느껴보는 여유도 찾았다. 또, 그 다음 날은 지난 3월에 다녀온 관광 이야기로 추억을 공유하는 즐거움도 가져보았다.

아흐레가 지나고, 열흘째다. 휠체어에 탄 그를 산책시키기 위해 입원실 복도를 천천히 걸었다. 그의 얼굴에 다시 생기가 돌았다. 그땐 모처럼 소리 내어 웃어도 보았다.

그 날 오후, 건강은 건강할 때 챙긴다는 말을 명심하면서 그를 부축하여 누추한 내 처소로 돌아왔다.

머리에 수술한 실밥을 푼 흉터 한 가닥을 훈장처럼 단 남편의 손을 어린애처럼 꼭 잡았다. 그의 손바닥에서 촉촉하니 땀이 배어나기에 나는 오랜만에 안도의 미소를 베어 물었다.

초록중앙선

 병원에는 엘리베이터와 반듯한 비상계단이 몇 개나 있다. 그리고 초록 중앙선이 생생하게 그어진, 휠체어가 오르내리는 길도 엎드려있다. 경사도가 완만하고 미끄럼이 방지되는 수많은 동그라미가 올록볼록하게 입체감을 더해준다.

 3m가 조금 못 되는 폭이지만 걷다 보면 무릎관절이 편해지는 걸 느낀다. 휠체어를 타는 이들은 물론, 환자들과 걷기를 원하는 그 가족들의 마음도 함께 편하고 여유로워서 좋은 길로 점찍어 두었다.

 층마다 꺾어 오르는 그 길 따라 벽에는 예술작품사진이 걸려 있다. 발은 종종걸음으로 움직이면서도 빛처럼 빠르게 시선이 가서 꽂히는 까닭은 우리네 도시를 대표하는 풍경사진들이어서다.

 휘어진 산길을 구불구불 넘으면 만나는 해안 몽돌 밭이며, 한반도에서 제일 먼저 해가 뜨는 간절곶 해돋이가 황홀하여 멋스럽다. 강물에 긴 그림자를 담그며 우뚝 솟은 선바위 얼굴도 정겹고, 선바위의 허리를 휘감고 돌아 흐르는 태화강의 넓고 푸른 물길도 강한 그리움을 잉태한다.

그 중, 강물이 굽이쳐 아름답게 곡선을 만드는 십 리 대밭의 싱그러움은 대장부의 기개를 보는 듯 감동적이다. 천천히 다음 층을 꺾어 돌면 2002년 월드컵의 활기찬 장면들이 생생한 추억을 부른다. 그 열광하던 관중의 함성이 아직도 귓결을 때리는 것 같은 착각에 빠져드노라면 3층에 다다른다.

3층 입구를 들어서면 31병동이란 글자가 천정 쪽에서 길 안내를 해준다. 티끌 하나 없는 복도를 따라 걷다 살짝 왼편을 꺾으면, 중앙 수술실 간판이 보인다. 옆에 중환자실도 붙어있다. 죽음을 직면하여 급하게 오는 이, 더러는 예약 받은 환자들이 수술을 받거나 급한 불을 끄는 곳이다.

수술실 앞에는 아고라처럼 공간이 있다. 그곳에 환자의 보호자들이 대기하는 소파가 몇 줄 갖춰졌고, 앞쪽 벽을 펑퍼짐하게 기댄 대형 화면 상단에선 고딕체 글자가 주르르 흐르고 있다. '수술환자: 장OO, 강OO, 권OO, 회복 중인 환자: 오OO, 이OO, 박OO' 가족들 시선은 화면에서 떨어질 줄 모른 채, 손톱여물을 썰고들 있다. 혹은 절박한 현실에 처한 가족을 어찌 할 수 없는, 무능이 난무하는 그 장면들이 야금야금 시간을 갉아먹는 장소이다.

시간, 시간은 양면성이 있는 대신 막힘없는 흐름일 게다. 시간

속에는 새 생명이 탄생되기도 하고, 또 다른 편에선 다한 생명을 떠나보내는 아픔도 있다. 그렇다. 중환자실은 분명 새로 태어나고, 죽어 가는 생명들이 잠시 머무는 간이역 같은 장소가 아닌가 싶다. 온갖 병들이 중환자의 몸을 담보한 채 치료하는 손길과 경건한 의술에 목을 맨, 약해서 서러운 이들, 그들의 운명은 분명 시간에 달려 있는 셈이다.

금요일 오후 2시. 그 시각은 그 주에 예약한 환자들이 모든 검사를 받고 수술 받으러 수술실로 들어가는 한 주의 의미 있는 시간이다. 죽은 듯이 엎드린 젊은 남자를 수술실로 옮기는 침대꼬리가 사라지고, 또 다른 학생 환자가 수술실로 들어갔다. 오만상을 찌푸린 것은 아마 통증과 공포에 시달린 탓인지 모르겠다.

다음은 머리카락에 서리 내린 할머니가, 또 다음엔 어떤 젊은 남자의 침대가 수술실로 빨려들듯 뒤를 이었다. 눈빛으로 남편의 무사한 수술을 비는 듯한 부인은 만삭인데, 신랑이 맹장수술을 받는단다. 다음, 또 다음, 암 환자이거나, 척추를 수술 받을 사람이거나 혈관장애가 있거나, 장기에 문제가 있는 사람 등등, 희망 하나로 수술실로 향하는 사람, 아니 환자들……

중환자실 로비에 내가 도착한 지 4시간이 조금 지났을 때, 어떤 중환자 할머니가 숨을 거둔 모양이었다. 아무나 쉽게 드나들 수 없는 중환자실을 몇 번이나 불려 다니던 가족들이 처진 어깨를 한 채 중환자실을 나온다.

휴대폰으로 멀리 떨어진 가족들에게 할머니가 밥술을 놓았다며 부음을 전하던 젊은 남자가 기어코 울먹거린다. 먹어야 살 것인데, 놓아버린 밥숟갈은 절망의 소식이 아닌가. 그만큼만 살고 떠나는 것을……. 흐려진 그의 말끝이 허공 속으로 메아리 되어 흩어져 버린다.

중환자실 바깥에는 간혹 아파 죽겠다는 환자의 단말마가 문틈으로 새어 나온다. 안개처럼 우중충하고 무거운 분위기가 중환자실 로비를 그득 메운다. 대기실에서 벙어리가 되어 기다리는 가족들은 그야말로 기약 없는 기다림에 묶여있는 셈이다. 병실에서 가족을 언제 찾을지 모르기 때문에 화장실 가는 것도 전전긍긍한다.

로비에서 대기하는 가족들이 불려 가는 경우는 몇 가지에 해당된다. 수술이 끝나고 마취에서 막 깬 환자를 가족에게 면회시키거나 입원실 서약서에 서명하는 일 등속이다. 그도 아님 환자의 요청에 의해 식사 시중을 들게 하는 일이거나 혹은 환자의 상태가 나빠진 경우에도 가족을 찾는다.

내 뒷자리에 앉아있던 풀죽은 B 씨 아주머니가 그 부름을 받았다. 비쩍 마른 며느리를 데리고 B 씨가 중환자실로 들어갔다. 조금 후, 애통하게 울다 두 눈이 벌게진 그들 고부가 문을 열고 나온다. 아마 환자의 임종이 임박한 듯싶었다.

한참 후, 그들 고부가 다시 중환자실로 불려 들어갔다. 이어서 그들의 통곡소리가 허공을 발기발기 찢어 놓는다. 젊은 아들이자 신랑인 환자가 세상을 하직했기 때문이다.

보내는 정이 아쉽고, 기약 없이 떠나는 이별의 서러움이 옆 사람에게도 안타까움으로 전해져 온다. 그 장면을 온몸으로 느끼면서 로비에서 함께 호흡하는 불특정 다수의 사람들도 애틋한 감정에 휘말리며, 눈동자를 적신다. 자신들에게도 언제든 닥쳐 올 앞날을 미리 엿보는 것 같은 동류의식이 깔려있음이다.

저녁 9시경. 텅텅 빈 로비에 K 씨 가족들의 대기는 계속 되었다. 그의 남편은 고관절 수술 후 회복기 중에 발견된 위암 제거수술을 뒤늦게 받은 환자다. 회복의 조짐이 좋았던 환자인데, 아침부터 열이 올라 추위에 시달리며 위기를 맞고 있다는 것이다. 세미나 참석 차 출장 떠난 주치의가 그 소식을 듣고 밤늦게 도착했다며, K 씨 가족들을 불러 모은다.

환자 연세 일흔. 지난달까지는 등산도 잘했다는 사람이 이젠 사경을 헤매는 경우다. 그의 부인 입에서 하늘을 뚫을 듯한 한숨 소리가 뿜어져 나온다. 외출 할 때마다 환자의 빠른 쾌차를 빌며, 행선지를 밝혀 준다는 친절하고도 성실한 내과 주치의를 만난 K 씨 남편은 분명 회복할 행운이 다가올 것으로 믿는다.

다음 날 한낮, 중환자실 로비에서 대기한, 스물 두 시간 만에 그곳 문을 밀치고 나온 내 가족의 휠체어를 만났다. 간호사의 손에서 휠체어를 인계 받고 입원실로 향한 내 맘은 희망 때문에 소독냄새가 다 구수하다는 생각이 들었다. 중환자 전용 엘리베이터를 타고, 입원실로 향한 아흐레 만에 내 가족은 건강한 몸이 돼서 퇴원을 하게 되었다.

그때, 기억 한 자락으로 남을 병원생활을 마치고 떠나오면서 나는 굳이 초록 중앙선을 다시 한 번 더 휘돌아 걸었다. 병원에 들어올 땐 모두 저 초록 중앙선을 따라서 입성한다. 하지만 한결같은 소망은 건강을 되찾아 다시 돌아가는 것일 게다.

인생의 문제에 정답은 없을 것이다. 생의 최종 해답은 '죽는 것'이며 인간의 사망률은 100%라고, 몇 년 전 『바보의 벽』으로 베스트셀러를 기록한 일본의 작가 '요로 다케시' 씨가 말했듯이.

삶은 흔적을 남기고

　매일 숙제하듯 강변을 찾은 지가 벌써 몇 년째이다. 나름 건강해지고 싶어서다. 강변을 찾지 못한 날이면 흡사 숙제를 빼먹은 학생처럼 뭔가 허전하면서 개운치 못해 심신이 흐느적거린다. 습관이 몸에 붙은 탓이다.

　물길 담담한 강변을 자박자박 걷다 보면 내겐 단순히 걷는다는 의미 외에 또 다른 재미를 만난다. 그때마다 오밀조밀한 사색의 시간을 가질 수 있어 나름 만족하는 것이다. 아둔한 삶에 치이고 잡념에 시달릴 때, 내 몫인 사색의 숲에서 푸른 감성에 빠져들수록 그것의 진가야말로 한층 더 높아진다.

　강변을 찾다보면 여건상 한낮일 때가 가끔 있다. 활동의 낮 시간을 낭비하는가 싶어 가급적 저녁 설거지를 마친, 어둑한 초저녁을 만만하게 선택하고 보니 그 또한 잘했다 싶다. 굳이 그때를 강변걷기 시간으로 선택한 것에는 내 나름의 이유가 있다. 저녁때면 강변에서 색소폰을 부는 젊은 부자(父子)를 만나는 즐거움의 보너스 때문이다.

가끔씩 저녁노을이 내릴 때면 젊은 아버지가 초등생 아들을 동반하여 색소폰으로 연주하는 장면을 만나게 된다. 흑 비단 같은 밤하늘 별빛과 교감을 나누며 색소폰을 연주하는 부자의 모습은 한 마디로 표현할 수 없는 낭만적 시간이고, 단순하게는 그런 실루엣만으로도 심중에 와 박힐만한 풍경이다. 좀 더 정확히는 도심 속 한낮의 부질없는 소음에 찌든 귀를 색소폰이 뿜어낸 매혹의 가락으로 씻어낼 수 있음이 매력인 것이다.

복잡한 삶의 멀미에 치여 허둥대느라 감흥조차 식어버린 중년의 가슴을 짠하니 파고드는 절절하고도 구성진 가락은 색소폰만이 표출해내는 끌림인가 싶다. 역설적이게도 짠한 음향을 귀로만 듣는다면 그건 음악이며 연주자를 모독하는 처사 같아서 말이다.

색소폰 연주 레퍼토리 중에 '낙엽 따라 가버린 사랑'을 들을 때면 은연 중 내 눈시울이 축축해진다. 누군가는 반문할지 모른다. 눈물까지 글썽이며 왜 색소폰을 듣느냐고. 하지만, 열정으로 내뿜는 색소폰 음향 속에 풍덩 빠져드는 자신을 어쩌지 못할 뿐이다. 그만큼 허공이나, 심중을 흔들어대는 금속악기가 내 뿜는 묘한 호소력이 디지로그 시대를 살아가는 무미건조한 심성을 짠하니 매만져 준다 할까.

사실 한낮의 봄 강변은 자외선이 따갑다 해도 강둑을 지키고 선실버들의 연둣빛 고운 풍경이 강변을 걷는 이들의 눈을 사로잡는다. 터질듯 투명한 옥빛 물이 뚝뚝 뜯는 가을 하늘 또한 목을 빼서 쳐다보면 하늘바다에 풍덩 빠져들고픈 유혹을 떨치지 못하는 것이다.

겨울강변 역시 가시 돋은 추위가 목덜미를 낚는 찬바람이 매서운 가운데서도 나름 끌림은 있다. 햇빛을 따라 움직이는 해바라기를 흉내내다 보면, 겨울산책의 목적에도 힘이 실려 한결 활기를 얻는다.

요즘은 맨 처음 맺었던 강변과의 인연을 되돌아보는 중이다. 더러는 시간에 비례하여 무작정 끌려드는, 풍경을 향에 몰입하는 나를 발견한다. 시작은 건강이 나빠서고, 그 결과로 얻게 된 장대한 활력에 스스로 빠져든 셈이다. 어쩌다 야금야금 체중이 불어났고, 혈액순환에 문제가 왔나 싶더니 발바닥에 쥐가 내렸다. 그때, 쥐 내린 발 경락을 짚어주던 이가 꼭 실천해야 할 건강법이라며, 걷기를 추천해줬다.

"중단 없이 슬슬 매일매일 걸어요. 건강에 도움이 될 겁니다!"

보약은 걷기라고 말했다던가, 그토록 위대한 소크라테스도.

처음엔 걷기에 대해 별 기대감을 갖지 못했다. 그럼에도 내게 걷기를 일러준 그 분에 대한 예의로 산책을 나섰고, 밑져야 본전이라며 시작한 그때가 들찔레 흐드러지게 핀 오월이었다.

사실 처음부터 걷기 장소를 강변으로 택한 건 아니다. 막상 운동화 끈을 조여매고 대문을 나서면 부부싸움 끝에 뛰쳐나간 때처럼 갈 데가 마땅치 않았다. 인근 학교 운동장이나 동네를 배회하듯 떠돌다가 때론 야산발치를 엄벙덤벙 누비기도 했다.

가뭄에 건조주의보를 들은 어느 날인가, 강변에서의 호흡이 편하다는 게 느껴졌다. 당시엔 산책로가 다듬어지기 전이라 비온 뒤면 진탕 길에 발이 빠졌다. 그렇지만 강변에 들면 쾌적한 기분은 측정 불가한 습도 덕분인 걸 알게 되었다. 그때부터 내 발길은 자동적으로 강변을 향했다. 나를 엄습한, 못 말린 잡념이나 꼭대기를 쳐드는 허영, 객기 이상의 호기마저도 출렁대는 강물 앞에선 습기 먹은 종이처럼 차분해졌다.

처음 시작할 땐 가다 서다 싫증내던 내가 미웠다. 그런데, 훈풍이 빚는 물비늘이며, 물이랑 낭창거린 오월 강의 수면 위를 물고기가 팔딱팔딱 뛰어 오를 때, 나도 모르게 동화되었다.

갈대가 수런댄 가을을 몇 번 거푸 보내는 동안 강이 내게 선물한 건, 보이지 않는 효과였다. 발 즉, 건강에 시나브로 평정이 찾아온 것이다.

어쩌면 우리 인생은 강물처럼 흐르는, 낯선 여인숙의 하룻밤 같은 것이리라. 강변 산책에서 덤으로 얻은 여러 발견은, 흐르는 강물처럼 모든 사물과 우리네 생은 역사의 뒤란에서도 둥둥 떠내려가고 있다는 점이다.

강심(江心)을 향하여 조약돌 한 개를 퐁당 던져 본다. 그때, 파란 물을 품은 넙데데한 강둑에서 잠재된 아폴리네르의 「미라보 다리」가 내 입에서 토막토막 읊어지는 게 아닌가.

미라보 다리 아래 센 강은 흐르고

그리고 우리의 사랑도 흐르네

……

인생은 왜 이리 더딘가

희망이란 왜 이리 격렬한가

밤이여 오라 종이여 울려라

세월은 흐르고 나는 남아 있네

……

나날은 흘러가고 달도 흐르고

지나간 세월도 흘러만 간다

우리의 사랑은 다시 오지 않으나

미라보 다리 아래 센 강은 흐른다

……

해가 긴 늦봄의 오후가 되면 강 하구에서 썰물 때를 만난다. 두
얼굴의 강을 보는 셈이다.

물속에 푹 잠겼을 땐 그냥 신비롭다. 그러나 썰물 때의 강바닥
은 우아한 드레스를 벗은 여인처럼 적나라하여 실망스럽다. 반면,
거기엔 물새나 갈매기들이 놀다간 흔적이며, 그들의 발자국을 흥
미롭게 만난다.

두 발이 비교적 건강했던 내 몫의 젊음은 중심을 놓쳐서 몹시 출
렁거렸다. 유교적인 환경에 치여 무시로 용트림해댄 거친 물살 탓

이었다. 그날의 아팠던 기억들을 미련 없이 강 속으로 풍덩 던져 버리고 싶지만 아직도 내 가슴속엔 낙관처럼 찍혀버린 얼룩으로 남아있다.

사람은 누구든 어제보다 나은 내일을 꿈꾸며 인생의 강물에 잠겨 살아가는 흐름을 탄다. 발길 멎는 데 닻을 내리고. 신비에 묻히듯 살다 보면 언젠가는 썰렁한 썰물 때를 만나게 될 것이다. 썰물의 강바닥처럼 우리 삶은 언제쯤 그 흔적들이 낱낱이 드러날지도 모르고.

무개성한 나의 삶은 암만해도 밋밋한 무늬일 것만 같은데, 아직도 축 없이 흔들린다. 자신의 삶을 두고 무장해제를 못하는 긴장에 치인 탓인가? 담담한 물 같은 삶을 꿈꾸는 나는 여전히 봄바람 탄 잔물결인양 착각으로 살아가는 아마추어인가?

3
그들이 부른 연가

무공해로 키운다는, 까맣게 익은 체리의 달콤하고 진한 맛을 영원히 잊지 못할 호주에서의 마지막 밤이여! 추억의 밤이 다 가기 전에 마오리 족이 부른, 슬픔이 묻은 듯싶은 그들의 연가를 흥얼흥얼 불러본다.

"비바람이 치던 바다 잔잔해져 오면……."

사월의 지평에서

다뉴브 강의 잔물결이 연상되는 바람이 비단결처럼 부드러운 4월 하순에 접어들었다. 나른한 한낮의 바람이 헛헛한 중년의 가슴을 일렁일렁 부채질 해댄다. 때가 때이니만치 포근함이 지평에 그득 넘쳐흐른다. 바야흐로 온화한 기운을 업고 수밀도 과수원은 온통 만개한 분홍 꽃들의 요염함에 넋을 놓아버릴 정도다. 과목들 가지마다 발그레하니 물오른 맨살이며, 분홍 물결 넘실대는 꽃 대궐의 황홀에 취하다보면 사치한 느낌이 절로 든다.

아침을 끝내자마자 나들이하는 기분으로 핸드백처럼 전지가위랑 호미가 들어 있는 바구니를 챙겨 나섰다. 작년 봄에는 지난겨울의 혹독한 꽃샘추위 탓에 허옇게 마른 꽃들이 엄청 많았다. 백도가 유독 더 심했다. 사실이지 자연의 힘 앞에선 과목도 농부도 나약함과 무능만을 씹을 뿐이다. 그러면서도 먼 시선으로 구경만

할 수 없는 것 또한 농사꾼의 애타는 속임에랴.

열병처럼 줄지어 선 과일나무들의 열린 품을 찾아 수정하러 와준 벌 군의 윙윙거리는 소리를 봄의 소리 왈츠인양 반겨듣는다. 왈츠에 신경을 빼앗긴 내 걸음은 환한 꽃 바다를 유영하듯 자박자박 걷고 있다.

진즉 겨울끝자락에서 과목들 가지치기를 했었다. 그런데도 더러더러 조밀한 가지들이 눈에 띈다. 내 손은 벌써 바구니에 챙겨 간 전지가위로 처진 가지들을 여차 없이 정리해 간다. 약하고 가느다란 가지를 잘라낼 땐 아쉬움에 치인다. 다른 과수목과 달리 연약한 가지에서 씨알이 굵은 수밀도가 탄생되는 까닭에서다.

따스한 봄볕을 해바라기하는 과목들의 발치를 톺으며 한참을 가볍게 걷다 보니 발아래로 봄나물 냉이가 여기저기 눈에 띈다. 내 손은 다시 바구니의 호미를 꺼내 흙바닥에 달라붙은 냉이를 캐 담는다. 확 풍기는 냉이향이 코끝을 자극한다. 냉이의 향에 취하는 사이 옆에서 함초롬한 달래 무더기가 시샘을 하듯 내 시선을 끌어당긴다. 호미로 흙을 팠더니 조롱조롱 방울을 매단 달래뿌리가 하얀 몸매를 드러낸다. 흙을 잔뜩 묻힌 내 손아귀에 연한 달래 뿌리가 줌으로 너끈하게 잡힌다. 흙을 털어낸 달래를 냉이 나물 옆에 가지런히 담았다. 냉이와 함께 점심상에 올릴 양념장을 만들 요량에서다.

달래는 상큼한 향기만으로도 후각적인 맛으로 유혹해 온다. 없는 솜씨지만 반찬을 만들다 보면 달래와 맞게 어울리는 나물은 역시 물만 먹고 자란 콩나물만한 게 없다. 고슬고슬한 밥에 살캉살캉 삶아진 콩나물을 넣고, 달래양념장으로 쓱쓱 비비면 강한 향만큼이나 입맛이 착 감겨든다.

마을 어디선가 낮닭 우는 소리가 청량함으로 들려온다. 점심때가 다 됐나보다. 내 발길은 벌써 농막의 난전주방으로 향하고 있다.

살짝 데친 초록 냉이를 다진 양념에 조물조물 무쳤다. 달래는 송송 썰어서 향긋한 양념장을 풀었다. 잡곡밥에 냉이나물, 달래양념장까지 점심상에 올려놨다. 훈풍에 익은 김장김치 유산균이 도를 넘어버린 지 한참 뒤라 냉이나물과 달래양념장으로 한 끼 점심을 해결한 셈이다. 나물 먹고 물 마신 농막의 단순 밥상이 웰빙에 들기를 기대하면서.

몇 년 전, 농장에서 우리의 첫 출발은 먹고 사는 것부터가 빈약했다. 흔한 즉석 식품에 기대지 않을 수 없었으니 말이다. 죄라면 컨테이너 농막생활의 불편함 탓이다. 두어 발짝 내디디면 은행에 갈 수 있고, 나들이처럼 나서면 대형 마트에 닿는 도시생활의 편함에 취한 습관적 병폐랄까. 나름의 타성에 푹 젖어버린 습관을 순순히 깨기란 쉽지 않았다. 낮엔 땀이 솟다가도 밤이면 한여름에도 차렵이불이 필요할 정도로 서늘한 일교차며 모든 게 수동 아니, 노동이 요구되는 농장생활이 낯설었던 것도 한몫을 보탰다. 그나마, 현실적 일탈의 유혹을 이겨 낼 수 있었던 건 너그러운 자연의 은혜덕분이었다.

자연은 처연한 남자의 등판처럼 기대기 좋아서 정서적으로 편했다. 밴댕이처럼 속 좁아 불량한 나의 애환을 언제나 싱그럽게 받아주었고, 더더욱 뽐낼만한 장점은 폐를 씻어준 상쾌하고 맑은 공기였다.

그 밖에도 숨은 혜택이 좀 더 있다. 계절마다 자잘한 잡념들을 흐물흐물 녹아내리게 해 준 건 순박한 이웃들의 알뜰한 훈수도 한 몫을 했다. 아낌없이 보태준 그들의 정보에 따라 간작인 호박구덩이를 박하게 가꾼 점이다. 잎들로 우거진 호박덩굴보다 더 많은 열매를 얻게 해 준 힘이며, 올바른 농사의 요령도 시나브로 알려 준 스승인 이웃들. 게다가 인정어린 그들 덕분에 농막의 살벌함도 정 붙게 해 준, 자글자글 끓는 온돌방도 만들었으니 그 또한 대박이 아니겠는가.

따끈한 온돌방을 공개하던 날, 한평생 힘든 농사일을 천직이라 여긴 노익장 이웃들을 초대하는 즐거움도 가졌다. 비둘기 복통만 한 온돌방에 모여 앉은 이웃들은 아직도 서툴기만 한 우리의 농사법을 본 대로 느낀 대로 지적을 해 주었다. 그들에게서 인간적인 온기가 두텁게 느껴졌던 건, 2백 포대의 퇴비를 하루에 후다닥 과일나무에 퍼부어주면 당장 몸살이 온다는 충고였다. 농사란 그만큼 힘에 겹고, 노동에 비해 결과는 항상 미흡하지 않던가.

저녁을 먹고, 달력을 쳐다보니 내일이 뒷자리가 9일인 오일장이다. 노트북을 열어놓고 농장일지(農場日誌)를 작성하던 남편이 오일장 가서 살 물건들을 작은 메모지에 적고 있다. 옆에서 지켜보던 나는 남편이 메모한 쪽지 끝부분에다 작은 글씨로 '음표나물'

이란 단어를 추가로 써 넣었다.

오일장에서 구입할 품목은 과목의 꽃이 지고 난 후에 뿌려 줄 농약과, 하루도 없으면 아쉬운 무쇠 낫이며, 일할 때 소매 끝에 덧끼울 팔 토시와 작은 톱 등이다. 겨울 끝자락에 과목들 전지를 하면서 미니 톱의 허리가 댕강 부러진 것 때문에 그것도 오일장에서 구매할 품목에 넣었다.

연장이 일한다는 말이 있다. 농장을 가꾸는 데 있어 필수적인 첫째 조건은 비옥한 땅에 있다. 거기다 농장주의 건강한 육체와 부지런한 손길과 정예(精銳)한 농기구가 준비돼야만 삼박자가 맞는다 할까. 그만큼 농기구야 말로 농장생활의 필수품이요, 상비를 요구한다.

전원생활에 길들다 보면 나들이 기회와 잔잔한 재미는 누가 뭐래도 오일장에서 찾게 된다. 물론, 오일장은 이웃인 안동댁 아주머니와 부지런한 만큼 농사일에 귀재인 남씨 할머니가 병원 가는 날이기도 하다. 안동댁은 한 평생 과수 농사를 짓느라 청춘을 다 보낸 전형적인 한국 농촌의 여인상이다.

그런데, 긴 세월 과수원에서 노동의 가치를 뽑아낸 재물들은 간곳이 없고 몸 구석마다 신경통만 남았다고, 앉으나 서나 괴로움을 토해낸다. 그러니 안동댁 아주머니의 오일장이야 말로 임도 보고 뽕도 따는 나들이 기회인 셈이다.

안동댁 아주머니는 딸 여섯을 키워 출가시켰다. 그러나 아직도 맏이인 외아들이 수염에 가지를 치는 노총각으로 남아있다. 인구의 절반인 여성들은 모두 어디에 있는지, 며느리 감을 구하려던 안동댁의 속이 새카맣게 탄지가 오래됐단다. 한숨짓는 안동댁 아주머니를 볼 때면 안타깝기 그지없다. 사차원을 추구하는 요즘 세상에 농촌으로 시집 올 아가씨의 씨가 말랐을까, 밥 먹고 일 잘하는 농촌의 삶을 사랑할 어진 여심은 정녕코 없단 말인가.

사실 농촌에선 아기 우는 소리도 듣기가 어려운 요즘이다. 젊은이가 귀해진 탓일 게다. 농사를 짓는 부모들은 힘들고 지친 농사일을 자기 대에 끝내려 작심한 걸까. 자녀들의 가방 끈과는 상관도 없이 무작정 도시로 보내려 애를 쓴다. 농작물 키워서 비싼 비료 값이며, 음흉스럽게 거대한 농약 값 건지고 나면 돈이 안 된다고, 곡식이나 채소 나부랭이를 가꾸고 거두어봤자 쥐뿔도 남는 게 없다고, 자녀들이 도시에서 뿌리 내리기를 희망한다. 바글대는 도시에서 치열한 경쟁에 밀려 허리끈을 졸라맬지언정 뼛골 빠지는 농사일에는 절대로 종사하지 말라고, 부득부득 자식의 등을 떼미는 것이다. 그 길만이 힘든 부모의 전철을 자식들이 밟지 않는다고 믿으며, 자식을 위하는 최선의 방법인 줄 알고 있음이다. 복잡하고, 현기증 도는 빌딩 숲 그 복판에서 눈 먼 돈이 나뒹굴고, 허공에서 복이 펑펑 떨어지는 일은 절대로 없을 텐데도 말이다.

그러나 그 누가 강심장이라서 감히 그런 부모들을 나무랄 수 있겠는가. 허기지게 땅을 파고, 뼛골 으스러지도록 노동에 파묻혀도 흙 주무른 농사에 매달리는 걸로는 자녀들 훈육에 허덕일 수밖에 없는 현실을 훤히 아는데 말이다.

그럼에도 행인지 불행인지 요즘 다른 한편에선 자연에 기댄 삶이 좋다고, 웰빙 생활이 시대의 대세라고, 농촌을 찾는 발길이 늘어난다는 소식이다. 경쟁에 치이고, 매연 자욱한 도시에 염증을 느낀 사람들이 농촌은 영원히 구조조정 따위는 없을 거란 기대감 때문일까. 확실한 건, 숨 가쁜 경쟁과 구조조정의 횡포를 피해서 귀농의 열차를 탔다고 해서 그들의 인생이 꼭 성공의 보장이나, 또한 실패하는 것도 아닐 터이다.

　우리네 인생에 정답은 분명코 없을 것이다! 자연의 품에 안겨 살든 치열한 경쟁이며 쾌락과 편함이 공존하는 도시의 삶을 선택하든 거주의 자유가 넘쳐나는, 아름다운 우리나라 삼천리금수강산이니 말이다.

　길고 짧은 등등의 이유를 가슴에 품은 우리가 농장에 묻힌 지 어언 몇 해가 흘렀나 보다. 행복은 빈자리로 온다는 노학자의 고매한 철학 한 구절을 되새기다 보니 사위(四圍)를 온기로 휘감은 4월의 복판이다.

　포근한 온기를 탄 무딘 감정 한 올이 파도로 출렁이다 심연처럼 고요히 가라앉는다.

산마르코에서 만난 카사노바

이탈리아 밀라노에서 일찌감치 출발한 우리가 베니스 산마르코 광장에 발을 들여놓은 것은 거의 한낮이었다. 황색 피부와 까만 머리칼을 소유한 우리말고도 때 마침 들이닥친 머리카락과 피부색이 다른 지구촌 관광객들이 바글바글 넘쳐나고 있었다. 저 많은 사람들 얼굴색을 한데 섞으면 어떤 빛깔이 될까? 검정색? 아니 목소리 다른 개성들만 물 위를 둥둥 떠도는 기름처럼 혼란스럽겠지……. 어쨌든 개성적인 인종들이 넘쳐나건 말건 산마르코 광장을 둘러 싼 건물들이 유럽 특유의 회색 빛깔을 뽐내는 모습은 장관이었다.

광장을 들어서기가 무섭게 먼저 눈에 들어오는 두칼레 궁전. 멋진 이름값을 하는지 고딕 건축 양식이다. 광장 정면의 산마르코 대성당은 동서양 건축기술과 장식예술이 조화롭다. 콘스탄티노플에서 사들인 유명한 청동 마상들의 복제품과 부조, 채색된 대리석이 돋보인다. 그 중, 출입구는 아름다운 이탈리아 로마네스크 양식의 조각으로 장식돼 있다. 둥근 돔은 동양적인 이미지를, 우리가 들어가 보지 못한 실내는 이탈리아의 자유분방하고 귀족적인 느낌을 준다는 안내자의 설명을 귀로만 들었다.

해상도시 산마르코에 첫발을 들여놓으면서부터 나는 그저 감탄으로 숨을 고르지 않을 수 없었다. 초봄의 얇은 햇살을 받아 우뚝 솟은 건물 '두칼레' 궁전이랑 '피옴비' 감옥이 키를 경쟁하며 서 있는 광경을 살피느라 눈이 핑핑 돌 지경이었다. 게다가 두칼레 궁전과 피옴비 감옥을 연결하는 짧막한 '탄식의 다리'가 관광객의 시선을 더욱 끌었다. 탄식의 다리는 한 번 건너면 살아서는 다시 못 나가게 돼서 죄수들이 그렇게 불렀던 이름이란다.

산마르코는 베네치아 항구에서 뱃길로 한참을 건너가서 도착한 섬이다. 그러니 바다 한 복판의 섬에 갇힌 죄수들 가슴을 낙심의 먹구름들이 무겁게 짓눌렀을 것이다. 절망의 난간에 서있었을 죄수들의 심리에 동정을 보내면서 나는 엉뚱한 상상을 하였다. 절망이 최고조에 달하면 굴곡진 인생도 바닥을 치고 올라가는 시점일 수도 있을 터인데, 어째서 탄식만 했더란 말인가. 이래저래 잡념에 치여서 갸웃거리다 동행한 사람을 놓칠 정도로 한참동안 시선을 앗겼던, '탄식의 다리'란 아름다운 부조를 만난 인연에 나는 자꾸만 가슴이 뜨거워졌다.

자유의 방랑자 카사노바. 결코 호색가가 아닌 위대한 기록자였다는 세기의 남자 카사노바. 뭇 여성들 가슴에 한 점으로 남았을 사내, 카사노바.

"나는 여자들을 미치도록 사랑했다. 그러나 자유를 더 사랑했다."

신을 모독했다는 죄목으로 수감된 그는 정말 많은 여성의 체취를 탐닉한 감각파였으며 또한, 낭만파이기도 했단다. 하지만, 믿거나 말거나 그가 추구했던 지향점은 여성이 아니었다는 것이다.

"당신들이 나를 이곳에 가둘 때, 나에게 동의를 구하지 않았듯이 이제 나도 자유를 찾아 떠나며, 당신들의 동의를 구하지 않겠소!"

탈옥자 카사노바가 남긴 해학적인, 그럴듯한 메모였다. 역시 그의 삶을 관통한 이념은 언제나 '자유'가 됐던 모양이다.

카사노바는 베네치아에서 희극배우의 아들로 태어났다고 한다. 그의 작품 '사랑도 싫고 여자도 싫다'에서 아버지가 극장 소유주였던 귀족 미켈레 그리마니라고 거짓말을 했지만, 실제로 그의 아버지는 육 남매를 남겨둔 채 서른여섯에 생을 마감한 평범한 배우였고 한다.

카사노바는 열여덟에 법학 박사학위를 받았으며, 40여 권의 저서를 남길 만큼 명석하고 박식의 소유자였다. 신학, 자연과학, 예능, 등 다방면에 걸친 재능은 언제나 카사노바의 방랑벽을 부추겼던 모양이다. 자서전 『내 인생의 이야기』를 통해 거침없이 살던 자기 존재를 후세 사람들에게 알리기도 한 인물이니 말이다. 종횡무진 유럽을 돌아본 그의 여행기는 사실적인 묘사와 풍자를 통해 후세 사람들에게 그 시대의 유럽을 떠올리게 한 재능 있는 남자였다.

한 여성의 지아비가 되기를 거부했던 것처럼 그는 어디에도 붙박이지 않은 채, 늘 유럽 전역을 떠돌아다닌 역마의 주인공이었다. 넘치는 재능과 해박한 지식은 신분 상승을 위해 상류사회를 기웃거릴 때 활용됐고, 계몽사상가 볼테르와 만난 자리에서는 그의 사상을 두고 반박하였다. 물론, 여성들을 탐할 때도 그런 지능이 동원되었을지 모른다. 어쨌든, 바람둥이요 상상이 풍부한 작가였다던 남자 카사노바.

그는 낯선 곳에서도 이방인이 아니었다. 카사노바 연구가인 한 사람이 표현한 게 있다.

'공기처럼 자유롭고, 모든 민족적 편견에서 벗어나 터키의 석학이나 암스테르담의 유대인 선주(船主) 등 누구와도 공개적인 토론을 벌이기를 망설이지 않았다. 그가 속한 드넓은 나라에는 국경이 없었다'고 했다는 것이다.

그의 자서전은 무려 122명의 여인과 벌인 흥미로운 연애담(戀愛談)과 18세기의 풍습이며, 생활들을 적나라하게 묘사해 하나의 문학 작품으로 평가받기도 했다고 한다.

감옥 탈출에 성공한 바람 같은 사내 카사노바는 스페인으로 갔다. 그는 추운 마드리드의 겨울을 '푸에르타 델 솔'이란 지역에서 서성이며 보냈으나 책 내용에선 '문은 없지만 햇볕을 쬐기 위해 산책하러 오는 모든 사람들을 만날 수 있다'고 기록했다고 한다.

베니스에서 조금 떨어진 '무라노'라는 섬에는 카사노바가 수녀인 여인과 정열적인 사랑을 나눴던 가면 카지노가 있단다. 또, 친구를 만나 도박을 즐기고 여인들과의 밀회를 위해 자주 드나들었던 '플로리안'이라는 카페도 있다고 한다. 카사노바가 즐겨 마셨다는 최음제 스타일의 초콜릿과 카사노바 향수를 판매하고 있다니, 참으로 못 말리는 그들만의 상술이 감탄스럽다. 그렇지만 오늘날까지 정말 그런 곳이 있는지는 여건상 감히 확인하지 못했기에 유감으로 남았다.

베네치아 출신의 자코모 지롤라모 카사노바(1725~1798)가 73세의 나이로 파란만장한 삶을 마감한 곳은 체코 프라하의 둑스 성(城)이었다는 이야기를 귓등으로 넘기며, 우린 아쉽지만 바쁘게 걸음을 옮겼다. 지난 날 베니스의 교통수단이었다는 클래식 스타일의 배(船) 곤돌라(Gondola)를 타러 가기 위해서다.

신사의 나라

　구름이 잔뜩 깔려있다. 비 몇 방울이 후드득 떨어진 런던의 날씨. 봄인데도 엄청 쌀쌀맞아 야속하게 여겨졌다. 우리네의 세속족인 표현을 빌려서 흡사 저녁 굶은 시어머니 상인가 싶었다. 예상대로 영국의 날씨야말로 우중충함 그 자체였기 때문이다. 그들의 속담에 영국인들은 만나면 하는 이야기가 날씨뿐이라더니, 어쩜 그렇게 딱 들어맞을까, 감탄이 술술 쏟아져 나온다. 한 마디로 영국에 발을 들여놓는 순간부터 기분이 찌뿌드드했으니 말이다.

　우리 인간은 날씨의 영향을 받는 동물일 수밖에 없나보다. 그만큼 영국에는 우울증과 자살충동을 느끼며 살아가는 사람들이 많다는 통계가 있다니 수긍이 간다. 미루어 짐작하는 것은 인간이 환경의 지배를 받는 동물임에 틀림이 없나 싶은데, 우중충하고 스산한 분위기가 비단 날씨뿐이 아닌 걸 느꼈다. 날씨로 인해 도시 전체의 분위기가 그렇게 풍겼던 것이다.

런던에는 도시에 플라시란 건물들이 줄지어 서 있는데 이른바 아파트 군이다. 대개의 건물은 150년이나 나이를 먹었다고 한다. 그래서 도시의 분위기가 그토록 우중충 했을까. 건축 후 30년만 되면 재개발이나 재건축을 고심하는 우리네 정서로는 도저히 납득이 되지 않는 일이었다. 그렇지만 그들의 실팍진 건축 솜씨가 그걸 증명했고, 그 건물 속에서 살아가는 그들의 심중 깊숙한 곳에 자리 잡고 있는 옛것을 지켜 가는 국민들 정서가 돋보였다.

그들의 집은 비교적 값이 쌌다고 했다. 그러다 몇 년 전부터는 두 배 가까이 상승했다고 한다. 부동산 가치가 상승한 것도 있겠지만, 우리네처럼 금리가 낮은 탓이라니 동서양을 막론하고 경기의 흐름이 비슷한 물결을 타고 있는 걸 보면 글로벌시대임을 거스를 수가 없나 보다. 그처럼 낡아서 우중충한 주택들은 물론 날씨까지 동조를 하니, 그곳 사람들의 자살률이 높아지지 않고는 못 배긴 걸까? 하늘 푸르고 물 맛 좋은 우리네 강산을 새삼 뜨겁게 사랑할까 보다.

런던에서 첫날밤을 보낸 우린, 다음 날 아침 숟갈, 아니 포크를 놓기가 무섭게 시내관광길에 올랐다.

가장 먼저 확 눈에 들어온 풍경은 런던 시내를 누비는 빨간 2층 버스였다. 버스 색깔이 강하고 예뻐서 우리는 가던 걸음을 멈춘 채 한참을 넋 놓고 구경을 하였다. 이왕이면 붉은 치마를 선택한다는 우리네 속담을 떠올리다 그 빨간 2층 버스를 한 번 타보고 싶

은 유혹까지 느꼈다.

 버스 아래층엔 승객들이, 2층엔 공연을 하거나 어떤 기업이나 단체든 홍보를 하도록 오픈 된 차였다. 오픈 된 2층 버스에서 마침 한 악단들이 쿵 닥닥 쿵 닥닥 공연 홍보를 하는 중이었다. 그런데 불자동차처럼 빨간 2층 버스를 타는 사람은 그리 많지 않아 보였다. 때가 한낮인 탓도 있었지만.

 큰길이라고 해봤자 2차선이다. 잠시 후, 켄싱턴 궁전을 지나서 세계적 뉴스를 탔던, 영국의 왕세자비가 죽은 곳임을 안내자가 국제뉴스를 통해 들은 우리의 기억을 떠올리게 해주었다. 필부필부든 왕세자비든 한 번씩은 죽는다는 유한의 공평성에 슬픔을 동반한 수긍이 간다. 하지만, 젊디젊은 나이에 비명횡사한 다이애나비의 죽음은 궁금하고도 애통한 생각이 들지 않을 수 없었다. 권세가 아무리 산처럼 높고, 화수분처럼 끝없이 소비하는 사치가 지탄을 받는다 해도, 밖으로 드러나지 않은 다이애나의 속병이 무엇인지 나는 그게 더 궁금했다. 아마도 같은 여자이기 때문일까?

 상가지역인 켄싱턴 구는 무척 깨끗한 도시로 다가왔다. 눈을 씻고 찾아봐도 입간판이 없는, 중심 가 하이 스트리트 루알 구의 분위기는 상가지역이란 사실이 믿어지지 않을 만큼 조용했다. 우리네 상업지처럼 중구난방 맘대로 걸린 요란한 간판들을 볼 수 없던 때문이기도 했다. 간판질서만큼 도시의 분위기를 만들고, 거추장스럽게 얽어매는 죄악도 없는 듯싶어 부러움만 느꼈다.

 공원에선 꽁초, 휴지, 껌을 버려도 괜찮다는 얘기를 듣고는 약간 이상히 여겼다. 그런데, 고용창출을 위해서란 설명에서 수긍이 갔다. 그렇지만 노상방뇨는 벌금을 내야 한단다. 좀 의아한 것은 도심에 듬성듬성 푸른 섬처럼 박혀있는 공원에서 비둘기에게 먹이를 주는 사람도 벌금을 문다는 점이다. 먹이의 유혹 때문에 도심 공원으로 꾸역꾸역 모여드는 비둘기 떼의 배설물에 골머리를 않는다니, 그 누가 그들의 현실적인 고민을 해결해 주겠는가.

앨버트 금 동상은 런던에서 세 번째로 큰 하이드 공원에 세워져 있다. 날씨는 아직도 구름에 덮여 한 없이 쌀쌀한데, 그곳을 찾는 관광객의 시선을 시원히 닦아줄 녹색 풀들은 언제쯤 파랗게 자랄까 궁금해졌다.

아폴론신전

　유럽여행에서는 누가 뭐라고 토를 달아도 신전(神殿) 유적지를 만나면 자기도 몰래 묘하게 깊은 상상력에 푹 빠져든다. 글 쓰는 사람에겐 그 점이 정말 좋으면서도 그 또한 유럽여행의 거대한 매력이 아닐까 싶다. 아폴론신전이 유적지여서 더욱 그랬다.

　먼저 아폴론이 태어난 내용에 걸출한 이야기가 배어있다. 아폴론은 올림포스 열두 신(神) 중 하나로 제우스와 레토 사이의 아들이다. 여신 아르테미스와는 쌍둥이로 동기간이다.

　아폴론을 잉태하여 만삭인 배불뚝이 레토는 제우스의 아내인 헤라의 질투로 암만 고심을 해도 몸을 풀만한 장소를 찾지 못했다. 그래서 기껏 고민에 고민을 거듭하다가 델로스란 이름을 가진 한 섬으로 도망을 쳐 갔다. 그리하여 그곳에서 아폴론을 출산했다고 한다.

아폴론은 동방의 소(小)아시아나 북방민족으로부터 이입(移入)된 신으로 본래는 목자(牧者)의 수호신이었다고 전한다. 목축(牧畜)이란 뜻을 가진 노미오스, 늑대의 리카이오스, 쥐란 뜻의 스민테우스 등의 호칭을 갖고 있는 것은 사나운 동물인 늑대나 쥐로 인한 피해를 막는 힘을 나타낸 것이었다니, 그나마 여유로운 스토리이다.

좀 더 많은 시간이 흐른 후에 아폴론은 그리스적 성격과 문명의 대표적 신이 되어 국가에 있어 중요한 도덕이나 법률을 주관했다 한다. 특히 살인죄를 무섭게 엄벌하고, 그 더러움을 씻어 주는 힘을 갖고 있었다니 신화는 역시 위대한 상상의 힘을 유감없이 발휘한다 할까.

또한, 아폴론은 유능한 예언의 신이었다는 것이다. 그리하여 델포이를 중심으로 신전(神殿)이 세워졌다는 것하며, 무녀(巫女)를 통해 신탁(神託)을 받는 일도 흔했다니 참으로 유능한 신이었나 보다.

아폴론은 저 위대한 태양의 신이라 불렸다. 그러나 그것은 훨씬 후의 일인데, 신화에서는 아폴론신이 태어난 후 얼마 안 되어 델포이에서 대사(大蛇) 피톤을 사살하였다 한다. 그것의 활과 화살이 그의 특징적 무기가 되었다니, 참 신화는 신화답다는 표현을 할 수밖에 없다.

그 뿐만이 아닌, 사랑의 신화도 정말 많다. 예를 들면, 다프네는 아폴론의 구애(求愛)를 피하여 월계수가 되었다. 그런가 하면 카산드라는 아폴론의 사랑을 받아 예언의 힘을 얻었다.

또 다른 흥밋거리는 아폴론이 하천신(河川神)인 페네이오스의 손녀 귀레네를 사랑하여 아리스타이오스를 낳았다 한다. 그 밖에도 아폴론은 테사리아의 왕녀 코로니스를 사랑하였다. 그 덕분에 코로니스와의 사이에서는 아스클레피오스를 얻었으며, 또한 미소년 히아킨토스 역시도 아폴론의 사랑을 받았던 모양이다.

이 아폴론을 숭배하는 흐름은 에트루리아를 거쳐, 남(南)이탈리아의 그리스 식민지로부터 직접 로마로까지 들어왔단다. 그리하여 일찍이 로마에는 그의 신전이 세워졌던 것이다. 훗날, 아우구스투스 황제가 아폴론을 특별히 신봉하여 파라티누스의 언덕에 대 신전을 세웠는데, 그만큼 아폴론의 숭배가 성행하였다. 로마 신화에서는 아폴로와 동일시된다고 하니 가히 알만하지 않은가.

아프로디테는 베누스라고도 한다. 원래는 베누스가 로마 신화에 나오는 채소밭의 여신이다. 그러나 그 특성이 그리스 신화의 아프로디테와 너무도 동일했으므로 아프로디테와 동일하게 보았다. 베누스 여신은 로마 때부터 르네상스 시대를 거치면서 특정적인 민족 신화의 틀을 벗어나, 여성의 원형으로 서양 문학과 미술에서 폭넓게 다루어졌다. 호메로스에서는 아프로디테가 천공(天空)의 주신(主神) 제우스와 바다의 정령(精靈) 디오네의 딸로 되어 있다. 그런데, 헤시오도스에서는 천공의 신 우라노스와 그의 아들 크로노스와의 싸움에서 비롯되었다니, 재미와 흥미가 배어있는 신화도 깊이 빠지다 보면 때로는 헷갈리는가 싶었다.

즉, 크로노스는 어머니 가이아의 음부 속에 숨어 있다가 아버지의 성기(性器)를 낫으로 잘라 바다에 던졌다 하니, 한편 무섬증이 생긴다. 이렇게 하여 바다를 떠다니는 성기 주위에 하얀 거품이 생겼고, 그 거품 속에서 아름다운 처녀가 탄생했던 것이다.

알몸의 처녀는 서쪽 바람의 신 제피로스에게 떠밀려 키테라 섬에 표착(漂着)하였다. 그러다 또다시 흐르고 흘러 키프로스 섬까지 둥둥 떠내려갔는데, 거기서 그녀를 발견한 호라이는 계절의 여신이다. 여신 호라이는 그녀에게 옷을 입히고 아름답게 꾸민다. 그런 다음, 여러 신들에게로 안내하였다.

저 르네상스 기(期)의 화가 S. 보티첼리의 명작 '비너스의 탄생'에서 이 같이 절절한 과정을 그린 거라 하니, 참으로 대단하다. 아프로디테의 탄생담(誕生譚)이 남성 성기에서 비롯되어 키프로스와 관련을 가졌던 셈이다. 무엇보다 사랑과 열락(悅樂)의 여신으로서 코린트를 비롯한 각지에서 신앙의 대상이 되었다니 과연 신화의 한계는 끝이 어딜까.

그것으로 본 즉, 여신의 기원이 원래 풍요와 재생이라는 원시신앙을 바탕으로 한 오리엔트의 대지모신(大地母神)임을 알게 되었다.

메소포타미아 지방의 신들 가운데 대표적 여신으로 널리 신앙 대상이 되고 있는 이슈타르나 페니키아의 여신 아스타르테가 있다. 모두가 농경 재생산과 관계가 있는 풍요 다산(多産)의 여신이면서, 한편 사랑의 바다에 풍덩 빠져버린 음탕의 여신이었다는 점이다.

이 같은 오리엔트의 원시신앙을 이어받은 아프로디테를 그리스인의 풍부한 상상력과 뛰어난 감수성으로 아름다움과 사랑의 여신이라는 하나의 인격으로 만들어냈으니, 두고두고 그들의 상상력만을 한 없이 높이 사고 싶을 뿐이다.

들을수록 빠져드는 그리스 신화여, 그 끝은 정말 어디인가?

양털 깎기 쇼

1월 20일. 구름.

아침상에 오른 밥이 고두밥이라 입맛이 깔깔하였다. 데운 빵 한 쪽, 밥 한 주걱에 김치 두어 잎. 그 사이 관리를 벗어난 김치가 레몬 맛을 제공했다. 김치 한 점을 입에 넣고는 눈을 찡그리며, 고개를 휘휘 흔들어댔다. 입 속에서 살살 녹던 김치가 타국에 와서 전혀 색다른 맛을 제공하기에 고생을 맛보는 중의 이야기이다.

식사 후, 팜 투어에 들기 위해 관광버스에 올랐다.

농장에는 여러 종류의 동물들을 사육하고 있었다. 뿔이 없는 소는 고기용으로 키운다는 정보도 얻었다. 우리나라의 소처럼 붉은 털이 닮았다. 입체적으로 생긴, 검은 눈이 순한 양에게선 고기와 털을 얻는다 한다. 어찌 보면 키 작은 등에 기름주머니가 없는 낙타같이 생겼고, 다른 한편으론 노새를 닮은 알파카도 재미있는 동물로 보였다.

알파카는 아주 양질의 털과, 가죽을 위해 사육되는 동물이란다. 알파카가 제공하는 털은 수맥을 차단하는 효과까지 있는 고급 천연상품이라니 알파카 사육은 꿩 먹고 알 먹는 낙농업으로 여겨졌다. 긴 시간동안 병을 앓는 환자들이 알파카 털 위에 누워있으면 신기하게도 욕창이 생기질 않는다는 말을 들으니, 참으로 신비한 털이라 칭찬을 해주고 싶었다.

귀가 당나귀처럼 비스듬히 서있고, 큰 개를 닮기도 한, 난생처음 본 알파카 동물은 사람 손의 먹이를 오물거리며 잘도 받아먹는다. 손이 간지러워 키득거리면서도 관광객들 입에선 즐거운 비명이 연신 쏟아져 나온다. 그러니 가죽과 털 말고도 인기가 대단한 동물인 셈이다.

목장엔 사철 푸른 잔디와 클로버, 짐승들이 맛있게 먹을 초록 풀들이 싱그러웠다. 목장을 가로질러 맑은 물도랑이 흐르는데, 거기서도 우리네 고향의 모습이 연상되었다. 양 떼와 알파카, 말들에게 먹이를 주면 그들이 사람에게로 졸랑졸랑 따라오는 건 이심전심 소통이 된다 할까. 우린 그게 재미있어 시간 가는 줄 모른 채, 동물과 어울려 사진까지 찍다보니 훌쩍 한낮이 다 되었다.

동물 농장엔 열심히 일하는 한국의 젊은이들도 만날 수 있었다. 농장에 취업을 한 청년들인 셈이다. 건장한 한국인 청년들을 그곳에서 만나니 무척 반가웠다. 부지런한 그들은 한 눈으로도 엄청 많은 일을 해내는 정예 노력부대로 보였다 그 중, 폴 청년도 한국인이다. 그가 안내방송을 해 주니 듣는 우리의 귀가 활짝 열려 이해가 빠르고 좋았다. 그런데, 직원이 50명이라고 했다. 그 중 네 명이 한국인이라기에 우리는 서로 반가 와서 목소리를 높여가며, 방긋방긋 까르르 인사를 나눴다. 흡사 말을 처음 배우는 아이처럼 옹알거리는 노인도 있었다.

에에헴 거리며 존재감을 알리는 양들은 자그마치 1,300두를 자랑했다. 정오 무렵, 매일 양들의 쇼가 열리는 시간이었다. 쇼 장엔 그야말로 사람들로 인산인해를 이뤘다. 그보다 더욱 압도되는 건, 양들의 종류는 물론, 그들이 이탈하지 않도록 쇼를 진행하는 그들의 능숙한 진행솜씨였다. 스무 종류나 되는 양들이 계급 별로 층층마다 계단에 서 있는 모습도 장관이었지만, 가장 멋진 일등급인 야들야들 포근한 '메리노 울'은 매혹적이다.

그 다음이 까슬까슬한 렘스울이다. 그런데, 이름과 종류도 엄청 많아서 나는 절반의 절반도 외우지 못했다. 그 가운데 메리노 양털이 가장 포근해 보여서 그 상품에 흠뻑 빠져들고 말았다. 견물생심이란 말이 무색할 정도였다.

양털은 연간 두 번, 한 마리당 6kg을 채취한단다. 청정지역 호주에서 키운 양들이 젖이며 털이며, 가죽들을 인류에게 헌신하는 걸 실제 눈으로 확인하고 보니 인류에게 있어 양만큼 대단한 존재도 드물다는 걸 알게 되었다. 유감인 것은 거기 양에서 채취한 새카맣게 때 묻은 양털을 깨끗이 세척해서 흰 실을 만들어내는 공정은 볼 수가 없어 아쉬웠다.

양떼를 홀 안에 몰아넣은 농장 측에선 단계별로 재미있는 쇼를 진행시켜 나갔다. 젖을 짜는 모습도 정겨워서 좋았다. 젖병에 든 젖을 아기 양에게 먹일 땐 장내 분위기마저 숙연해졌다. 흡사 어린 아기처럼 입에 뽀얀 젖이 묻은 아기 양의 입술을 보며, 관광객들은 모두 귀엽다는 감탄사를 웅성웅성 쏟아내었다. 그때, 처음 알게 된 것은 양의 몸통 크기보다는 털의 질에 따라서 양의 값에 차이가 난다는 사실이 놀라웠다.

다음으로는 물건을 손에 잡고 눈으로 보는 것만으로도 사촌의 추위까지 막아준다는 양털의 포근함을 체험하였다.

그곳을 떠나올 땐, 모두들 색상 곱고 폭신한 울 숄과 가격이 수월한 목도리 한 개씩을 구입했다. 그렇지만, 지금은 꺼내는 것도 아까워 잘 있는지, 안부만 확인하고 있다.

다가오는 겨울엔 고운 양털로 짠 수제 숄을 어깨 위에 푸근히 덮은 체 출렁출렁 도도하게 흐르는 우리네 도시의 강변을 폼 잡고 한 번 느긋하게 걸어보았으면 싶다. 비록 같잖은 그 모습을 아무도 먼 시선으로나마 봐 주지 않겠지만.

또 다른 계획은 내 늙은 어머니를 찾아가서 어깨에 숄을 얹어드릴까 싶다. 가능하다면 그 따뜻한 숄을 노모 어깨 위에다 얹어드린 김에 어디로든 동반여행을 갔으면 좋겠다는 꿈도 꾸고 있다. 그땐 백발의 내 어머니가 성긴 치아 사이로 함박웃음을 베어 무는 상상만 해도 기쁨이니까.

코냑의 나라에서

국민들 자존심이 하늘을 찌른다는 프랑스를 방문한 것은 계절 답지 않게 쌀쌀한 4월 초순이다. 출렁대는 센 강의 맑고 푸른 물 빛 정서는 고향의 순박함처럼 가슴에 와 닿았다. 코냑의 나라를 처음 입성할 때부터 그곳 사람들이 지극히 개성적이라는 예비상 식(?)을 갖고 있었다. 그런 만큼 먼저 선입견의 안경을 쓰고 다가 서려니 조금은 송구하였다.

프랑스에선 국민들이 처음 운전을 배우고 면허를 딸 때, 6점짜 리 면허증을 준다는데, 26세까지 사고만 내면 면허를 취소시킨다 고 한다. 거기다 10년 간 자격을 정지시키기 때문에 아주 정성을 들여서 운전을 배우는 것은 물론이요, 조심성이 국민들 몸에 배어 있다는 것이다. 벌점 12점이면 운전면허가 취소된다는 그 나라 곳 곳에선 정말 모든 것이 새롭고 또한 교육적인 걸 느끼게 된다.

그 밖에 유명한 이들이 너무 많아서 그 이름들마저 나의 기억주머니를 그득히 채우고 있음도 기쁨이었다. 그들이 남긴 명언들은 시간이 흐른 지금도 많은 이들에게 큰 교훈을 주고 있다.

"나쁘게 말하지 마라. 그러면 그대는 그대의 말대로 취급받을 것이다!"

"세상에서 가장 좋은 벗은 나 자신이며, 가장 나쁜 벗도 나 자신이다!"

"인간은 생각하는 갈대다!"

"선인은 살기 위해 먹고 마시지만, 악인은 먹고 마시기 위해서 산다!"

"악한 행위를 하는 사람은 다른 사람에게는 물론 자신에게 더 큰 상처를 입힌다!"

"우리가 존중해야 하는 것은 단순한 삶이 아니라 올바른 삶이다."

"죽음이란 육체로부터의 해방이다."

"지도자는 물과 같이 외유내강(外柔內剛) 해야 한다."

"한가로운 시간은 무엇과도 바꿀 수 없는 재산이다."

그의 조국 프랑스에서 받는 세금이 너무 세다며 스위스로 이민을 갔다는 알랭 드롱의 집이 성당 옆에 자리하고 있었다. 사회복지가 잘된 유럽권은 세금이 무겁다지만 프랑스 국민들은 세금을 40%나 낸다니 정말 대단하다. 그래서일까, 앙증맞고도 작은 벤츠를 만나보면 세금 때문에 승용차마저 좁아들어 보이는 건 어쩔 수 없었다. 작은 걸 추구하는 민족이라면 일본인도 결코 빠지지 않게 한 몫을 하는 축이다.

관광 한나절이 다 소비될 무렵, 검소하고 알뜰한 프랑스 사람들이 자랑하는 벼룩시장을 들러보기로 했다. 우리나라 곳곳에서 열리는 아나바다 장터와 너무나도 닮았다. 조금 다른 것이라면 젊은 아가씨와 총각에서부터 머리카락이 허연 할머니 할아버지들까지 온 가족들이 끝없이 이어진 길섶 공간에서 오래되고 작은 상품일지언정 사고파는 경제의 주체가 돼 있다는 점이다.

그들은 언제 만들어져서 누가 쓰던 얼마짜리인지 모르는 물건들을 골목길의 꼬리가 뵈지 않을 만큼 길게 펼쳐놓고 임자를 기다리고 있었다. 그게 바로 벼룩시장의 본 모습일 것이다. 작은 것도 아낄 줄 아는 알뜰함에서 시간을 먹은 변색된 소품도 떳떳하게 파는 그들의 검소함이 묻어난 경제활동이 은근히 돋보였다.

하얀 머릿수건이 청초하고 귀여운 할머니가 펼쳐놓은 좌판 앞에 걸음을 멈춰 섰다. 대대손손 귀하게 사용했을 앙증맞은 금테 유리잔이 세월의 덧없음을 말해주고 있었다. 손때 묻어 누렇게 변색된 레이스 잔 받침대며 타원형의 원목 거울이나 반짝이는 구리 촛대, 누렇게 빛이 바랬을지언정 인류에게는 영구한 베스트셀러인 성경책이랑, 표지가 찢겨져 아픈 역사책들, 모서리 닳은 커피 숟가락, 예쁜 아기 턱받이, 입체적으로 조각된 투명한 유리꽃병, 애연가의 짜리몽땅한 곰방대, 손 때 묻어 반질거리는 도금이 벗겨진 라이터, 닳아서 뿌연 뿔테 안경이랑, 하얀 옥스퍼드 천에 십자수를 놓은 에프론 등등, 싼 것도 많았지만 의외로 비싼 값을 뽐내는 물건들도 즐비했다.

처음엔 무척 싸고 좋은 시장이었더란다. 그런데, 그들의 벼룩시장 값을 일본인들이 껑충하니 올려놓았다는 소릴 들으니, 프랑스의 벼룩시장 물건 값을 일본인들이 왜 주물렀는지, 그들의 얌체 같이 오지랖 넓은 상술이 가늠되지 않았다. 들어온 놈이 동답 팔아먹는다는 우리네 옛 속담이 떠올라 피식 웃고 말았다.

프랑스 땅 곳곳을 밟으면서 정말 존경심 솟는 사실 하나를 접하게 되었다. 불법체류 된, 피부색 다른 타국의 여성이라도 아기를 셋만 낳으면 죄를 묻지 않고, 그 나라에서 불편 없이 살아갈 수 있게 배려해 준다는 점이 감명 깊었다. 그런 반면 그들의 자녀가 다니는 학교엔 건물만 우뚝할 뿐 운동장이 보이지 않았다. 운동장이 없는 때문일까, 매주 한 번씩 작은 체육행사를 벌인다고 한다.

높이 치솟은 나무들이 싱그럽고, 잔디가 푸릇푸릇한 공원 운동장에 어린이들을 줄 세워서 달리기를 시키는 모습이 보였다. 정직하게 반환점을 돌아온 아이들의 팔뚝에 빨간 도장을 쾅 찍어준 장면이 눈앞에서 펼쳐졌다. 팔뚝의 도장을 들여다보며 스스로 대견해서 싱글벙글 웃는 그곳 어린이들은 어릴 적부터 그렇게 공원 운동장을 뜀으로써 건강한 의식이며 몸을 키워 간다고 했다.

아고라 즉, 광장문화가 탐스럽게 퍼져있는 유럽, 그중에서도 바스티유 광장에는 오페라하우스가 있다. 바스티유 감옥을 헐고, 그 자리에 예술적 혼을 피워내는 오페라하우스를 세운 거라니, 얼마나 고상하고도 멋진 발상인가.

더욱 관심을 끄는 것은 프랑스 건물마다 팔자가 있다는 그들의 이야기가 흥미로웠다. 예를 들면 건물 창에 말머리 그림을 붙여놓은 곳은 말고기를 판다는 표시로, 그건 많은 문맹자들을 위해서라니 배려 겸 차원 높은 그들의 상술이 돋보였다.

나폴레옹 3세가 만들었다는 도시 파리. 그렇게 오래된 도시인 파리 시내엔 전선이 없다는 것 또한 부러웠다. 그들의 하수도는 버스가 다닐 정도로 상수도와 전선을 그 속에 품고 있다고 한다. 비가 조금만 오거나, 홍수가 지면 정처 모르게 둥둥 떠내려 온 쓰레기들로 막혀서 콸콸 범람하는 우리네 하수도를 생각하면서, 그들의 스케일을 두고 보통의 아낙인 나는 그저 대단하다고, 유럽답다고 감탄을 쏟아냈다.

도토리 열매로 담근 술을 코냑이라 부른다. 코냑을 사랑하는 그들 조상들이 고급 이쑤시개로 새의 깃털을 사용했다는 이야기가 있다. 숱한 고급 음식을 맛본 후, 부드러운 깃털로 목을 자극해서 토해버렸다니, 아마 그들은 옛적부터 우아하게(?), 그리고 확실하게 다이어트를 했던 민족인 듯싶다.

에펠탑의 늘씬한 키 높이에 향수와 피로를 걸어 놓고 저녁탐방을 끝낸 시간, 숙소로 돌아와서도 나는 쉬 잠들지 못해 뒤척였다. 지극히 개인적이고, 문화를 추구하는 그들의 깊디깊은 가슴속을 읽고 싶었던 욕심 탓일까. 거기서 조금 더 눈여겨 본 게 있다면 출산을 기피한다는 프랑스 여성에 관해서다. 자녀를 출산하는 가정을 두고 국가에서 출산비며 양육비를 지원한다고 한다. 그럼에도 프랑스 여성들은 자신의 삶을 위해서 아기를 쉽게 낳지 않는다는 것이다.

요즘 출산 기피증은 우리나라 여성에게도 널리 퍼져있다. 평생 직장이 없는 불안의 시대를 살고 있으니, 결혼한 지 십 년이 다 된 며느리가 아기 낳을 생각을 안 한다고 속을 끓이던, 노학자인 어느 시아버지 얼굴이 슬며시 떠오른 것은 무슨 까닭인가.

우린 누구든 원한 바 없이 부여받은 목숨들로써 나름대로 주어진 삶에 충실하고, 사랑하며 생의 바퀴를 굴려가고 있다. 그건 이 세상 소풍 끝내고 하늘나라로 돌아가는 시간까지 동일한 유전자를 남기는, 지지고 볶는 삶의 방식을 선택한 죄가 아닐까 여겨진다.

자식을 둔 게 현명한지, 무자식이 최상의 선택인지 알 수 없는 수수께끼 같음에도 개성이 강한 코냑의 나라 여성들을 두고 내 작은 눈을 크게 떠서 살펴 본 것은 지구촌의 같은 여성인 까닭에서다.

언제부턴가 대한민국에서도 노령인구 탈피를 위해 몸을 푸는 산모에게 출산비용을 지급하는 시대를 살고 있다. 지자체의 재정 능력에 따라 큰 차이가 있긴 하지만, 그 또한 유럽식 출산행정을 벤치마킹했기 때문인지 모르겠다. 누가 뭐래도 대한민국만큼 발이 빠르게 벤치마킹을 잘하는 민족도 지구촌에는 없을 듯싶어 나도 모르게 고개를 끄덕거렸다.

테제베 열차

오후, 해가 설핏 기울어 갈 무렵이다. 우리는 영국의 명물인 타워브리지를 넘어 워털루 방향으로 날아가는 새처럼 훨훨 이동 중이었다. 파리로 가기 위해 여권 검사를 받았고, 워털루를 출발하면서 정해진 시간에 맞춰 파리 행 테제베 열차를 타야 했던 것이다. 한 마디로 짧은 다리의 역습처럼 아주 바쁘게 움직여야 했기 때문이다.

프랑스 사람들이 개발하고, 자긍심으로 생산해낸다는 초고속 열차 테제베. 그 열차를 만드는 본산지에서 당시에 고속열차 국책사업에 몰두한 대한민국의 국민인 우리가 테제베 열차를 타게 된다고 생각하니 괜히 마음이 들떴다. 그때 갑자기 등소평의 일화가 기억의 틈새를 비집고 살아나는 게 아닌가.

수 년 전, 프랑스에서 등소평에게 테제베 열차를 팔고자 비즈니스 담당자가 중국의 등소평을 찾아갔을 때였다. 프랑스에서 만든 고속열차 테제베로 중국의 교통을 좀 더 빠르게 개선하면 어떻겠냐고, 비즈니스 담당자가 등소평의 의중을 떠보았다. 그때, 프랑스의 딜러가 들으란 듯 등소평의 입에서는 요약된 한 마디가 강렬하게 뱉어져 나왔다고 한다.

"우리 중국은 테제베를 타고 새가 날듯이 달려야 할 만큼 넓은 땅이 아닌걸요!"

당시, 나는 비즈니스를 했던 사람의 표정이 어땠을까, 무척 궁금했던 기억이 난다. 그래서일까? 열흘 동안을, 아니 그 이상의 시간을 소비한 그곳 여행기간 내내 생각에 잠겨 있었다.

보통 상식으로 치자면 느려터지는 만만디를 민족의 장점으로 내세우며, 솥단지를 소지한 채 칙칙폭폭 빠르고도 느린(?) 기차를 타고, 긴 시간을 보내며 이동하는 그들의 문화가 엄청 여유롭다는 생각을 부럽게 가진 바 있다. 그냥 바빠서, 바쁘니까, 바쁜 게 습관이 돼서, 노력하는 걸로 빨리빨리 문화를 만든, 성미 급한 우리네와는 정말 생각의 폭이 얼마나 다른 사람들인가. 아니, 생각의 폭보다 여유 그 자체라는 걸 부러워했는지 모른다.

중국인들의 만만디 문화는 어쩌면 넓은 대륙에 태어난 복 많은 팔자여서 가능한 일인 게 아닐까. 주거의 공간이 넓으면 생각의 범위가 넓어지는 건 물론, 참을성마저 두터워진다고 하니 얼마나 복 받은 처지인가.

눈이 휘둥그레질 정도로 빠르게 휙휙 지나가는 고속열차를 타야 할 땅이 중국에는 없다는 등소평의 표현을 두고, 결론을 내려 본 즉, 겸손일까? 오만일까? 아니면 특유의 비즈니스 대처법일까? 상대의 다그침을 통 크게 거부하는 은근한 비웃음일까? 겸손도 지나치면 거만함이 될 테니 말이다.

상대국의 요청을 정중하게 거절한 사람이라면 등소평은 분명한 수 높은 국가 지도력의 소유자라는 느낌을 받았다. 그러나, 그렇지만, 그럼에도, 테제베는 분명 빨라서 좋은 기차임이 분명하였다.

워털루에서 파리행의 테제베 5번 객차에 짐과 몸을 실은 우린 차례로 자리를 잡았다. 그런데 테제베에 대한 기대가 금방 허물어지고 있었다. 은근히 좌석이 비좁고, 차내가 예상 외로 지저분했기 때문이다.

문고리의 도금이 벗어져 우중충하니 낡고, 의자 커버의 천이 얼룩덜룩 때에 쩐 건, 긴 이동역할을 맡았던 결과일 터이다. 미루어 짐작하건데, 생산 초기에 만들어진 열차였나 보다. 좌석 공간이 넓고, 먼지 하나 없이 깔끔하게 청소가 잘 된 우리네 새마을호와 금방 비교가 되었다.

고속열차인 걸 장점으로 내세워 세계를 누비며 팔아먹으려 한 테제베가 겨우 이 정도라니, 정말 우리네와 경쟁을 해 봐도 좋을 것 같았다. 그 사실을 등소평이 미리 알고 테제베를 판매하러 중국을 찾은 외판원에게 나라 땅이 좁다고 선수를 쳤던 걸까? 유럽은 무작정 선진국이란 나의 선입견에서 환상이 조금씩 무너져가는 순간이었다.

워털루 브리지를 통과하는 사이 그들의 국회의사당을 눈도장 찍는데, 테제베는 시속 150km로 눈이 핑핑 돌만큼 숨차게 달렸다. 창밖으로 하나둘, 가로등불이 들어오고 있었다. 우린 그때, 현지의 교포가 만들어 온 김밥으로 저녁식사를 하며, 이동하는 중이었다.

유럽에 와서 때마다 깡마른 빵과 신경전을 벌인 며칠을 지냈으니, 벌써 퀴퀴한 된장찌개며 새콤한 김치가 그리웠던 참에 우리의 전통식인 김밥은 사막에서 오아시스 같은, 아니 오아시스 물맛처럼 달았다.

그 날, 우리가 먹던 김밥은 맛있어서 한국관광객들에겐 인기가 대단한 특별 메뉴가 됐다고 한다. 자랑스러운 동포의 익숙한 손맛을 만난 기쁨에 우린 모두 저녁식사가 행복했다. 그때, 인솔자는 이곳 테제베 열차엔 도둑이 끓는다는 정보도 귀띔을 해주었다. 인간 세상에 쥐 없는 곳이 없다더니, 동서양 어디든 도둑도 공존하는 모양이었다.

창밖의 불타는 노을 속으로 침잠된 어둠이 주변의 사물을 하나하나 삼켜갔다. 저물녘, 처마 깃을 찾아드는 새들처럼 나그네는 벌써 향수에 젖어버렸다. 원의 중심을 달리는, 거대하고 낡은 테제베 열차에서 피곤한 눈이 스르르 감긴 이유는 따로 있다. 여행을 떠나온 그 사이 내 핏줄들이, 아니 내 정든 조국이 무던히도 그리워서였다.

조금 더 정확히는 사랑하는 내 조국의 품으로 성큼성큼 달려가
는 꿈을 꾸고 싶은 밤의 초입이었기 때문이다.

모든 길은 로마로

한마디로 로마야말로 설명하기 힘든 독특한 매력의 도시랄까. 이탈리아 북부 사람들조차도 그들끼리 '빛나는 태양의 나라' 라고 불렀다니 말이다.

고대 유럽의 패자(覇者)로서 발달된 정치와 토목 기술을 통해 '모든 길은 로마로 통한다' 고, 할 정도로 로마는 인류에게 많은 유산을 남겼다. 로물루스 형제의 건국 신화 이래 줄리어스 시저와 팍스 로마나를 건설한 아우구스투스 황제를 거쳐, 박해가 극심했던 기독교 포교 시절을 딛고 기독교 총 본산지로서의 황금시대를 이뤘다니 그렇다. 그 중 사치와 향락으로 인한 제국의 종언 이후 쪽 쪽의 도시 국가들로 분열됐다가 베니스의 상업적 번영, 메디치가의 예술적 부흥을 맞이한 게 아닌가.

프랑스의 자유와 평등 사상에 영향을 받은 마치니, 가리발디,

카브르 같은 지도자들에 의해 1860년 이탈리아란 국호로 재통일 되기까지 흥망과 부침의 과정을 겪어 온 나라다. 굽이쳐 온 국가의 사연이 곧 역사였던 셈이다. 그 화려했던 역사의 땅 '영광의 로마'를 우리가 찾아갔던 것은 까칠한 도시의 여자처럼 아주 쌀쌀한 봄이었다.

로마로 가는 니스 발 열차는 수십 분 연착을 했다. 다소 지루했다. 이탈리아 행 교통편은 간혹 여행자들로부터 '이탈리아 열차 타임'이라고 불릴 정도로 지연 출발이 많다고 한다.

그런 열차지만 일단 출발을 하기 무섭게 거침없이 달려가는 천리마와 같았다. 추락하는 것은 날개가 있다고 했는데, 순간 스쳐가는 무섬증을 어쩌지 못했다. 과속으로 달리는 물체가 목적지에 닿기 이전에 벽이 되어 앞이 깜깜하도록 멈추어 서리란 공포심에 서였다.

열차 내의 저녁 식사시간이었다. 노을이 불타는 시간은 양면성을 보였다. 고국을 떠나온 나그네를 감상에 젖게 하였고, 된장 뚝배기 끓여 저녁상 차리던 일상이 여심(旅心)을 비집고 들어왔다. 불나방처럼 현란한 불빛 따라 이국의 도심을 누비는 자유 즉, 분방한 집시의 느낌이랄까.

도시 전체가 커다란 박물관이라 할 수 있는 로마는 옛 유적을 그대로 보전한 채, 현대문명과의 조화를 이루고 있다. 관광객들에게는 소매치기와 좀도둑으로 악명이 높은 곳이지만, 그럼에도 불구하고 로마는 매년 수많은 관광객들로 북적거린다.

로마의 전설로는 그렇게 전해졌다. 로마는 레무스와 쌍둥이 형제로 태어나 암 늑대의 젖을 먹고 자란 레물루스에 의해서 팔라티노 언덕에 건국되었다고. 테베레 강 하류에 접해 있고 대부분 구릉인데, 이탈리아의 정치, 문화의 중심지가 돼버린 곳이다.

로마의 주요산업은 뭐라 해도 관광업이 아닐까 싶다. 벌써 전부터 연간 천만 명 이상의 관광객이 찾는다니, 몇 년 후인 지금은 얼마나 많겠는가.

고대로부터 모든 길은 로마로 통한다는 말이 있다. 성 베드로 광장 입구 오른쪽 블록을 돌면 바티칸 박물관이 자리해 있다. 지하 '최후의 심판'이 있는 '천지창조' 방을 관람하고, 오른쪽 문을 나서면 바티칸의 중앙 건물인 성 베드로 사원이 나온다.

거대한 반구형의 돔이 있는 성 베드로 사원은 르네상스 시대의 기념비적 건축물이다. 성 베드로 광장은 베르니니란 건축가의 설계로 1656에서 1667년의 장기간에 건설되었단다.

광장을 둘러싸고 있는 네 겹의 거대한 기둥 주열 혹은 주랑(柱廊)들은 네 개의 기둥이 각각 일렬로 보이게 방사상으로 설계되어 있다. 규모나 형태는 가히 예술의 극치다. 건축에서는 이런 주열 구조를 '페리스틸륨(Peristyle)'이라 하며, 주열에 둘러싸인 안마당을 '아트리움(Atrium)'이라 한다. 그러고 보니 우리네 아파트 이름 중에 아트리움이란 걸 수 없이 들어본 기억이 났다.

바티칸 궁전의 박물관은 1층 회화관, 피오 클레멘노 미술관, 이집트 박물관, 키아라몬티 박물관, 시스티나 예배당으로 구성되어 있다. 그 중 지하의 시스티나 예배당의 '최후의 심판'이 단연 압권임은 두 말할 필요가 없다.

구약성서를 소재로 정면에는 '최후의 심판', 맞은편에는 '그리스도 전', '모세 전'이 펼쳐져 있는 대형 벽화(壁畵)다. 천장에는 구약성서와 창세기를 중심으로 '예언자', '무녀의 상', '아담의 창조', '노아의 홍수' 등 천지창조 과정이 그려져 있다. 물론, 들은 바 그대로 훌륭하고도 대단한 그림이다. 그 중에도 '최후의 심판'을 그리기 위해 자그마치 6년 동안 화가 미켈란젤로가 헌신적으로 몸을 바쳤다니, 눈물겹도록 그저 놀라울 뿐이다. 명화 '고통과 환희'에서도 그렇게 연출됐듯이 긴 세월동안 미켈란젤로가 등이 굽어질 정도로 심혈을 기울였던 작품인 때문이다. 물감재료에 시력을 잃고, 눈물을 삼키며 그렸다는 작품 제작은 그의 희생적 동기와 끈질긴 인내력에서 빛을 발한다 할까.

'콜로세움(Colosseo)'은 기원전 80년에 완성된 대형 원형투기장 겸 극장이다. 그런데 수용인원은 6만 명이며, 기독교의 박해장이기도 했다고 한다. 유적지 중 가장 규모가 크며, 최대지름 188m, 최소지름 156m, 둘레 527m, 높이 57m의 4층인 타원형으로, 전설로는 거대하다는 뜻을 지닌 이름이다.

영화 '로마의 휴일'로 유명한 '스페인 광장(Piazza di Spagna)'은 137개의 스페인 계단과 트리니타 디몬티 교회의 종탑 및 오벨리스크가 이채롭다. 이름난 쇼핑가 코르소 거리 광장에는 보트 모양의 17세기 대리석 분수가 있다. 이름은 '바르카시아'이다. 여행자들이 쉴 수 있고, 만남의 장소로도 유명하다. 광장 근처는 괴테, 보들레르, 리스트 같은 유명 인사들에게 인기 있던 그레코 카페가 있단다. 갈 길이 바쁜 우린 귀동냥만으로 만족하였다.

때마침 '트레비 분수(Fontana di Trevi)'가 시선을 끌었다. 교황 13세에 의해 분수 설계 공모전에 당선된 것인데, 자그마치 30년 만에 완성이 되었단다. 분수의 물은 '처녀의 샘'이라 하며, 전쟁에서 돌아온 목마른 병사에게 한 처녀가 샘이 있는 곳을 알려주었다는 전설을 품고 있다. 트레비 분수에 동전을 던지면 다시 로마로 돌아올 수 있다는 것이다.

오늘도 등 뒤로 동전을 던지는 관광객이 넘친다. 동전을 한 번 던지면 로마를 다시 찾을 수 있고, 두 번 던지면 사랑이 이루어지고, 세 번엔 사랑하는 사람과 이별한다는 전설도 있다.

거기에 던져진 동전은 액수가 엄청난데, 그걸 수거하여 자선사업에 쓴단다. 관광객들이 뿌리는 돈도 엄청난데 관광 외 수입까지 많다니 이래저래 돈이 돈을 번다는 우리네 속담이 절로 생각나는 분수가 곧 트레비이다.

그밖에 고대 로마에서 마차로 경주를 벌인 장소인 타원형의 나보나 광장에는 네뚜노 분수며, 피우미 분수, 모로 분수가 있다고 한다. 그러나 시간에 쫓긴 우리는 아쉬움만 삼킬 뿐, 답사하지 못해서 자꾸만 뒤가 돌아보였다.

베르사유 궁전

절대왕정의 상징이기도 한 베르사유 궁전. 세계 5대 왕실 중 하나로 꼽힐 만큼 그 화려함에 나는 입을 다물지 못했다. 정문의 쇠창살부터 그 선과 조각이 무척 아름다웠기 때문이다. 모든 것에 심혈을 기울인 프랑스 인들의 미적 감각일 게다. 궁전 주변 조각상들은 살아있는 인간 이상으로 신의 피조물 가운데 가장 뛰어난 작품이 아닐까 여겨졌다.

베르사유 궁전은 1634년에 루이 13세에 의해 사냥 궁으로 세워졌다고 한다. 그러다 아들인 루이 14세가 다시 확장공사를 한 것이란다.

'짐(朕)이 곧 국가다(L'Etat, c'est moi)' 라고 한 절대 왕권의 화신 루이 14세. 그는 누구였던가.

소년 왕 루이 14세는 정치를 모후와 재상에게 맡겨둔 채, 애인라 발리에르와 자주 밤을 지새웠다고 한다. 정치적으로 시끄러운 파리보다는 에덴동산 같은 이곳이 지내기 편하다고 생각하던 중, 친정(親政)을 열자 베르사유 궁전의 착수를 명령했다는 것이다. 당시 왕궁의 재산을 관리하던 재무장관 푸케는 호화저택에서 수백 명의 하인을 거느린 사람이었다.

그는 분수를 넘어 호화판 생활로 루이 14세에 의해 파국을 당했는데, 그때, '인공과 황금의 힘으로 자연을 개량하는 것이 즐겁지 않으냐?'며 제작했다는 역사 이야기가 있다.

루이 14세의 절대왕권은 귀족들과 더불어 이곳 궁전에서 환락의 절정을 누렸으며, 왕권신수설도 이 같은 권력을 뒷받침해주었다. 백년 넘게 왕실 가족과 정부가 머물렀는데, 1682년부터 프랑스 대혁명이 일어났던 1789년까지라는 가이드의 설명이 곁들여졌다. 1870년에는 프러시아 군사정부가 주둔했고, 1년 후에는 프러시아 왕 빌헬름 1세의 이름 아래 대관식을 가졌다는 것이다.

궁전 정면에 만들어진 아폴로의 분수를 만난 나는 무엇보다 그들의 스케일에 감탄을 쏟아냈다. 아폴로가 하늘을 가로지르는 여행을 하기 위하여 태양의 전차를 끌어 올려 네 마리의 군마(軍馬)로 새벽 벌판을 달려 나가는 힘차고 용감한 모습이 금방이라도 하늘을 날아오를 듯했다.

막강한 세력을 자랑하던 루이 14세가 자신의 권력과 재력을 총동원해 무려 50여 년이라는 긴 세월을 걸쳐 만들어낸 베르사유 궁전과 광대한 정원이 우리 눈앞에 펼쳐졌다. 궁전 정원이 자리한 곳은 원래 늪 지역이었는데, 국민들의 땀과 피를 담보하여 이뤄냈다는 것이다. 그들 국민의 피땀으로 태어난 궁전인데 어찌 대충 훑어보겠는가. 내 감성은 부풀어졌고, 눈빛의 동공이 자꾸만 넓어져 갔다.

숲을 조성한 후 분수와 운하를 만들기 위해 센 강의 흐름까지 바꾸어낸 루이 14세가 괜히 당찬 인물로 느껴졌을까. 지난 날 막강했던 부르봉 왕가의 세력이 피부로 와 닿는 듯해서다.

이런 환상적인 궁전의 공사로 결국 왕가의 재정이 파탄 난 건 당연했을 것이다. 그리고 힘없는 서민 생활의 피폐로 이어져 결국 프랑스혁명을 불러일으킨 계기가 됐으리라. 당시에 희희낙락했던 대부분의 인물은 뒷날 콩코드 광장에서 단두대의 이슬로 사라졌다는 역사를 듣고, 사필귀정이란 단어를 떠올려 보았다. 과연 권세와 욕망의 끝이 어딜까, 품은 궁금증이 깊은 사색에 빠져들게 하였다.

궁전의 정원은 광대하다는 표현으로는 모자랄 지경이었다. 끝이 보이지 않을 만큼 넓기 때문에 걷기가 부담스러웠다 할까. 그러나 내 인생에서 언제 또 이곳 궁전을 다시 오게 될지 모른다는 아쉬운 생각에 나름 열심히 잰걸음으로 누벼 보았다.

100분이 걸린다는 그 시간을 다 채울 순 없었다. 그렇지만 인위적인 화려함에도 이렇게 푸근히 취할 수 있다는 그 사실이 나를 흥분되게 하였다. 결국 사치한 면에서 세계 어느 궁전도 베르사유를 능가하는 곳은 없으리라는 생각에 나는 스스로 훨훨 상상의 포로가 되어버렸다.

세계사를 책자로 혹은, 청력으로 전해 듣던 학생시절 때부터 동경해 오던 베르사유 궁전. 중년의 문턱에서 이렇게 감사하게도 현장에서 본 감회를 누군들 나만큼 설렘으로 이해할까. 돌아가면 사랑하는 내 분신들도 계획을 세워 꼭 한 번 다녀보라고, 침이 마르도록 권할 작정이다. 물건이든 돈이든 더욱 알뜰히 아껴 쓰는 왕소금에다 짠돌이 구두쇠가 되어서라도.

만남은 헤어짐을 위한 전주곡인가. 프랑스에서 가이드하면서 학비를 벌어 보탠다는 한국인 유학생을 만나서 안내를 받은 우린 드디어 그들과 헤어져야 할 시간 앞에 섰다.

그런데, 웬일인지 나는 그들과 마지막 악수를 나누면서 자꾸만 눈시울이 젖어들었다. 아들 같은 정서에 뜨거운 피가 흐르는 동포애 탓일까.

난 속으로 부지런하고 배움에 처한 그들 젊은이들을 위해 뜨겁게 건강과 행운을 빌어주었다. 그러곤 다음 일정에 쫓긴 우리는 바쁜 움직임으로 에어프랑스에 몸을 실었다.

굿바이 베르사유!

진실의 입

　로마는 휴일이 아니었지만, 트레비 분수의 주변에는 많은 사람들로 붐볐다. 각국에서 구름떼처럼 모여 든 관광객들로.

　작은 왕국의 공주인 앤은 로마 순방 중 궁궐을 빠져 나온다. 로마 시내에서 앤 공주가 처음 한 일은 트레비 분수 옆 미용실에서 긴 머리를 자른 것이다. 이 쇼트커트가 헵번스타일로 유행하면서 문화적인 역사의 한 자락을 만들어 낸 '로마의 휴일' 영화 이야기이다.

　트레비란 이름은 삼거리란 뜻을 지녔는데, 그곳을 찾아간 사람들은 분수에 동전 세 개를 던져 넣는 풍습을 만들어 냈다. 하나는 로마에 다시 올 수 있도록, 두 번째는 연인을 만날 수 있게, 세 번째로는 그 연인과 결혼하게 해 달라고 비는 소원이다.

　우리 일행도 남들처럼 동전을 오른손으로 쥐고, 왼쪽 어깨 너머로 던졌다. 참으로 유치한 건, 오른손에 동전을 들고 왼쪽 어깨 너머로 던져야 효력이 발생한다는 조건이다. 하지만 우리는 가장 우아한 자세로 동전을 던졌다. 로마로 다시 올 수 있다는 전설이 현실로 이루어지기를 바라는 간절한 뜻에서다.

트레비 분수를 떠나 규모가 작은 사립학교를 방문하였다. 학교는 로마 시내의 도로 변에 있는 평범한 건물이어서 학교 건물 같은 생각이 들지 않았다.

안내자로부터 간단한 소개를 듣고, 학교 안을 둘러보았다. 사립학교는 오래전, 1700년대에 문을 열었다니 역사가 꽤나 긴 셈이다. 유치부와 초등부 과정이 있는데 유치부 100명, 초등부 200명 정도가 공부하는 아담한 배움터였다.

그런데 낡아 보였던 외양과는 달리 내부는 정갈하고, 현대적인 시설이었다. 교실도 별다른 환경이거나 특이하지 않았는데, 한 반에 25명 정도가 수업을 받고 있다고 했다. 복도의 끝에는 넉넉한 크기의 사물함이 갖춰져 있어 학생들이 무거운 가방을 들지 않아도 될 것 같아 좋아 보였다.

학교의 건학 이념에 따라 신앙을 중심으로 한 인성교육에 중점을 둔다는 그들의 교육방식에 수긍이 갔다. 특이한 점은 아무리 둘러보아도 운동장이 보이지 않았다. 대신 작은 광장이 보였다. 이곳도 유럽지역의 다른 데와 마찬가지로 운동장이 필요 없는 모양이었다. 곳곳에 공원과 스포츠 시설이 많아서 그곳을 이용하면 된다니, 우리네 교육환경과는 아주 딴판인 셈이다. 우리는 학교 운동장을 동네 체육시설로 활용하고 있는 점이 그들과는 달랐다 할까.

우렁차게 들리는 아이들 소리를 뒤로하고, 다음 목적지인 콜로세움으로 발걸음을 재촉하였다.

먼저 고대 로마의 공화정치의 현장으로 재판과 상거래 등 시민 생활의 중심지였다는 '포로 로마노(Foro Romano)'를 보았다. 유감스럽게도 몇 개의 기둥과 터만 남아 있어 안타까웠다. 그나마 제대로 모양을 유지하고 있는 개선문을 지나 그 시대를 상상하면서 걷다보니, 우리 앞에 기대한 콜로세움이 눈앞에 나타났다.

쉽게 말해서 원형의 커다란 경기장이었다. 둥근 아치형의 수많은 문이 만들어져 있어 많은 사람들이 드나들고 있었다. 균형 잡힌 모습이 지금의 여러 경기장의 기원이란 말도 들었다. 안으로 들어서니 맹수를 키워 수많은 기독교인을 박해했다는 잔인함에 등골이 오싹하였다.

한편, 죽음도 마다 않던 당시 기독교인의 열정적인 모습이 눈앞에 펼쳐졌다. 초만원을 이룬 시민들의 함성 속에 잔혹한 투기가 이루어졌던 현장이 세월의 무상함을 드러내고 있었다 할까. 지금은 구멍이 숭숭 뚫린 폐허로 남아 있을 뿐이다.

콜로세움 주위에 진을 치고 있는 많은 한국말 하는 상인들을 보며, 신장된 대한민국의 국력이 다시 한 번 대견한 걸 알게 되었다.

다음 목적지는 기독교인의 박해에 관한 기념비적 장소인 '카타콤베'였다. '카타콤베'는 기독교인의 예배은신처로 사용되었던 지하 공동묘지이다. 경사진 지하 계단을 조심조심 내려가니 좁은 길의 양쪽 벽에 관을 넣었다는 커다란 구멍들이 보였다. 작은 것은 대여섯 개에서 많게는 열 개까지 많은 구멍이 뚫려 있다. 어떻게 이런 곳을 만들었고, 감히 그렇게 만들 생각을 했는지 놀라워 입이 다물어지지 않았다.

기독교인들은 이 모든 것을 오로지 손과 간단한 도구로만 만들었다고 자랑을 해댄다. 오늘날과 같이 철골과 시멘트를 사용해도 잘못하면 무너져 내리기 쉬운데, 긴 세월 동안 무너짐은커녕 더욱 단단하다니 불가사의한 일이 아닐 수 없었다. 그건 어쩌면 우리가 문명이 발달한 시대에 살고 있다는 잘못된 생각에서 빚어진 걸까? 우리 보다 훨씬 이전의 조상들이 더욱 발달된 생활을 한 것은 아닐까 하는 의혹이 자꾸만 생겨났다.

통로는 좁고 답답했다. 하지만 습기도 없고 선선하여 쾌적함이 느껴졌다. 혼자서 들어가면 길을 잃기 때문에 반드시 가이드를 따라 들어가야 한다는 주의사항을 귀에 담았다. 그곳에 숨어 살며 끝까지 흔들리지 않았던 믿음의 흔적들을 보니 괜스레 마음이 저려 왔다. 작은 고통도 참지 못하는 현대인들이 꼭 한 번은 답사해야 할 장소라는 생각을 해보았다.

영화 '로마의 휴일'의 앤 공주와 기자가 오토바이를 타고 시내 관광을 다녔던, 재미있겠다 싶은 곳이 바로 진실의 입인 장소이다. 이것은 보카델라 베리타 광장의 산타마리아 인 코스메딘 교회에 자리 잡고 있었다. 그런데, 본래는 하수도 뚜껑이었다니, 참 재미있다는 생각이 들었다.

영화로 인해 더 유명해진 '진실의 입'은 기원전 4세기에 만들어
졌다 한다. '진실의 입'은 누구든 거짓말을 하면 입안에 넣은 손이
빠지지 않는다는 전설을 가진, 둥근 모양으로 구멍이 뚫린 넓적한
돌이다. 진실의 입에서 느낀 건 예나 지금이나 동양이나 서양이나
장소 시대를 불문하고 거짓말은 통용되지 않았던 모양이다.

우리는 어린애처럼 줄을 서서 조각품의 입안에 손을 넣은 채,
사진을 찍었다. 옆에서 지켜본 사람들은 그런 우리의 표정이 우스
웠던지 '호호호' 웃어주었다. 그때, 관심이 많다 싶은 어떤 관광객
아가씨가 다가가서 그 안을 들여다보고 있었다. 입은 뚫린 돌의
구멍이라지만, 진실의 행방이 궁금해서 그랬을까?

나는 그곳을 떠나오면서 가슴 깊숙한 곳에다 믿음 한 가닥을 묻
어두었다. 이다음에 다시 한 번 더 진실의 입안에 손을 넣게 된다
면 꼭 소원을 빌고 싶은 게 있었다. 모든 것 다 뒤로 미뤄 둔 채, 유
럽 구석구석을 더도 덜도 말고, 딱 반년만 돌아다녀봤으면 하는
욕심이 그거였다.

왜냐면, 트레비 분수에 동전을 던져 넣을 때, 죽기 전에 필히 로
마로 다시 찾아올 행운을 지극정성으로 빌었던 때문이다. 그리하
여 하늘이 와장창 무너진다 해도 나는 그 효력을 굴뚝같이 믿고
싶은 때문이다!

진실의 입이 전설로 탄생된 것은 오직 진실의 말만을 하라는 옛
유럽인들은 물론, 인류 모두의 진실 된 로맨스라 여겨져서……

영국의 빗방울

앨버트 금 동상이 세워진, 런던에서 세 번째로 큰 하이드 공원을 들어서면서부터 나는 빅토리아 여왕의 모습이 궁금해졌다. 왜냐면, 가이드의 말로 빅토리아에 대한 이야기가 길었던 때문이다.

잘생긴 남성 앨버트 공이 빅토리아 여왕과 결혼을 했다. 그런데, 첫날밤을 못 치렀다는 전설 같은 이야기를 듣고, 나는 거기서 수없이 고개를 갸웃거렸다. 첫날밤을 치렀거나, 아니면 반납했거나 둘 중의 하나 일 거란 나름의 추측을 접으며, 그 시간부터 빅토리아 여왕을 사랑하기로 맘을 먹어버렸다. 왜냐면, 여왕의 재위기간이 자그마치 64년이라니 그만큼 존경심이 솟아났던 것이다.

빅토리아 여왕은 1819년 5월 런던 캔싱턴 궁에서 태어났다 한다. 그 영욕의 긴 세월이 흘러 1901년 왕실 소유 와이트 섬 오스본 하우스에서 숨을 거두었다니, 그 사연들이 얼마나 많을까 궁금증에 치인다.

빅토리아 여왕의 제위 기간은 1837~1901년, 자그마치 64년으로 아버지는 조지 3세의 4남인 켄트 공(公) 하노버 왕가의 마지막 군주였다.

빅토리아는 태어난 이듬해 아버지를 잃은 슬픔으로 독일 출신의 어머니와 독일계 보모(保姆)의 손에서 엄하게 성장을 하였다. 그러다 큰아버지인 윌리엄 4세가 죽자 18세의 나이로 왕위를 계승하게 됐다. 하노버 왕가에서는 여자의 상속권이 인정되지 않았던 시대라서 그랬을까. 왕가가 성립한 이후로 계속된 영국과 하노버의 동일군주 관계는 끝이 나고, 빅토리아가 영국 왕위만을 어렵게 계승하게 됐다고 한다.

즉위 당시의 총리이던 W. L. 멜번이 어진 아버지 같은 태도로 그녀를 자상하게 지도해주었다. 1840년 사촌인 색스코버그 고터 가(家)의 앨버트 공(公)과 결혼을 했더란다. 그런데, 독일 출신인 앨버트 공은 영국에서 무시를 당했다니 텃새가 동서고금 어디든 존재하나 보다. 그 뿐만 아니라 처음에는 빅토리아도 별로 애정을 주지 않았다.

그럼에도 남편인 앨버트 공은 자신의 높은 인격과 풍부한 교양으로 여왕에게 좋은 조언과 이해를 듬뿍 주었다. 공사(公事)와 가정 생활에서 믿음직한 외조를 해주었던 것이다. 알게 모르게 이기적이던 그녀가 국민으로부터 자랑과 존경받는 여왕으로 자라날 수 있었던 것은 앨버트 공의 도움이 엄청나게 컸던 덕이랄까. 여왕도

그때부터 지아비의 어진 인품에 감화되어 남편을 깊이 사랑하게
되었다.

1861년, 앨버트 공이 42세의 나이로 죽었다. 그녀는 슬퍼서 뜨
거운 눈물을 쏟으며 비탄에 잠겼다. 결국 버킹검 궁에 틀어박힌
채 모든 국무(國務)에서 손을 떼버렸다.

그러다 B. 디즈레일리의 설득에 아픈 마음을 추스르며 다시 제
자리를 찾아갔다. 그는 자기가 몸담은 보수당 의견을 존중하여,
그가 바치는 인도 여제(女帝)의 제관(帝冠)까지 받게 된 때가 77년이
었다. 독일, 러시아 등과도 좋은 관계를 맺었고, 아홉 명의 자녀들
과 행복한 말년에 취했다. 그러다 보어전쟁이 한창 진행 중, 64년
간의 치세(治世)를 마쳤다.

여왕의 치세는 영국의 전성기였다. 자본주의의 선두 선진국이
됐고, 정치는 디즈레일리와 W. 글래드스턴으로 대표되는 2대 정
당제(二大 政黨制) 의회정치가 전형적으로 전개되었다.

당시 그녀는 '군림(君臨)하되 통치하지 않는다' 는 원칙을 굳게
지켰다. 그렇지만, 강한 개성으로 강경 외교를 밀고 나가는 H. J.
파머스턴과 알력이 생겼다. 게다가 보수주의로 기운 후반기 글래
드스턴의 자유주의에 대해 비판을 해댔다. 그럼에도 본분을 지킨
그녀는 해가 지지 않는 신사의 나라 영국의 패턴을 세웠던 것이다.

1837년부터 1901년. 그동안 영국의 거대한 상징이었던 빅토리
아 여왕. 결코 정치적 파워가 아니면서 오늘날까지도 빅토리아 시
대로 불리도록 만든 여장부였다.

여왕으로서 빅토리아는 그 시대의 가치를 구체적으로 명시하였다. 빅토리아 정신에는 의무, 검소, 정직과, 성실이 있다. 현대는 빅토리아 중산계층으로 대부분 이러한 자질들이 기본에 깔려있다고 한다. 사회 각 계층의 사람들이 공유한 사상은 빅토리아의 엄격한 도덕적 규칙과 습관을 지켜냈고, 신봉했던 결과이다.

남편 앨버트는 빅토리아보다 낮은 지위에 있었다. 하지만 빅토리아는 애정으로 남편에게 충실한 부인이었음을 평가받고 싶어 했다. 남편이 사망하자 검은 상복을 입었는데, 영국의 중산층과 노동계층은 큰 신뢰를 느꼈다는 이야기가 훗날까지 전해져 내려왔다.

여왕 빅토리아는 국민에게 존경의 상징이었다. 서민들은 그들의 빵값을 벌고, 부자들은 보상을 받는다고 스스로 평가했다니 마음이 따뜻한 여걸이었다는 느낌이다.

앨버트 공원을 나설 땐 빗방울이 툭툭 얼굴에 떨어졌다. 안개와 비가 그칠 날이 없다는 나라 영국. 이곳에서 떨어지는 빗방울을 내가 언제 또다시 와서 촉촉하니 맞을 수 있겠는가. 그런 까닭에 나는 그 귀한 빗방울들을 실컷 맞으러 일부러 어정거렸다. 아주 천천히, 더욱 느리게······.

월드컵을 거머쥔 나라

인간의 힘으로는 어쩔 수 없는 징크스. 그 승부차기 징크스에 절여진 영국. 1990년 이탈리아 월드컵과 1998년 프랑스 월드컵에서 승부차기로 패배했던 영국이 결국 2006년에도 '룰렛 게임'의 벽을 넘지 못했다. 역시 이변은 없었다. 그만큼 2006년 독일 월드컵은 예의 강대국들 '잔치'라는 소리를 들었다. 결국 '골대를 맞추면 진다'는 속설을 웃어넘긴 이탈리아가 독일과의 승부차기에서 기적 같은 승리를 맛본 것이다.

두드러진 점은 공격 축구의 필요성을 설파한 FIFA의 노력에도 갈수록 골 가뭄이 심해서 147골로 이번 월드컵은 끝이 났다. 5대 3. 따라서 이탈리아가 승부차기해서 얻은 점수로 지구촌을 흔들던 2006년 월드컵 축구열기도 풍선에 바람 빠지듯 서서히 식어가고 있다. 해가 떠도 함성, 밤에 더욱 열광하던 지구촌 축구 마니아들의 환호가 언제 지축을 흔들었나 싶게 제 본래 모습을 찾아가는 모양이다. 시간의 위대함은 모든 걸 제자리로 갖다놓는다는 점이다.

월드컵 연장전에서 취한 승리의 점수에 기쁨의 노예가 된 이탈리아 축구인들을 보면서 나는 두 해 전 그곳 땅을 밟은 기억을 더듬었다. 그들 특유의 시원한 키라든가, 조각상처럼 생긴 입체적인 모습, 작은 일에도 열정의 국민성에다 천연적으로 혜택을 받은 나라란 것이 무척 부러웠던 지구촌 이탈리아.

이탈리아는 지중해 중앙부에서 남동으로 길게 걸쳐 장화 모양을 한 반도의 시칠리아, 사르데냐의 두 섬 가운데 있다. 지도상에는 북쪽의 알프스 산맥을 경계해서 프랑스, 스위스, 오스트리아와 동쪽에는 아드리아 바다에, 유고와도 접한다. 서쪽으로는 티레니아 해를 낀 반도를 기준, 남북으로 아펜니노 산맥과 그 산맥의 동으로부터 제노바, 피사, 로마, 나폴리 등의 주요 고대 도시가 있다. 그리고 알프스 산맥과 아펜니노 산맥 사이 포강 유역엔 롬바르디아 평원이 펼쳐져 있다.

산림이 그들 국토의 80%다. 남북으로 길게 태어난 땅덩이는 늘 온난하다. 강수량은 1,000mm 정도이고, 온난다습한 지중해성 기후다.

한때 이탈리아는 고대 세계의 최강국이었다. 5세기경 로마제국의 멸망은 황제 권력의 약화로 이어졌고, 봉건 영주의 도시국가이다가 1861년에 사르데냐에 의해 이탈리아 왕국으로 통일되는 혼

246

미를 거듭했다.

폼페이는 로마 귀족들의 별장 지대였다. 육·해상의 중심지로써 상공업이 크게 발달, 향락에서 타락의 도시로 바뀐 그곳이 하늘로부터 대 재앙을 입은 것은 기원전 79년 8월이란다. 베수비오(Vesuvius) 화산의 폭발로 분출된 화산재와 유독가스로 최후를 맞은 도시이다. 그 엄청난 비극은 실제 목격자가 남긴 두 통의 편지에 의해 전설로 전해졌다니, 기록이 문화를 만드는 매체라서 메모 습관에 풍덩 빠질까보다. 향락이 지나쳐 하늘로부터 큰 벌이 내려진 '폼페이 최후'라는 영화의 장면들을 떠올리며, 옛날 청동과 대리석을 발견했다는 한 농부의 관찰력에 감탄을 보냈다. 그건 곧, 돌 한 개의 위력이다!

그들 문화에선 아름다운 대리석을 깎아낸 분수를 빼고는 이야기가 안 된다. 한 해 5,000만 명이 찾아오는 관광 수익이 연 1,800억 불 이상인데, 나보나 광장의 트레비 분수 앞에는 피부가 각양각색인 사람들이 바글거렸다.

분수라는 존재는 정원이나 궁전의 도시 디자인에 중요한 요소로 자리 잡았다. 고대 메소포타미아와 아시리아 왕국에서는 지역적으로 건조하고 더운 기후조건에 대처하느라 분수를 설치했던 모양이다. BC 시절부터 얼마나 과학적 삶을 살았으며, 왕궁을 호화스럽게 꾸몄는지 감탄과 용심이 절로 솟는다.

예로부터 그리스 인들은 샘[泉]을 신성한 것으로 숭앙했다. 물의 낙차와 압력을 이용해 신전과 공공건물 광장 내에 인공적인 분수를 만들어 앉혔다. 허공으로 뿜어올리는 분수가 신과 님프나 영웅을 상징했던 것이다. 또, 광장문화에 젖어 꾸역꾸역 모여든 사람들에게 공동수도 구실도 하였다니 얼마나 실용적인가.

고대 로마제국에는 풍부한 수량과 뛰어난 예술품으로 만든 대규모의 분수가 궁전은 물론, 광장과 개인주택에까지 설치되었다. 그리스도교가 퍼져 로마제국의 국교가 될 즈음, 분수는 정화의 상징이 되었다. 그래서 교회당 정원이나 비잔틴 문화국과 유럽 사원에도 설치하기에 이르렀다.

14세기 르네상스 시대는 멋지게 조각된 분수로 장식적인 효과를 노렸다. 많은 귀족이나 성주, 상인과 부호의 저택에는 물론, 주요 광장을 화려하게 장식했고, 또한 대접받았다. 로마의 대표적인 분수로는 영화 '애천(愛泉)'으로 아주 유명해진 나보나 광장의 '트레비(Trevi) 분수'를 들 수 있다. 저 '폭포의 분수'와 '벽촌의 분수'는 아직도 유명세를 타고 있단다.

그밖에도 화려한 분수가 많았으며 또한, 아름다움도 극에 달했더란다. 그 찬란한 르네상스 문화가 꽃핀 덕분에 요즘도 그곳을 찾는 이들에게 큰 즐거움을 주고 있으니 감사한 일이다.

당시 분수를 만든 이는 프랑스의 유명한 건축가이자 조경가인 A. 르노트르라는 사람이 설계한 게 많았다 한다. 파리 교외의 베르사유 궁전 정원에 있는 아폴로신의 분수와 넵튠의 분수, 라토나 분수, 용(龍)의 분수 등 화려하고 웅장하다고 했지만, 우린 여건상 찾아가지 못해 아쉬웠다.

그들의 분수는 오늘도 많은 사람의 시선을 끌고 있을 것이다. 나폴레옹 시대를 거쳐 루이 왕조가 복귀되고, 나폴레옹 3세를 거치는 사이 이웃나라 프랑스는 분수를 개조, 예술적으로 창조했기 때문에.

근대 과학은 그들의 분수에도 적용되었다. 밤의 효과를 위해 여러 개의 전광(電光)으로 분수를 조명하여 색을 물들이고, 동력 모터로 분수 구를 회전시켰다. 그것이 '물의 춤(water dance)' 효과다. 현대 도시환경에선 낙차를 이용하여 하늘로 용출시키는 분수나 벽을 흐르는 벽천(壁泉)이 그 예일 것이다.

그토록 뜨거웠던 월드컵 함성이 아직도 귓가에 떠도는 지금, 나는 어느 상업건물에서 반짝거리는 대리석 바닥을 걷고 있다. 그 대리석은 이탈리아에서 수입한 것들이다. 천혜의 복을 타고난 이탈리아는 멋스러운 대리석으로 세계의 건축물을 빛나게 만들고 있다.

그런데도 관광도로를 고치는 그들의 알뜰한 장면이 생생하게 떠오른다. 자잘하고 때가 묻어 새까만 길 위에 깔렸던 돌들을 하나하나 걷어 다시 길을 고친 후, 그 위를 깔아가던 그들의 알뜰한 모습이 관광객 시선에 꽂혔던 것이다. 돌을 수출해서 많은 돈을 벌어들이는 이탈리아는 자원이 풍부하지만 알뜰한 국민성을 지켜가고 있는 셈이다.

그들은 조상 시절부터 길에 깔렸던 작은 돌들을 소중히 걷었다가 새로 고친 길 위에 다시 깔아서 관광객들에게 고대 로마를 보여주고 있었다. 옛것을 아끼고, 다시 고쳐가며 관광수입을 올리는, 알뜰함과 튀는 정열이 월드컵 승리와도 무관하지 않아 보인다.

인도에 두고 온 눈물

주황색 두건과 치렁한 귀고리, 목걸이며 반지는 보통 스님의 차림이 아니었다. 그 스님은 소설 『만다라』의 모델이었단다. 비록 그 사실을 확인하지는 못했지만 자신의 격을 높인 그의 글은 읽었다. 특이한 그의 이력엔 열아홉에 입산했다가 수차례 하산을 했고, 연애를 수없이 실패하면서 삶 또한 포기한 상태였던 스님인 걸 알게 되었다.

부담감이 없음에도 쉰 후반의 나이에 더욱 황당한 것은 네 번째 애인이 자살하면서 남겨준 돈에 목을 맨 채, 인도로 떠난 여행담이었다는 점이다. 자신에게 남은 거라곤 자살뿐이라 생각한 50대의 그에겐 현몽 스님이란 직함까지 소유하고 있었다.

나는 그가 쓴 『인도에 두고 온 눈물』을 읽은 지 몇 년 만에, 간당간당한 형편대로 인도 행 여정에 올랐다. 남매를 사랑으로 키우고 직장에 충실한, 동생 내외를 동반해서다.

2008년 1월 중순, 낮 열두 시 사십 분. 나의 온몸을 휘감아버린 감기를 떨쳐 내지 못한 채, 인도 행 비행기 트랩에 올랐다. 7시간 남짓 걸린다는 비행시간이 바람의 저항을 받아 9시간도 넘어서 인도의 델리 인디라 간디 국제공항에 착륙했다.

그런데 델리 공항을 벗어나서 저녁을 먹으러 찾아간 식당 문 앞에서 인도의 불청객들 출현에 모두 깜짝 놀라고 말았다. 말로만 듣고 어리둥절했던, 가난한 이들의 구걸 행위와 마주친 것이다. 그들은 가족단위였다. 내외와 일곱의 자녀들……. 구걸로 살아가는 이들치곤 가족이 너무 방대한 느낌이었다. 그렇지만 그 진위여부는 알 수가 없었다. 아무래도 일자리가 부족하고, 형편이 궁하니 구걸의 길로 나서게 됐을 것이다. 그렇게라도 비비고 엉겨 살아가려 노력하는 그들을 차라리 공감하고 싶었다.

GDP가 훨씬 높은 우리네는 어떤가? 핵가족화 돼 버린 단출한 현실은 혼자 쓸쓸히 밥을 먹고, 무엇보다 개인주의에 물이 든, 베이비붐 세대 운운하면서 노령인구 문제를 걱정하는 시대가 되어 있지 않은가.

가이드는 걸인들의 출현에 놀란 우리에게 조금도 개의치 말라는 부탁을 해왔다. 관광객, 특히 한국인들의 값싼 동정이 그들의 상황을 더욱 악화시킬 뿐이란 말이었다. 그때부터 관광객들의 입이 굳게 닫힌 채, 차창 밖 어둠 속으로 시선을 꽂기에 바빴다. 덜컹거린 버스에 실려 숙소를 찾는 이동시간 내내.

숙소가 있는 마을은 온통 먹물처럼 깜깜해서 이방인의 동공을 더욱 크게 만들었다. 모든 사물을 덮은 어둠은 분간이 안 돼 불편하였다. 반면, 추한 걸 가려주는 양면성을 지닌 신비함도 있었다 할까. 이튿날 아침이면 쓰레기로 뒤덮인 거리가 눈앞에 펼쳐질 것을 짐작조차 못했으므로.

심야에 영상기기를 작동하면서 '메이드 인 코리아' 딱지를 만났다. 우리 상품이 먼 나라 인도에서 국위를 선양하고 있다는 생각에 어깨가 으쓱거려졌다.

밤이 깊어지자 기온이 내려가 추웠다. 옷을 두 겹씩 껴입은 채로 잠을 청했지만 난방이 후져서 고생이었다. 1월께 인도의 날씨는 낮 최고가 25도의 여름이라지만 저녁에는 기온이 팍 떨어진 때문이다. 따뜻한 온돌이 그리워 자신도 모르게 끙끙거렸다.

한여름 인도의 수은주는 섭씨 40도를 육박한단다. 모든 사물이 더위에 지쳐 허덕거리기 때문에 주거시설에선 냉방장치가 필수라 했다. 그렇지만 난방은 별로 신경을 쓰지 않은 채, 건축하는 모양이었다. 국제 유가가 치솟다 보니 우리 역시 집안의 난방비가 겁나서 자꾸 아끼고 오들오들 떨면서 산다고 여겼다.

그런데, 그게 환상 같은 착각이란 걸 깨달았다. 인도의 호텔에서 옷을 껴입은 채 추위를 당하고 보니, 실내를 14도로 유지한 내 거처인 주택의 온기가 너무 과하다 싶은 생각까지 들었으니 말이다.

이튿날 새벽, 먼동이 틀 무렵이다. 호텔 뷔페식당에서 달걀 프라이 두 개로 아침을 마친 후, 관광버스에 올랐다. 연꽃 사원을 찾아가기 위해서다.

만 명이 동시에 기도할 수 있는 회교 모스크 지마맛스지드는 연꽃모형의 사원이다. 현지에는 오렌지를 자른 형태의, 호주의 멋진 오페라 하우스처럼 우아한 연꽃 자태를 지닌 사원이 날아갈 듯 사뿐히 앉아있다. 싱그러운 녹색 풀밭 위 하얀 연꽃 사원을 찾는 관광객들과 순례자들의 꼬리는 끝이 보이지 않았다. 어쩌면 그 많은 사람들이야말로 인도의 인력자원이 아닐까 싶었다.

사원 내부로 입실하기 위해 사람들은 신발을 벗고, 덧버선을 갖춰 신는다. 사원 내부를 둘러본 후, 남들처럼 간절한 기도를 올리는 나를 발견하였다. 내 몸을 장악한 질긴 감기를 떨쳐내고 싶었던 것이다. 아무래도 신앙은 애틋하고 경건함에서 묻어나는 의식이 아닐까.

사원을 출발하여 정부 청사 빌딩들이 늘어선 구 델리 시가지를 구경하였다. 곳곳에는 법의 날 기념이 내일모레라며, 현수막들이 바람에 펄럭여 깃발처럼 나부꼈다. 그들은 법의 날을 거창하게 기념하는 모양이었다. 현 시대는 법 없이 단 하루도 살아갈 수 없는 세상이니 그럴 만도 할 것이다.

오후, 뉴델리 역을 향해 이동했는데, 네 시가 넘어 도착했다. 인구 백만을 바라보는 도시 바나라시 행 열차를 타기 위해서다. 6시 40분에 출발하는 특급열차인데, 3층으로 된 침대차다. 말로만 듣던 침대열차였다. 그렇지만 적잖게 실망을 했다.

맨 아래층에는 인도 사람인 듯 보이는 노인 부부가 차지했다.

침대열차 칸 2층에 누운 나는 3층 칸에서 잠을 청하는 남편한테 괜찮은지, 몇 번씩 안부를 물었다. 난생처음 당하는 체험은 곧 난생처음 겪는 불안이기도 했다. 침대칸을 천장에 얽어맨 금속파이프가 굵었다. 그렇지만, 그럼에도 혹시 추락하지는 않을까 걱정이 됐던 탓이다. 평소 침대를 싫어하던 내가 타국의 층층으로 된 협소한 침대열차에서 새우잠을 자는 건 어쩌면 당연한 일인지 몰랐다. 두려움이 반이었지만 호기심은 별로 느끼지 못했으니 말이다.

그 침대열차는 인도사회에서 특급의 수준이라고 했다. 하지만 작은 시골역도 꼬박꼬박 멈춰 섰고, 나의 욕심으론 느릿느릿 하면서도 흔들흔들 달렸다. 깜깜한 어둠을 뚫고 원의 공간을 살처럼 내달린 특급열차는 내릴 사람과 탈 사람이 공존하는 역마다 길게 기적을 부려놓곤, 흡입을 하듯 사람들을 태웠다. 사람을 짐처럼, 짐도 사람처럼……

까만 밤을 가로 질러 속도를 업고 자장가처럼 흔들어대는 열차의 강한 몸부림에도 잡념에 시달렸던 난 슬그머니 잠 속으로 빠져들었다. 세상모르고 자던 나는 한 순간, 말간 정신으로 눈을 떴다. 참으로 묘한 것은 나의 두 눈에서 축축한 액체가 질척하니 흘러내린 걸 알았다. 한 마디로 설명을 할 수 없는 감상이었다. 문득, 스스로에게 의미 있는 물음표를 차례로 던져보았다.

잎맥의 가장자리까지 말라버린 겨울 들판의 갈대처럼 어수선한 내 삶에 대한 연민일까? 놓쳐버린 순간들이 아쉬운 앙금이 되어 혈관을 퍼진 까닭일까? 어영부영 갉아 먹힌 청춘의 숲에 대한 미련인가? 저 가슴 깊이 감춰진, 헐벗은 내 영혼의 고독을 씻어내는 감정의 표출인가? 헛헛한 가슴 밑바닥에서부터 요동치는 때 묻은 삶에 대한 애착인가? 괄호 밖이라 생각한 내 몫의 인생에 까치발로 힘들게 버틴 나머지 회의하는가?

　어찌됐든 과거와 현재를 공유하며, 다양성이 존재하는 나라 인도의 땅 위를 기어가듯 날아가는 특급열차 칸에서 겪은, 무용지물의 만용이 아니길 나는 빌고 있었다.

　귓결 가득히 요란스럽게 뿜어대는 인도 야간열차의 기적 소리를 삭여 듣는 것도 의미가 있는 기회였다. 한편으로는 공항에 마중을 나와 준 그들이 내 목에 염주처럼 걸어 준 오렌지 빛 꽃목걸이의 향긋함을 기억의 숲에 저장한 게 떠올랐다. 과정은 비록 복잡했다손 쳐도 인도에 두고 갈 의미 깊은 눈물이었으면 좋겠다는 생각에 젖은 밤이었다.

인도의 조각상

거대한 땅 인도를 찾아가기 전에는 정말 몰랐다. 가슴팍 넓은 인도 사원에 예술을 넘어 성적인 조각상이 그토록 유명한 줄을 진정코 몰랐다. 그것도 신을 모시는 사원인데 에로틱 조각상이라니, 왜일까? 왜? 왜? 왜? 숱한 물음표를 가슴에 품었음에도 나는 에로틱 조각상에 꽂힌 눈길을 거둘 수가 없었다.

에로틱 조각상으로 유명한 인도의 카주라호는 그 나라의 대표적인 관광여행지이다. 그럼에도 다른 곳에 비해 교통편이 좀 열악했다. 그렇지만, 우리가 탄 낡은 자동차는 덜컹덜컹 휘적휘적 잘도 찾아갔다. 하긴 이렇게 외진 곳에 있으니 무굴제국 침략으로 대부분의 사원이 파괴되었다 해도 이곳만은 피해가 없었다는 사실을 이해할 만하였다.

카주라호는 명성에 비해 버스정류장도 초라하고, 한적한 시골

마을이다. 천 년 전, 찬델라 왕조의 수도였다고 믿기에는 어지간히 많은 시시콜콜한 상상력이 필요했던 것이다. 그 중, 무척 인상적인 것은 관광버스에서 내리기가 무섭게 달려드는 짐꾼인 사이클릭샤꾼들의 규모에 놀랐다. 엄청난 숫자로 관광객을 둘러싸고 흥정을 해댔으니 말이다. 개개인의 목소리는 개성적일지언정 여기저기서 들리는 소리는 모두 하나같은 발음이었다.

"My Friend! My Friend!"

그때, 옆에 있던 사람이 혼자 들리듯 말듯 중얼거렸다.

"얼른 따라가야지, 주머니의 돈이 아프다면 바가지를 쓰든지……."

우리가 본격적으로 카주라호 사원 관광에 나섰던 건 이른 아침나절이다. 안개가 한적한 마을을 희뿌옇게 덥고 있었다. 우린 마을에서 가장 알려진 사부 사원 군으로 향했다. 입구 왼쪽의 락쉬마 사원과 바라하 사원으로.

바라하란 산스크리트어로 멧돼지란 뜻을 지녔다고 한다. 멧돼지는 힌디신인 비쉬누의 열 가지 화신 중 세 번째 화신이라는 것이다. 악마 히란이 육지를 바다 밑으로 끌고 들어갔을 때, 비쉬누가 육지를 구하기 위해 멧돼지로 변신해서 천 년 동안이나 싸웠다. 그때, 악마를 죽이고 무시무시한 이빨로 바다에서 육지를 다시 끌어냈다니 무서운 힘을 가진 신화 속의 주인공인 셈이다.

다음은 서쪽 사원군 중 가장 오래되고 잘 보존된 락시마 사원을 찾았다. 930~950년께 지어졌다고 한다. 인도의 건축이나 조각

기술은 아주 꼼꼼하여 반세기 동안을 건축하거나, 조각에 매달리는 이들을 예사롭게 볼 수 있다.

여기서부터 미투나가 등장한다. 미투나는 에로틱한 조각들을 일컫는 말로 카주라호가 유명하게 된 가장 큰 이유가 된다. 예술로 대접받는 조각을 살펴보면 정말로 어마어마하고, 그들 예술가의 인내심에 혀를 내두를 정도이다.

단단한 돌을 깎아 내거나 화사한 옥돌에 조각하는 이들은 평생을 넘어 다음 세대까지 연장을 하더라도, 조각을 연 단위 혹은 반세기로 삼는 경우는 어디에도 없던 걸 본 만큼 수긍이 되었다. 돌조각 하나에서 보통 오십 년에서 백 년 동안 조각을 하는 이들이 쪼글쪼글 늙어가는 모습을 보았다. 그때 끈기를 빼면 시체라 하는 그들 종사자와 인사를 나눠봤기 때문이다.

말과 수간하는 남자 조각상을 대하니 시선처리가 난감해졌다. 여기서는 말이 남자들의 가장 친한 벗임을 과시하는데, 놀란 여자들이 눈길을 돌리는 장면이다. 동물과 섹스는 고대 이집트에서도 기록이 남아 있는 인류의 오래된 문화로 봐도 될까?

하지만 구구한 설명은 사족에 불과했다. 에로틱한 조각들도 많지만 조각 하나하나가 예술에 문외한인 그 누가 보더라도 너무나 정교한 솜씨였다. 그래서 감동을 받지 않을 수 없었는데, 내부 역시 그에 못잖은 조각으로 가득 차 있었다.

카주라호에서 가장 대표적인 칸다리야 마하데브 사원을 들 수 있다. 규모가 엄청나게 클 뿐 아니라, 예술적으로나 건축학적으로 가장 완벽해서 찬델라 예술의 최고봉으로 알려져 있어서다. 31m 란 높이의 이 사원은 벽에 빽빽하게 거의 1m 높이의 조각상들로 빈틈이 없이 채워져 있다.

영국의 고고학자인 커닝햄이 직접 세어 봤다는 정보가 들린다. 사원 내부에 이백스물여섯 개, 외부에 육백마흔여섯 개 등 총 팔 백 하고도 일흔두 개의 조각상이 그 숫자라니, 가히 상상을 초월 한다. 참으로 기괴한 자세의 조각들도 수두룩해서 입이 벌어졌다. 여북하면 신성한 사원을 이런 조각들로 가득 채웠으니 비폭력 무 저항주의로 전 세계에 이름을 떨친 인도의 국부 간디도 참지 못하 고 다음과 같은 말을 했을까 싶다.

"확~ 다 부숴버리고 싶다~."

그들은 왜 적나라한 이런 미투나를 조각했단 말인가? 전문가들 도 의견이 분분했던 모양이다. 그렇지만 남성만 있는 사원 학교에 서 성장하는 브라만 청소년을 위한 성애 지침서를 돌에 새겼다는 의견도 있다. 그런데, 당시의 기획자도 조각을 한 예술가도 모두 죽고 없으니 어디에 가서 그런 사실을 확인할 수 있겠는가.

한편, 사원이 번개의 피해를 입지 않도록 하기 위하여 번개를 관장하는 호색가신인 인드라를 달래기 위해 그렇게 짓고 조각을 했다는 설도 있다. 사람이든 신이든 달래는 게 관계 개선에선 최 고의 약이요, 방법인가 보다. 햇빛정책보다 더 확실한 덕목으로.

그 중, 가장 믿을 만한 의견은 이 조각들이 탄트라를 나타내는 것이란 점이다. 탄트라 신앙에 따르면 가장 원초적 본능의 만족을 통해 세상의 악을 초월, 깨달음을 얻을 수 있다 한다. 그때야 오래 전인 그 옛날에도 차원이 높은 프로젝트였다는 생각으로 수긍을 하였다.

　시간이 한참을 지난 지금도 그때 봤던 조각상들이 너무도 적나라해서 잊히지 않는다. 누가 뭐라 해도 내가 관람한 현란하도록 에로틱한 인도의 그 조각상들은 영원히 가슴팍, 아니 뇌리 속에 선연히 새겨져 있을 것이다.

최후의 심판

'노트르담의 꼽추'란 고전 명작을 떠올리며 찾아간 프랑스. 그곳에는 '크레 꾀르'라는 성당이 있다. 그 이름을 말하면 뾰족한 지붕이라는 뜻을 가졌단다. 또, 거기에는 빠질 수 없는 노트르담 사원도 있었다. 노트르담 사원은 원래 시떼 섬에 정착한 고대 로마인들이 제사를 지내는 장소였다고 한다.

그런데, 가톨릭이 국교로 지정되면서 그 자리에 성당을 짓게 되었다는 내력이다. 로마인들이 점령하기 전까지 국교라고는 없었던 프랑스였다. 그러다 바로 이 시떼 섬에서 역사가 시작되었고, 그로부터 노트르담에는 동그란 동판으로 '프랑스 영점(France zero point)'이 표시되어 있다.

오래전, 1163년부터 170년 간 공사가 진행된 노트르담 사원은 길이 130에 폭이 48m, 높이 35m의 전형적 고딕 양식 성당이

69m 높이로 만들어졌다. 거기에다 첨탑의 계단이 387개나 된다고 했다. 그렇지만 나는 그 많다는 계단을 밟아보진 못했다. 다만 놀라웠을 뿐이다.

노트르담 사원은 3개의 문이 있다. 그 중 가운데 문을 '최후의 심판 문'이라 부른다. '최후의 심판 문' 위쪽의 화려한 조각들을 쳐다보는 것만으로도 감탄이 절로 쏟아져 나온다. 목을 젖혀 올려다본 즉, 작품에 몰두했을 당시 화가의 힘든 상황이 저절로 읽혀졌다. 화가의 노고, 그 만 분지 일에도 미치지 못하지만 말이다. 나는 웬일인지 울컥해진 감정 때문에 눈물이 날 것만 같았다. 그만큼 오래전 옛날 13세기 조각예술의 결정판이란 이야기를 들었기 때문이다.

문 위로 줄지어선 사람의 형상은 '왕의 발코니'로 스무 여덟 명의 유대 왕들이 군중을 굽어보고 있다. 보통의 느낌으론 불상 부조를 닮아보였다.

스테인드글라스가 있는 서쪽 둥근 장미창은 성모 마리아를 상징한다. 이 문을 '최후의 심판 문'이라 부르는 까닭은 문 바로 위, 즉 사진의 아래쪽에 있는 조각 때문이다. 가장 아래 쪽 조각에선 죽은 자들이 관을 뚫고, 심판을 받기 위해 일어나는 모습이었다.

그 위에서는 천사들이 저울로 영혼의 무게를 달아 선한 자와 악한 자를 구별하는 장면이다. 그런데, 선한 사람은 왼쪽의 천국으로, 악한 사람은 오른쪽의 지옥으로 끌고 가는 모습이다. 어찌 영혼을 저울로 달아서 천국과 지옥의 길로 인도했는지, 그들의 혜안이 존경스럽고 무척이나 재미있다는 생각이 들었다.

물건의 무게나 사람의 체중이 아닌, 선과 악을 저울로 달겠다는 그들의 너무도 인간적(?)인 지혜가 정말 부럽다는 생각을 지울 수 없었다. 선한 일을 많이 한 사람의 영혼이 가벼웠으리라는 걸 생각하니깐 아마 그들의 영혼이 거울처럼 맑았으리란 짐작이 갔다.

어쩌면 영혼을 가볍게 하기 위하여 우리도 선하게 살아가야 할 소중한 임무를 예시 받으러 간 것 같은 느낌을 받았다. 그 덕분에 감명이 깊었던 예수님이 심판하는 장면을 눈 속에 꾹꾹 눌러 담았다.

예수 그리스도의 생애를 나타내는 성당 내부의 칸막이는 14세기 작품이란다. 왼쪽 그림은 부활 후 도마에게 나타나 옆구리의 창 자국을 확인시키는 장면이고, 오른쪽은 물 위를 걸으며 의심 많은 베드로를 시험하는 장면이다.

노트르담 옆에 샌드위치를 파는 식당과 기념품 상가가 줄지어 서 있다. 나는 평소에 빵을 좋아하지는 않지만 샌드위치 가게의 쇼윈도를 유심히 들여다보았다. 그들이야말로 조상님의 풍부한 예술 덕분에 관광 수입이 엄청난 것이 부러웠던 까닭이다. 때문에 당시 노트르담 사원 이모저모의 긴 여운에 흠뻑 취한 그 후, 이따금 나의 무능을 질깃하게 씹고 있다.

선과 악을 저울로 달았다는, 예술 속에 등장한 그들의 인간냄새 진한 지혜 한 꼭지를 따오지 못한 게 두고두고 아쉽다는 뜻이다. 마지막이 좋으면 다 좋다는데.

트리플딸락

　외국 동포인 젊은 한 여성이 한국인 남성과 결혼을 했었다. 그
러곤 남편의 모국인 한국으로 따라 들어왔다고 한다. 그런데 방향
이 좋지 못했던지 남편은 며칠 후부터 아내를 폭행하는 솜씨를 보
이더란다. 그러다 며칠 후에는 술에 취해 흉기를 휘두르며 난동까
지 서슴지 않았다는 뉴스가 매스컴을 탔다. 언어가 서툴고, 풍습
이 다른 아내가 이국의 시댁 가족들한테는 물에 기름 돌 듯 했을
것인데, 그 아내 얼마나 생경하고도 무서웠을까?

　그 기사를 보면서 가슴이 아려왔다. 그리고 마음 한 곳이 막막
해졌다. 국제결혼을 했다가 살기가 싫으면 제자리에 도로 갖다 놓
던지, 아니면 잘 먹고 잘 살란 우리네의 그 흔한 덕담 한 마디를
선물하지는 못하더라도 등을 돌려 돌아서면 그만일 터인데, 아내
를 얕잡아 굳이 매질을 하는 심술은 또 뭐란 말인가? 한국청년과

결혼해서 잘 살아보려던 그 여성의 핑크빛 꿈은 사라지고, 인간에 대한 불신만 키웠다 싶어서 동정을 보냈다.

남자, 남성, 남편……. 힘이 지배하던 농경사회를 벗어나 광속의 정보화 시대를 살아가는 현대를 살면서 암만 생각해도 남성이 여성보다 우월한 존재인지는 모를 일이다. 남성이 여성 보다 에너지 분출이 강력한 존재로 만들어준 까닭은 거친 환경을 다스리고, 약한 여성을 보호하게 만든 신의 배려가 아닐까. 그런 남성이 약한 여성에게, 아니 살 부딪고 사는 아내한테 완력을 행사함은 아무래도 비극을 잉태하는 씨앗의 꼬투리 같다.

'트리플 딸락'은 인도 사람이 이슬람 여성들에게 끊임없이 피해를 제공하는, 즉 이혼을 위해 아내에게 함부로 쓰는, 그곳 남성들의 나쁜 악습에 젖은 언어라 한다. 인도의 여성들은 가정법원에 갈 필요도 없이 남편이 아내에게 이혼이란 의미의 '딸락'을 연달아 세 번만 외치면 이혼이 공식적으로 허용된다는 뜻이라 하니 어안이 벙벙해진다. 아무래도 '트리플 딸락'은 영광스럽지 못하게도 인도의 이슬람권에만 남아 있는, 여성 억압의 대표적인 언어가 아닐까 싶다.

최근 인도 이슬람 여성단체들이 '트리플 딸락'이란 관행에 대한 비판의 목소리를 높이고 있다는 소식이다. 한 여성에게 남편이 전화로 '트리플 딸락'을 외치며 이혼을 통고하는 사례가 얼마 전 다시 발생한 그 내용이다.

즉, 뭄바이 쿠를라라는 마을의 스물아홉 살인 '샤바나'라는 젊은 여성이 그 주인공이다. '샤바니'가 총각 '사예드'와 결혼한 것이 이미 99년이었는데, 그녀에겐 결혼 초부터 신혼부부가 누려야 할 밀월조차 없었더란다.

그녀가 성스럽고 하늘하늘한 웨딩드레스를 입은 지 두 달만이었다. 남편이 어떤 일자리를 얻었는데, 그것이 불행의 시초가 됐다. 그때부터 그녀의 시집살이는 씨앗을 틔웠던 걸까. 고추 당초보다 매운 시집살이, 욕심뿐이던 그녀의 시부모들은 아들과 떨어져 사는 며느리를 구박하는 재미로 살았던 모양이다.

걸핏하면 결혼 지참금이 적다는 이유로 며느리 샤바나를 날마다 매질을 하더란다. 그 세월이 자그마치 5년 동안을. 샤바나를 더욱 서럽게 만든 것은 남편이 항상 자기부모 편에 서서 아내를 괴롭혔다는 점이다. 매질하는 시부모보다 말리는 남편이 더욱 미웠다는 것이다.

끝내 시부모들은 며느리 샤바나를 집 밖으로 쫓아내버렸다. 혼수를 적게 해왔다는 이유로 시시각각 며느리를 괴롭히던 시부모로부터 쫓겨난 샤바나는 친정으로 돌아가게 되었다.

샤바나는 고민에 빠졌다. 시집살이를 못 견디고 쫓겨난 딸을 친정부모인들 반가워하겠는가. 그래서 눈물을 흘리던 그녀가 경찰서로 찾아갔다. 경찰관 앞에서 구구절절 사연을 털어내며, 샤바나의 눈물이 홍수를 이루었다. 그녀는 그동안 시집에서 겪었던 모진 고초를 하나하나 털어놓듯 고발하였다.

샤바나의 가슴 아픈 이야기를 들은 경찰은 당장 남편을 불러들였다. 그때 남편의 입에선 온갖 욕설과 미움의 말들이 쏟아져 나왔다. 동시에 '딸락'이란 말을 세 차례나 강한 소리로 반복하였다. 그녀는 억울하고 슬펐다. 5년을 함께 산 남편이 아내한테 이혼을 노래하는 사실이 가슴 아팠던 것이다.

이 이야기를 들은 어떤 분은 오래전 있었다던, 기구하고 서러운 이야기를 들려주었다. 한때 우리나라에서도 혼수 때문에 적잖은 새댁들이 아픈 눈물을 쏟았다는, 전설 같은 내용이었다.

육십여 년 전, 어떤 처녀가 꽃띠 나이 스물에 결혼을 했다. 수놓은 꽃방석과 십자수 새긴 책상보, 화사한 이불을 지어 시집을 갔다. 그런데, 신랑은 새색시를 향해서 한없이 섭섭함을 보내고 있었다. 이유는 그거였다. 신랑은 자기를 위해 양복 한 벌 해 오지 않은 신부가 매우 섭섭하고, 미웠다는 것이다.

당시 나라경제는 물론, 물자가 엄청 귀했던 시절이라 양복이란 옷은 부자들만 입을 만큼 엄청 값이 나갔다. 여염집 혼수품목엔 양복 한 벌 마련하기조차 어렵던 시절이었다. 그러니 신부가 친정에 가서 신랑의 양복을 해 달라기에는 쪼들린 부모한테 면목이 없었다. 그래서 고민을 하던 신부가 아무도 몰래 목을 매서 자살을 했던 게 비극이었다.

그때, 처부모는 경찰서에다 고발하고 말았다. 그깟 양복 한 벌 때문에 귀한 딸을 죽게 만든 사위가 괘씸했던 것이다. 경찰은 처부모의 한을 생각해서 상처한 신랑한테 아내의 장례를 치는 날,

이렇게 곡을 하라고 시켰다.

"어와 넘자 노마이!(일본말로 양복)"

그때, 사람들은 '어와 넘자 노마이'란 말을 유행시키며 웃고 떠들었다고 한다. 알고 보면 무척 가슴 아픈 사연인데 말이다.

부부가 무엇인가? 한 남자와 수십 년을 티격태격 살아온 나는 요즘 가끔 그 화두를 떠올려 본다. 젊어서 토닥거리는 재미로, 늙어선 등 긁어주는 재미로 산다는 부부.

그런데 요즘은 유행처럼 흔하게 이혼하는 부부들을 본다. 대게 성격이 맞지 않다는 이유를 이혼의 사유로 꼽는다 한다. 남남이 만났으니 성격이 맞지 않는 건 너무도 당연한 관계가 아닌가. 환경이 달랐고, 피 다른 부모를 두었으니 그럴 밖에. 오히려 뜻이 척척 맞는 부부가 되레 이상하지 않은가.

눈만 뜨면 '아이 러브 유'를 연발하는 코쟁이 부부들은 마트에서 물건을 살 때, 각자가 먹을 빵 값을 각자가 지불한다니, 그깐 '아이 러브 유'보다는 소가 닭을 쳐다보듯 부부가 유별한 우리네 풍습이 훨씬 더 인간적인지 모를 일이다.

인도의 이슬람 여성단체들은 공동체에서 절대적인 영향력을 행사하는 사실상의 민법기관인 전인도회교도율법위원회(AIMPLB)에 강력하게 요구하는 문제가 있단다. 여성에게 일방적으로 불리한 '트리플 딸락'이란 관행을 개혁해야만 한다고 말이다. 그들 여성의 억울한 이혼을 막기 위해서는 두 번째 '딸락'을 외칠 때까지 최소한 한 달간 시차를 둬야 하고, 양가의 어른들을 중재자로 지명해 조언을 구하는 절차까지 주장하는 단계란다. 우리네가 이혼을 할 때 권장 받는 이혼숙려기간이란 제도처럼.

남편이 술김이나 홧김에 '딸락'을 연달아 외치고, 다음날 아침에 후회하는 어처구니없는 사례가 반복된다는 그들의 사회. 그들 남성의 관행, '딸락'도 심중함이 결여된, 유행병 같은 느낌이 드는 건 왜일까?

병이라면 우선 정확한 진단이 필요할 게다. 진단이 정확해야 처방이 나올 테고, 처방전 따라 치료가 이루어질 것이다. '트리플 딸락'이란 병에 걸린, 이슬람 여성을 괴롭히는 그곳 남성들이 치유됐다는 소식을 언제쯤 국제뉴스로 들을 수 있을까?

겨울이 빛난 도시

　그곳은 미주의 '지브랄타'로 불린다. 인구 6만여 명에다 캐나다에서 가장 오래된 도시이며 퀘벡의 수도인 퀘벡 시는, 항구를 방어하기 위해 만든 돌로 된 성벽과 군사적 요새이다. 과거 영국의 지배 기간이 있었음에도 불구하고 프랑스의 전통에 긍지를 가지고 있는 민족이다. 본래 퀘벡이란 이름은 인디언어로 '강이 좁아지는 곳'이라는 의미였단다. 그런데, 1608년 샹플랭(Champlain)이 이곳에 정착한 이후 지명으로 굳어졌다니, 오래 부르면 지명도 이름으로 굳어지는 모양이다. 대중들이 오래 다니면 길이 되는 것처럼.

　퀘벡 시는 세인트로렌스 강과 로렌시안 산맥 사이에 넓게 펼쳐진 지역이다. 그곳 원주민과 함께 프랑스와 영국에서 건너온 이민자들이 각자 자신의 독특한 문화를 발전시키면서 어우러져 살아가고 있는 도시이다.

세인트로렌스 강은 퀘벡으로 들어가는 진입로로서 중요한 전략적 가치를 갖고 있다. 때문에 이 강을 사이에 두고 영국과 프랑스 간에 무수한 전투가 벌어진 역사의 고장이기도 하다.

오래전, 그러니까 1690년 프랑스의 프란트낵(Frontenac) 공작은 핍스(Phipps) 제독의 영국군을 물리쳐 프랑스령임을 과시하였다. 그러나 1759년 제임스 울프(James Wolfe) 장군이 이끄는 영국군에게 패했던 퀘벡은 영국의 지배하에 들어가게 되었다. 이것이 유명한 '아브라함 평원 전투'이며, 이후 프랑스는 영토를 빼앗기고 말았다.

하지만 1774년 강화조약 체결 이후 이 지역에서 프랑스 문화와 종교를 유지하고 불어를 사용할 수 있는 권리를 보장받아 프랑스 문화의 전통이 지금까지 이어져 내려온 셈이다.

1775년 미국의 리처드 몽고메리 장군과 아놀드 베네딕트 대령의 침입이 실패로 돌아간 후, 드디어 이 지역에서의 전쟁은 끝이 났다. 그렇지만 매사에 신중한 영국군은 성벽을 쌓는 공사를 감행했다. 그때문에 퀘벡은 북미 대륙에서 유일하게 성으로 둘러싸인 도시가 됐고, 이 도시의 가장 큰 특징으로 남겨지게 되었다.

퀘벡 지역은 19세기에 들어 큰 변화를 맞았는데 항구로서 공업과 상업의 중심지가 되었던 셈이다. 19세기 말에는 기존의 농산물 거래 외에 펄프, 종이 공업도 번창하였다. 그러다 20세기 초반 한때 침체기도 있었으나 1960년 이후 다시 활기를 되찾았다. 그리하여 오늘날 아름다운 항구도시로 북미 대륙의 중심지로서 또, 프랑스 문화와 언어를 지키는 파수병으로서의 역할을 다하고 있는 나라가 곧 퀘벡인 것이다.

북미 대륙에서 프랑스 문화를 꽃피운 퀘벡 시는 도시 전체가 성벽으로 둘러싸여 있는 것이 대단한 특징이다. 외부의 침입자를 막기 위해 세운 성벽이 오늘날에는 전 세계 관광객에게 인기 있는 관광 자원이 되었다니, 참으로 아이러니한 일이 아닌가 말이다.

특히 퀘벡 지역은 유네스코가 선정한 세계적 문화유산의 목록에도 올라 있을 정도로 유서 깊은 곳이기도 하다. 돌로 된 성벽 위에 서면 그 옛날의 포성과 적군의 침입을 알리는 다급한 종소리가 울리는 듯하다. 또, 이곳은 세인트로렌스 강과 남쪽 해안, 오를레앙 섬 등 기막힌 경치를 한눈에 내려다 볼 수 있게 전망 또한 탁 트여 더욱 좋다.

구 시가지는 어퍼타운과 노어타운으로 나뉘는데, 전자는 성벽 안쪽을 후자는 성벽 밖을 말한다. 박물관이나 교회 등 흥미롭고 인상적인 명소들도 많다고, 유혹을 해도 갈 길이 바쁜 우리는 구석구석 여러 곳을 돌아보지 못한 처지여서 정말 아쉬웠다.

캐나다 내 불어 사용 인구의 대부분이 살고 있는 곳, 퀘벡은 '인생의 즐거움'을 가진 곳이다. 눈 깜빡할 새 소나기가 쓸고 간 성곽 안의 도시에는 길거리에서 신명을 내는 예술가들의 활동이 눈에 띄게 많았다. 오가는 길손들의 눈과 귀를 즐겁게 해주는 악사(樂士)들이며, 관중과 함께 어울리는 곡예사들, 잠시 머무는 관광객들을 상대로 사진보다 더 사진 같게 초상화를 그려주는 능수능란한 솜씨의 화가 등등.

더욱 인상적인 것은 시(詩)가 적힌 액자 그림들이 구 시가지의 구불구불한 이 골목 저 골목을 가득 메우며, 전시를 하고 있다. 터덜터덜 골목을 누비기만 해도 본전을 건질만했으니 얼마나 괜찮은 도시의 풍경인가.

퀘벡 시는 세계에서 가장 큰 겨울 카니발이 열리는 곳으로도 유명한 도시이다. 나는 감히 환상적인 꿈을 꿔버렸다. 먼 훗날, 이곳 유명한 퀘벡을 다시 찾는 겨울관광을.

처음인데도 푹 안기고 싶은 도시 퀘벡. 다시 만날 기약을 맘속에 새긴 채 꾸물거린 날씨만큼이나 우중충한 식당에서 푸짐한 점심식사를 마쳤다.

물 한 잔으로 입을 헹군 우리는 칭찬하고 또 칭찬한 애인을 배신하듯 잽싸게 발길을 돌렸다. 또 다른 볼만한 곳을 찾으러 지극히 분주한 걸음걸이로.

경제를 사랑하는 도시

　얼마 전 우리나라를 대표하는 모 전력회사를 지방으로 이전하려는 움직임을 보일 때였다. 그때, 지방자치단체들이 경제를 앞세워가며, 그 전력회사를 서로 유치하고자 경쟁이 치열하였다. 그런 나머지 이간질까지 생긴다는 소식이 신문들 경제면을 그득 채웠다. 경제야말로 돈이 전부는 아닐 텐데도 경제가 무엇인지, 기분이 알쏭달쏭해졌다. 이번 기회에 경제를 사랑하는 도시를 구경한 몇 해 전의 내 기억을 떠올려보게 되었다.

　잉글랜드 남동부 템스 강 하구에서부터 60km 상류에 있는 도시인 런던. 정치와 경제, 문화와 교통의 중심지로 뉴욕과 상하이 그리고, 도쿄를 더불어 세계에 알려진 곳이기도 하다.

　경제를 무척 사랑한다는 도시 런던. 그곳 도시 건설은 천 년 전에 이루어졌다 한다. 그럼에도 눈길을 핑핑 돌게 움직이는 지하철은 150년 전에 생긴 것이라니 놀라웠다. 그래서인지 그토록 대단한 도시에서 번쩍거리는 새 건물을 보기가 쉽지 않았다.

무엇보다 하늘을 찌르는 고층건물 또한 만나기가 가물에 콩 나듯 했다. 어쩜 몇 년 후인 지금은 많이 달라졌을지 모르겠다. 잘 구성된 가로 망 이곳저곳에 핸섬한 금융권 건물을 배치한 것이 오늘 날 런던을 경제도시로 탄생되게 한 근본인지 모른다는 생각이 들었다. 아무래도 금융권 건물은 일반 건물들과는 뭔가 달라야 한다는 구실을 짜내 본 결과이다.

어떻든 영국만큼 CCTV가 많은 곳도 지구촌에는 없을 정도라는 얘기가 들렸다. 한발 앞쪽에 그것이 세워져 있는가 하면, 그 옆 블록에도 염탐꾼 같은 금속 안테나가 음흉스럽게 삐죽이 솟아 있었다. 건물의 곳곳마다 심심찮게 박힌 감시카메라를 의식하면 도저히 기웃거리기조차 싫은 느낌도 들었다.

하지만, 참으로 아이러니하게도 그것 때문이란 걸 지적하게 되었다. 도심의 한복판에서 금융건물들이 중요한 만큼 런던의 비밀을 지켜야 할 일 또한 그만큼 중요했다 싶으니 이해가 되고도 남았다.

출렁출렁 도도히 흐르는, 밀물 썰물의 자극을 받는 템스 강은 거대한 타워 브리지를 허리에 걸치고 있다. 지난날 저 우리나라 항구도시 부산의 영도다리처럼 한때는 매일매일 50여 회까지 들어 올렸던 다리라니, 시대의 흐름에 따라 팔자가 바뀌는 건 다리도 똑같은 모양이다.

런던 사람들은 평범하고 예사롭게 살면서도 아주 부지런한 모습들이다. 부지런한 거라면 대한민국 사람들도 만만찮은 축에 들고도 여유가 있다는 생각을 해본다.

그들은 보통 9시부터 5시까지 근무를 하는데, 길을 오가는 사람들은 표정이 별로 없었다. 한 마디로 덤덤하였다. 영화에서 본, 일자로 굳게 꽉 다문 입술에 우중충한 색깔의 버버리코트 깃을 빳빳하게 세운, 흡사 전신에 혹독한 비밀을 품은 첩보요원 같다는 인상을 받았으니 말이다.

그 까닭은 환경이 지배한, 늘 우중충하면서도 빗방울 떨어지는 기후 탓이란 걸 나중에 알았다. 그래서인지 우울증 걸린 사람과 자살률이 만만치 않다는 통계도 나와 있단다.

경제도시에서 그것도 경제적인 것이 아닌 환경에서 빚어진 문제들이라니, 아무리 돈의 파워가 강해도 자연 앞에선 고개를 숙일 수밖에 없는 모습인가. 모든 것은 양면성을 지녔음에 주목할 필요가 있을 듯싶다.

재미있는 것은 그곳에 주방기구가 많이 발달한 것도 우중충한 날씨 탓이라니 지구촌 곳곳에는 참 아이러니한 일도 많구나 싶었다. 비 오거나 우중충한 날이면 집에서 맛있게 전을 지져 먹을 그곳 사람들을 떠올리면서, 비 온 날 매출이 3배는 더 오른다던 우리네 시장통 골목식당 빈대떡 아줌마의 이야기가 떠올랐다.

그러나 난 그곳 유명한 주방기구 하나도 사 올 수가 없었다. 아니, 우리네 귀한 돈 펑펑 퍼주고 그런 물건들을 사면 도저히 안 될 것만 같았다. 왜냐면, 그곳 보통 주방기구의 값은 우리나라 고급 주방기구들 값의 몇 배나 되고도 남을 만큼 거금이었기에 말이다. 그보다 더 확실한 이유는 재주 많고 부지런한 대한민국 사람들이 만든 주방기구를 사용해도 얼마든지 훌륭한 요리를 만들어 먹을 수 있다는 남모를 자부심 탓이다.

그렇다고 내가 그곳 사람들의 훌륭한 기술력을 모르는 바는 절대로 아니다. 내가 어릴 적 친정어머니께서 애용하셨던 재봉틀이 바로 저 유명했던 영국제인 '싱거미싱'이었기 때문이다. 그때, 친정어머니가 하신 말씀은 언제나 두꺼운 청바지 솔기도 거침없이 척척 받아 넘겨 준 재봉틀 성능이 정말 좋다고, 침이 마르게 칭찬을 했기 때문이다.

경제를 사랑하는 도시 런던, 그 한복판에서 내 눈의 동공이 더욱 크게 열려진 것은 이유가 따로 있다. 내 나라 사람들이 다부지게 만든, 말하는 밥솥 같이 월등한 수준의 주방기구를 어느 곳에서 만날까 하고, 나름 노력을 했음에도 결코 찾을 수가 없었던 까닭이다.

278

곤돌라에서 부른 아리랑

베네치아, 영어로 베니스라는 뜻이란다. 바다로 이어지는 물의 도시이면서 항구도시이자 역사 깊고 세계적으로 크게 알려진 관광지이다. 오래전 이미 9~15세기에 지중해의 상권을 장악했으며, 동서 문물의 합류지점이기도 하다. 또한, 이탈리아 반도의 동쪽, 아드리아 해 끝에 위치해서 수많은 섬들과 운하로 연결된 지중해 무역의 중심지로 발전했고, 18세기 말 나폴레옹에 의해 점령당할 때까지 긴 시간 독자적인 문화로 번창한 만큼 화려한 시대를 풍미했던 곳 베네치아.

우리가 그곳에 발을 들여놓은 것은 한낮이 다 된 무렵이었다. 나는 그때, 셰익스피어가 쓴 『베니스의 상인』을 기억해내고 있었다. 학문과 문화예술 진흥에 앞장선 베니스의 정신도 그러하거니와 그곳 사람들의 똑 부러진다는 상업정신은 어떨까 궁금했기 때문이다. 한편, 스치는 바람처럼 짧은 시간에 기대서 베니스의 정신을 만날 수 있을까 싶기도 했다.

얼마 후, 베네치아 상인들 배짱 하나는 정말 최고다 싶은 인상을 금방 받고 말았다. 우리가 길을 걷던 중에 옷을 진열해 둔 깔끔한 한 상점을 만났다. 상점에는 반듯하게 진열해 둔 멋진 옷들이 많았고, 구경하는 재미가 괜찮았다. 무엇보다 우리네 옷에 비해 그 값이 훨씬 더 저렴했던 것에 마음이 끌렸다. 키가 늘씬한 막내에게 잘 맞고 어울릴 것 같은, 포근해 뵈는 코트가 내 눈길을 끌던 것이다.

우리는 관심을 가진 김에 주저함 없이 그 가게 앞에 멈춰 섰다. 가게 문을 열고 들어가려는데, 주인이 문을 밀치고 나왔다. 순간, 흠칫 놀랐다.

그런데 더 놀랄 일은 따로 있었다. 이미 들은 바대로 그들은 자기네 상품에 관심을 보이는 고객 아니, 발길을 들여놓는 손님인 우리에겐 통 관심이 없는 모양이었다. 그것도 지구촌 저편에서 건너간 우리가 지켜보는 앞에서 너무도 당당히, 소리도 요란하게 가게 문 자물쇠를 찰칵 잠가버리는 게 아닌가. 그들만의 여유인지, 아니면 가게를 몇 군데나 차려놓고 장사하느라 바빠서인지, 알 수가 없었다. 이해가 되지 않았다. 평생 한 번이나마 그곳을 찾기가 엄청 어려웠던 우리로썬 쉽사리 납득할 수 없는 경험이랄까. 한편으론 마침 정오가 돼서 그들이 민생고를 해결하러 갔으려니 싶으면서도 의아스러움은 지워내지 못했다.

처음 그들의 사고방식에 대한 정보를 들었을 때는, 좀 특이한 걸 느꼈다. 설명을 더하자면 필요한 물건을 사야 할 손님이 상가 규칙대로 문 여는 시간을 맞춰서 찾아와야지, 바쁜 상인 측에서 손님의 편한 시간을 맞춘다는 건 거기선 통하지 않는다 했으니 말이다.

셰익스피어는 『베니스의 상인』에서 베니스의 상인을 두고 '피도 눈물도 없는' 지독한 장사꾼으로 표현을 했다. 그것은 그들에게 숨겨진 또 다른 상업적 정신세계를 정확하게 꿰뚫었던 때문일까? 상품을 파는 이와 사는 이의 관계가 우리 눈높이와는 아주 다른, 그들의 또 다른 자존을 대하면서 나는 한참을 멍해지지 않을 수 없었다. 암만 생각해봐도 낮 열두 시 정각에 점주가 점심 먹으러 간다고, 그것도 생김새가 다른 국제손님 앞에서 가게 문을 찰칵 끌어 닫는 그들의 배짱 상술이 낯설었던 것이다.

국적을 불문하고, 관광객을 만나면 극성스러움을 초월해서 끈끈하게 감겨든 우리네 관광지 상인의 질긴 상술이 차라리 가식 없는 참모습이란 생각이 들었다. 한편, 목마른 사람이 우물을 판다는 우리네 속담이 떠오르기에 그들의 경색된 상술을 이해 못할 일도 아니다 싶었다.

어쨌든 그들의, 청물빛처럼 시퍼렇게 도도한 상술이 넘실거린 아름다운 항구도시 베네치아!

정기적으로 홍수의 피해를 보면서도 꿋꿋하게 살아남은 물의 도시 베네치아!

교통수단으로 곤돌라를 이용하는 불편을 감내하면서도 끝내 세계적인 관광 상품으로 만들어낸 그들의 자존감 있는 지혜가 놀랍게 여겨졌다.

베니스의 교통수단은 크게 세 가지나 되었다. 수상버스 바포레토(Vaporetto), 모터보트인 수상택시(Motoscafi), 그리고 클래식 스타일의 배인 곤돌라(Gondola)가 있다. 이 중 베니스에서만 볼 수 있는 곤돌라는 바닥이 평평해 수심이 낮은 곳에서도 이동이 가능하며, 좁은 운하 사이를 유유히 다니기에 날렵하면서도 예쁘게 생긴 작은 배였다.

우리가 탄 곤돌라에는 건장한 이탈리아 뱃사공과 멋진 연예인처럼 관광객을 위해 정성을 베풀던, 중절모에다 세미 정장 차림의 멋쟁이 악사가 동승을 하였다. 손풍금을 구성지게 연주하고, 시원스럽게 키가 크던 악사의 목소리는 정말 달콤해서 푸근히 빠져들지 않을 수 없었다.

악사의 부드러운 성악에 귀를 닦으며, 좁디좁은 수로를 떠돈 곤돌라 뱃놀이는 내 평생 잊지 못할 호사였다. 붉은 벨벳 의자를 갖추어 번쩍거리는 금속으로 치장한 곤돌라에 관광객을 싣고, 물 위를 살살 떠다니는 풍경은 한 폭의 그림이요, 마치 내가 중세 시대를 살고 있는 환상에 빠져버렸으니 더 말해 뭣하랴.

미끈한 목소리로 '산타루치아'와 '오솔레미오'를 부드럽게 불러준 악사를 따라 우리도 목이 터져라 한껏 목청을 돋우며 화음을 보탰다. 어느새 우리들이 한국인인 걸 안 악사의 입에서 솜사탕이

그들이부른연가 283

사르르 녹듯 '아리랑'이 달콤하게 흘러나왔다. 그러자 누가 먼저랄 것도 없이 우린 순간적으로 화음을 살려가며 함께 따라 불렀다.

우리 민족의 한이 서린, 질펀한 혼이 담긴 아리랑. 삭막해진 가슴을 촉촉하게 적셔주는 아리랑이 그렇게 멋진 곡인 줄 예전에 미처 몰랐다. 특히 '아리랑 고개로 넘어 간다'는 부분에선 목젖에서 어떤 떨림이 왔다. 그렇게 몇 차례 더 복창을 했더니 눈시울이 뜨겁고, 콧마루가 시큰거렸다. 쿵쿵 뛰던 가슴도, 민요에 몰입된 흥취도 잠시 향수에 젖은 까닭인가?

우린 흥겨움의 노예가 된 그 시간 내내 풍경에 녹나들면서도 세기의 남자 카사노바와, 대 문호 셰익스피어에 관한 이런저런 이야기들을 기억 속에 꾹꾹 눌러 담았다. 그러곤 다시 총총걸음을 재촉했다. 우릴 기다린다는 피렌체와 상봉하기 위해서, 곤돌라를 타 본, 두고두고 못 잊을 값진 추억 하나를 껴안은 채.

녹색을 사랑한 시간

추위의 강도가 밉살맞게도 계속 지칠 줄 모른 정월이었다. 소한을 막 지낸 어느 날, 짙푸른 녹색에 절여진 대륙 오스트레일리아를 향한 비행기 트랩을 오르려 나는 남편의 빠른 보폭을 쫓아 종종걸음으로 뒤따라갔다. 소요 될 비행시간이 540분, 자그마치 9시간이다.

비좁은 기내에서 대 여섯 시간을 보내고 나니, 근질근질 몸살이 오기 시작했다. 그때부터 대부분의 탑승자들은 아이처럼 지쳐가는 표정으로 지루해 하며, 기내를 어슬렁어슬렁 걸어 다닌다거나 기체 밖으로 시선을 보내고 있었다.

그때였다. 바닥에서 펼쳐진 강렬한 초록벌판이 시선을 확 끌어당겼던 것은. 기내 방송을 하던 승무원 목소리에도 흥분이 묻어나고 있었다. 여행을 준비하면서부터 사방이 녹색으로 휘덮여졌으리란 상상을 했던, 보고 싶은 나라 호주. 그 오스트레일리아 공중을 쌩쌩 날던 기체가 조금 후면 사뿐히 내려앉을 거란다. 우리네의 울창한 산 역시 녹색의 매력이 얼마나 풍부한가. 그런데도 넓은 바다처럼 펼쳐진 그곳 초록지평의 땅덩이는 정말이지 싱그러우면서도 매혹적이고, 엄청나게 넓대대했다.

그 사이 휘휘 굴리던 내 눈동자는 차츰 바빠지고 있었다. 알게 모르게 탁해져버린 시력을 시원하고 청정한 초록으로 닦고, 또 닦아내느라.

영국의 유형지로 개척된 국가, 오스트레일리아는 넓디넓은 남반구의 거대한 땅덩이였다. 광활한 오스트레일리아 땅덩이의 7할 정도는 사막이란 이야기가 떠올랐다. 그만큼 작물의 경작이 어려울 정도로 건조한 땅덩이다. 그렇지만, 강수량이 많다니 그 또한 복 받은 땅덩이가 아닌가.

그들은 토질이 좋은 동부해안 및 서부해안의 남쪽과 타스메니아에 인구가 집중되어 살고 있다. 남 오스트레일리아에서 빅토리아, 타스메니아, 뉴사우스웨일즈를 거쳐 퀸즐랜드에 이르는 남동쪽 해변에 많은 인구가 분포되어 있는 셈이다. 그 나라의 남서 지역 해변에 산재한 각 주와 큰 도시에는 대략 인구 60% 정도가 살며, 그 중 2대 도시인 시드니와 멜번에 인구의 절반이 분포돼 있다고 한다.

국토의 원래 주인은 4만 년 전부터 동남아시아에서 이쪽 대륙으로 건너와서 정착하기 시작한 역사를 갖고 있다. 원주민 마오리

족이 그들이다. 그러다 영국의 유형지로 개척된 오스트레일리아
는 18세기 후반부터 영국에서 이송 돼 온 죄수들과 영국 및 아일
랜드 인을 중심으로 한 새로운 오스트레일리아 대륙의 주인이 되
었다.

오스트레일리아 원주민의 많은 전통문화는 서구인들과의 접촉
에 의해 사라지거나 변질돼 갔다고 전한다. 그것은 이주자들이 최
초의 원주민들을 무참히 살해하고 박해하며, 오지로 내몰았던 때
문이다.

긴 세월 독자적인 문화를 형성하며 살아온 원주민들은 수 년 전
까지만 해도 오스트레일리아 국민 될 자격조차도 인정받지 못한
처지였다. 당시 그들의 낮은 취학률, 얇은 급료, 실업과 백인들의
편견으로 곳곳에서 어려움을 겪었다니 동정이 갈만하다. 그런 오
스트레일리아 인구의 민족 분포는 백인이 9할, 아시아인이 1할 정
도에, 원주민과 기타로 섞여 산다.

국내 GDP가 1인당 25,000달러를 넘는 서구의 선진국 수준이
다. 90년대 초반만 해도 낮은 성장과 실업률이 높았단다. 그러다
점점 경제가 완만하게 성장했다고 한다.

그런데, 학부모 된 입장에서 나는 초록풀밭을 사랑한 그 시간에
도 그 나라의 교육제도가 어땠을까 하는 것에만 관심이 쏠렸다.

그 나라의 교육제도는 15학년까지란다. 초등교육은 주에 따라
5~6세에 시작되어 12~13세까지, 중등교육은 12~13세에 시작
해서 16세에 끝나는 제도이다. 고등학교는 시험을 치러서 들어가

고, 국가가 모든 교육비를 책임지는 제도라니 얼마나 복을 받은 나라인가. 대학교육은 3년, 이미 고등교육부터 학문을 연구할 사람과 기술이나 일을 배울 학생은 분류돼서 교육을 받는다 한다. 그러니, 실용적인 면에서 그 차원이 엄청 달라지지 않을까. 그들의 앞선 사고를 듣다보면 역시 감동을 받지 않을 수 없다.

중등학교는 남녀공학이 대부분이고, 남녀 학생을 구분지어 교육시키는 경우는 사립학교에만 있는 제도라 한다. 사립학교들은 대개 종교단체에서 운영하며, 전 학생의 3할 정도이니, 적잖은 숫자다.

그 나라는 직업교육훈련에 더 가치를 둔다고 한다. 그들의 산업은 직업교육훈련 시스템에서 리더십을 얻는 것에 있는 셈이다. 고용주들은 숙련된 노동력을 위해서 많은 투자를 하는 모양이다. 그런데 노동자들은 그들의 일하는 삶을 고려해서 직업 기술을 향상시키고 새로운 기술을 습득하기를 원하고 있다.

직업훈련교육 제공자 측은 그들의 고객인 산업이나 개인 변화와 필요에 부응하고 있다. 그만큼 그 나라 학교는 학생에게 적합한 직업교육 프로그램을 제공하는 제도이다. 또한, 개인과 기업은 학습 경로에서 선택과 융통성을 극대화시킨다. 지역사회, 산업, 학생들은 교육 훈련을 통해서 확실한 경험의 성과, 가치를 인식하고 있는 까닭이다.

그 나라의 훌륭한 교육정보를 듣고, 자녀 교육을 위해서 이민 가고 싶은 젊은 부부가 자녀들과 함께 우리 여행 팀에 합류해 왔다. 한 마디로 그들의 용기가 부러웠다 할까.

그런데, 며칠 후에 그 부부는 그토록 멋진 초록의 나라로 이민 가는 일을 속상하지만 포기하겠다는 말을 하였다. 무엇보다 젊은 그들이 종사할 직업을 구하기가 어렵다는 걸 알게 됐다는 것이다. 인간 세상 살면서 2세들 교육이 결코 인생의 전부일 수는 없지 않겠는가.

　글로벌 시대를 살면서 어쩌다 요즘 이렇게 나라의 경제가 어렵다고 사람들이 허덕허덕 힘들어 하게 됐는지, 살기가 점점 팍팍해진 느낌을 지울 수가 없다. 소득 2만 불짜리로 사는 국민이라고 어깨에 잔뜩 힘을 주면서 신나했던 기쁨은 어느 곳에 저당을 잡혔단 말인가.

　그때, 그렇게 똑 소리 나던 그들 부부의 다섯 살배기 어린 딸이 지금쯤 모범 학생이 돼 있을까? 키는 많이 컸을까? 문득문득 궁금해지는 건 나 역시 자녀를 키우는 학부모인 때문이다.

　어쨌든 내 땅, 내 민족과 함께 비비적대고 어울려 살다보면, 교육을 받는 아이들도 나름대로 훌륭하게 자랄 수 있지 않겠는가 하고 믿고 싶다.

　나라의 살림꾼이 바뀔 때마다, 후세들 교육의 열쇠를 쥔 장관의 뚝심과 지조가 풍전등화처럼 가치 없이 흔들릴 때마다, 교육의 지표가 산만하여 용트림을 해댄다. 더욱 걱정이 되는 것은 물론, 갈수록 늘어만 가는 사교육비며 우골탑이라 부르는 왕창 비싼 대학 등록금이 아닐까. 어느새, 학부모의 등허리가 휘어지는 글로벌 시대에 와버렸지만.

그들이 부른 연가

다른 날보다 약간 일찍 관광을 끝내고, 6시경 숙소에 도착했다. 숙소에선 관광객들을 위한 마오리 족의 불 쇼가 있단다. 우린 아주 민첩하게 손발을 씻고, 서둘러 쇼를 진행하는 만찬장으로 향했다.

그때다. 호텔 입구 로비에서 왁자하니 떠드는 소리가 들렸다. 잔뜩 호기심을 가졌던 내 걸음이 본능적으로 더욱 바빠져 갔다. 그곳에선 마침 마오리 족 불 쇼의 서막을 열고자 한 그들의 열기였던 모양이다. 한 눈으로도 덩달아 관광객들 열기마저 더하다 보니 와글와글 뜨거워진 게 느껴졌다. 그들은 이처럼 관광객들을 위한 쇼를 한 주에 몇 번씩 열고 있다는 것이다.

호주의 최초 원주민인 마오리 족들은 골격이 장대한 만큼 키며 이목구비가 큼직큼직했다. 그 중, 얼굴 전체에 문신을 새긴 사람은 남자 마오리다. 여성 마오리는 턱 주변에 문신을 새겼다. 옷에 추나 장식을 달고, 온몸을 격렬하게 흔드는 춤을 추면 요란하여 흥겨운 분위기를 만들어내는 것이다.

남자 마오리가 이마에 띠를 두르고, 머리는 깃털로 장식을 했다. 치마는 풀로 짠 의상인데, 여성 마오리들이 입었다. 남성은 골격만 큰 게 아니고 눈 또한 부리부리하니 시원하게 생겼다. 그런 마오리들이 눈을 크게 뜨고, '기롯도', '키왔다'라는 그저 단순한 곡과 노랫말로 한쪽에서 선창하면 다른 쪽에서 후렴처럼 같은 소리를 복창한다. 그것이 곧 관중과 함께 즐기는 그들 마오리 족의 문화인 모양이다.

그런데, 참 기이한 느낌을 받은 건 마오리 족들의 율동이다. 크고 장대한 남성들의 육중한 몸매가 어쩜 그리도 가벼운지, 깃털이 바람에 휘날리는 것 같았다 할까. 억세어서 튼실해 뵈는 뭉툭한 발바닥으로 땅바닥을 쿵쾅쿵쾅 굴리는 남자 마오리들. 그들이 추장 뒤에 서서 노랑부적을 목에 건 채 땀이 콩죽같이 흐를 만큼 최선을 다해 공연하는 걸 보면 아주 흥분한 느낌마저 들었다.

끝에 가선 남녀가 코를 맞대고 인사를 하는데, 우리네의 마당극과 너무도 닮았다. 우리의 신명나고 걸출한 마당극이야말로 군중 심리를 자극하여 하나가 되기에 충분하지 않은가.

쇼 분위기가 한창 무르익으면 무대의 배우들이 한 사람씩 관중석으로 내려온다. 앞에 선 대중들을 향해 재미있고 익살스럽게 다가서서 관심이 뜨겁다 싶은 표정의 관객을 한 사람씩 지목한다.

마오리에게 찍힌 관객은 그들과 함께 무대에 올라서, 똑같이 그렇게 '기롯다', '키왓다'란 합창을 단순 반복한다. 잘 따라 하는 초대 관객에겐 그들이 만든 천연소재인 조개껍데기 목걸이나 팔찌 등 액세서리 소품을 기념 선물로 주니, 쇼의 재미는 더욱 흥겨워진다.

드디어 마오리 족의 불 쇼가 절정에 다다르면 예의 그들의 민요를 화음에 맞춰 은근한 소리로 불러댄다. 천천히, 아주 천천히 부르는 그들의 감미롭고도 슬픔이 묻어있는 민요, 즉 '연가(戀歌)'가 잔잔한 물결처럼 퍼져간다. 그땐, 모든 이방인들 가슴에 향수가 철철 넘치는 시간이다. 내 가슴속에서도 잠재된 어떤 슬픔이나 그리움이 절절하게 배어나기 시작했다.

"비바람이 치던 바다 잔잔해져 오면……."

다 같이 합창을 하면서도 관객들은 왜 자꾸만 웃음을 흘리던지……. 천천히, 아주 천천히, 그리고 조용히 불러야 할 아름다운 연가이다. 그럼에도 우린 손뼉을 강하게 친다던가, 혹은 쿵쾅쿵쾅 발바닥을 세게 굴리면서 너무도 강하고, 우렁차게 불렀던 연가이기도 했다. 순간, 남의 나라 민요를 전설의 내용과 아주 다르게 제멋대로 부른 기억 때문에 민망해서 뉘우치고 있었다.

저녁 식탁 위에는 눈에 번쩍 띄는 메뉴가 있었다. 그것은 빛깔도 곱게 담근, 아주 때맞춰 잘 익은 배추김치다. 빨갛게 숙성된 배추김치가 납작하게 썰어서 옴팍한 유리그릇에 수북하니 담겨져 나왔다. 그걸 본 관광객, 특히 대한민국 사람들은 미리부터 침이

고인다고 서로들 한 마디씩 거들었다. 그 밖에도 관광시즌이니 만치 지구촌의 손님들을 위해 세계 각국의 음식들로 풍성하게 차린 뷔페 상을 푸짐하게 준비해 두고 있었다.

우리 일행들은 시각적으로도 만족스런 빨간 배추김치와 싱싱한 채소반찬들로 뱃속을 든든히 채울 수 있어 더 이상 바랄게 없는 만찬이라고 한 마디씩 보탰다. 노린내 나는 양고기보다, 노릇한 돈가스보다, 두터운 햄버거나 기름에 튀긴 군만두보다 우리네 김치 맛에 흡족했던 것이다.

그 날, 어둠에 묻힌 저녁은 우리 관광의 마지막 밤이기도 했다. 에리테릭 호텔. 반짝거리는 다리미에다 세탁물 건조대까지 불이 들어오는 훌륭한 숙소였다. 그들 나라 특산품인 양모이불이 비치된 숙박은 어쩜 두 번 다시 내가 발을 들여놓을 수 없을 것 같아 끈끈한 정을 사양하였다.

그런데, 어인 일로 쉬이 잠을 들지 못했다. 그 나라에 이민해서 정착한 386 엘리트인 한 남성을 만난 탓이다. 그는 딸과 아내와 녹색의 땅인 뉴질랜드에 이민 온 지 10년이 훨씬 넘은 건실한 한국의 피가 흐르는 남자였다. 굴지의 대기업 사원으로 일하던 중 해외 연수를 뉴질랜드로 왔다는 것이다.

그때 가장 인상 깊게 다가온 것은 청정한 초록 풀밭이 그의 두 눈을 붙들어 맬 줄 상상조차 못했다고 한다. 그러다 고국으로 돌아와서도 자꾸만 초록 풀밭이 눈에 밟혀서 몇 달을 자기와 싸우다 결국 이민을 택하고 말았다는 것이다.

처음엔 닥터인 형님이 먼저 이민을 와서 살고 있었다고 했다. 그러다 동생인 자기마저 뒤따라오고 보니 고국 부모님이 늘 마음에 남아 그립고 애가 타는 심정이라는 고백을 하였다. 그는 비록 선비정신 가득한 한국 특유의 기질을 가졌지만, 타고난 부지런함으로 미국 땅까지 진출할 계획을 줄줄이 읊어댔다.

이제 미국으로 갈 시간이 1년 넘게 남았고, 그 기간 동안 우리의 관광 안내를 맡은 중이라고 했다. 말이 다르고, 풍습도 낯선 그곳 삶이 서툴고 힘들 땐 뭉텅이로 떼는 세금 때문에 불만을 터뜨린 적도 많았다고 한다. 그렇지만 노후를 국가에서 보장해주니까, 이젠 꿈꾸던 세계일주를 계획한다는 말에 그 나라의 노후 복지가 그저 부럽게만 생각되었다.

무공해로 키운다는, 까맣게 익은 체리의 달콤하고 진한 맛을 영원히 잊지 못할 호주에서의 마지막 밤이여! 추억의 밤이 다 가기 전에 마오리 족이 부른, 슬픔이 묻은 듯싶은 그들의 연가를 흥얼흥얼 불러본다.

"비바람이 치던 바다 잔잔해져 오면……."